紅 홍천 天

백준 新무협 판타지 소설
FANTASTIC ORIENTAL HEROES

흉천 6
백준 新무협 판타지 소설

초판 1쇄 찍은 날 § 2009년 12월 21일
초판 1쇄 펴낸 날 § 2009년 12월 28일

지은이 § 백준
펴낸이 § 서경석

편집장 § 문혜영
편집 § 주소영

펴낸곳 § 도서출판 청어람
등록번호 § 제1081-1-89호
등록일자 § 1999. 5. 31
어람번호 § 제2-1858호

주소 § 경기도 부천시 원미구 심곡2동 163-2 서경B/D 3F (우) 420-822
전화 § 032-656-4452 팩스 § 032-656-4453
http://www.chungeoram.com
E-mail § eoram99@chollian.net

© 백준, 2009

ISBN 978-89-251-2029-4 04810
ISBN 978-89-251-1706-5 (세트)

※ 파본은 구입하신 서점에서 교환하여 드립니다.
※ 저자와 협의하여 인지를 붙이지 않습니다.
※ 이 책은 도서출판 청어람과 저작자의 계약에 의해 출판된 것이므로,
  무단 전재 및 유포·공유를 금합니다.

제1장	천하에 길은 많다	7
제2장	붉은 도(刀)	47
제3장	반가운 손님	85
제4장	생각지도 못한 선물	113
제5장	운이 없어서	141
제6장	운이 좋아서	185
제7장	배신자들	221
제8장	마주치는 손	273

第一章
천하에 길은 많다

천하에 길은 많다

"으, 춥다."

타닥!

작은 불꽃이 모닥불에서 피어나고 있었다. 그 앞에 앉아 있기만 해도 어느 정도 뜨거울 법한데 운소명은 왠지 모르게 오늘따라 춥다는 생각이 들었다. 추위와 더위를 느끼지 못할 만큼 무공 수준이 높아졌다곤 하나 이런 오한은 처음 경험해 보는 것이라 이상한 기분이 들었다.

"나와 원한이 있는 사람이 내 이야기를 하는 모양이야."

운소명은 중얼거리며 모닥불 위에 나뭇가지들을 올려 불꽃을 크게 만들었다.

빈말이지만 사실이기도 했다. 운소명은 늘 그 점을 의식하고 있었다. 사람을 죽이는 것에 죄책감은 있었지만 늘 약육강식의 강호를 생각했다. 강호에 사는 이상 죽음도 따라다니게 마련이다.

낙엽을 밟고 오는 발소리에 운소명은 시선을 돌렸다. 곧 풀숲 사이로 청령과 미령이 얼굴을 내밀었다. 그녀들의 손엔 각각 토끼 한 마리씩이 들려 있었다.

"몸은 어때요?"

"많이 좋아졌어."

"다행이네요. 손질하고 와."

청령은 운소명의 대답에 고개를 끄덕이며 미령에게 토끼를 건넸다. 미령이 두 마리 토끼를 들고 냇가로 사라지자 청령은 운소명의 맞은편에 앉았다.

"궁금한 게 있는데, 어떻게 해서 손 위사님을 만나게 되었나요?"

운소명은 가만히 청령을 쳐다보았다. 묻는 의도가 궁금했기 때문이다. 하지만 궁금해서 물어보는 것이 아니라, 그녀의 상관의 지시란 판단이 서자 대충 말했다.

"궁금하면 직접 물어보는 게 어떨까?"

"직접 물어볼 수 없으니 묻는 거지요."

청령의 말에 운소명은 가볍게 미소를 그리며 말했다.

"남자와 여자 사이에 어떤 관계가 필요할 것 같나? 다 그렇고 그런 거지. 음, 간단하게 말하면 볼 거 안 볼 거 모두 본 사이?"

운소명의 말에 청령은 어떤 상상을 하며 얼굴을 붉혔다.

"무슨… 소리를."

청령은 의외의 말에 당황한 듯 안색을 붉히며 모닥불을 쑤셨다. 그러다 괜한 오해 말라는 듯 말했다.

"중원에 사는 사람이 백화성의 사람과 알고 있다는 게 이상해서 물어본 것뿐이에요. 보통은 원수 관계니까요."

운소명은 이해한다는 듯 고개를 끄덕였다. 곧 발소리와 함께 미령이 잘 손질된 고기를 들고 나타났다.

"고기를 가지고 왔어요."

"술이 없는 게 아쉽군."

운소명이 입맛을 다시며 중얼거렸다. 곧 미령이 꼬치를 굽듯 고기에 나무를 찌른 후 모닥불 위에 올려놓았다.

"커윽!"

식사를 마치자 포만감에 저절로 트림이 나왔다.

"으, 지저분하게."

운소명의 행동에 미령이 눈살을 찌푸리며 말하자 운소명은 그럴 수도 있지라는 표정으로 한쪽에 누웠다.

"둘에게는 고맙다고 해야 하나. 둘 때문에 편하게 여기까지 왔으니 빚이 하나 생긴 셈이군."

"저희는 임무를 수행했을 뿐이에요. 이제 혼자 움직여도 될 것 같으니 저희는 아침에 백화성으로 가겠어요. 그 이후의 행동은 알아서 하세요."

"내가 손수수를 만나러 안 간다면 어찌 되나?"

운소명이 궁금한 듯 묻자 청령은 아미를 찌푸리며 말했다.

"손 위사님의 말로는 분명 올 거라 하셨어요. 또한 당신이 그곳에 안 간다 해도 저희의 임무는 끝난 상태예요."

"그런가. 난 또 내가 안 가면 임무도 실패인 줄 알았지."

운소명의 말에 미령이 조금 짜증난다는 듯 말했다.

"당신이 안 간다 해도 본성은 저희들의 말을 믿어요. 이 임무는 어떤 목적을 가진 게 아니라, 그저 당신에게 전하는 것이 전부니까요. 그곳에 가는 것도 당신의 자유고, 안 가는 것 역시 당신의 자유예요. 저희의 임무와는 상관이 없다는 뜻이죠."

미령의 말에 운소명은 고개를 끄덕였다.

"신의가 두터운 곳이로군, 백화성은."

운소명은 중얼거리며 눈을 감았다. 무림맹이라면 명령 자체를 다르게 내렸을 것이다. 그 사람을 데려오라고, 납치를 해서라도 말이다. 하지만 백화성은 달랐다. 아니, 손수수가 개인적으로 부탁한 거라면 그럴 수도 있다고 생각했다.

'보고 싶군……'

문득 손수수를 떠올리자 예전의 일들이 머릿속을 지나쳐

갔다. 그게 추억이란 것을 아직 운소명은 모르고 있었다.

다음날 아침이 되자 청령과 미령은 가벼운 인사와 함께 백화성으로 떠나갔다. 중원에 오래 있고 싶지 않은 그녀들의 입장은 충분히 이해했다. 사방이 적인 이곳에 오래 있을수록 수명이 줄어들 것이 뻔하기 때문이다.

운소명은 어차피 손수수를 만나볼 생각이었기에 그녀의 부름에 응하기로 했다. 목적지가 창천궁이라면 광주를 거쳐가는 게 가장 빠르고 현명한 방법이라 여긴 그는 남하하기 시작했다.

* * *

"발견했습니다."

구영의 말에 허영정은 고개를 천천히 끄덕이며 별다른 반응을 보이지 않았다. 그에게 운소명의 발견은 그렇게 큰일이 아닌 듯 보였다.

"어디에 있다고 하나?"

"하문 쪽입니다."

"허! 그 사이에 멀리도 갔군."

허영정은 불과 보름 만에 운소명이 모습을 보인 곳이 하문이란 사실에 상당히 놀라고 있는 듯 보였다. 웬만한 고수가 아니면 남경에서 하문까지 보름 만에 갈 수 없기 때문이다.

"그 근처에 그놈과 상대할 만한 인물로 누가 있나?"

허영정의 물음에 구영은 미리 준비한 듯 빠르게 대답했다.

"녹영마조(綠影魔爪)와 천열패도(天熱覇刀) 가학군이 있습니다."

"연락은 취했고?"

"예."

"음… 사로잡는 것보단 그냥 죽이게. 귀찮으니. 어떤 목적을 가진 놈인지 모르나 알고 싶지도 않아. 불나방 하나 때문에 신경 쓰는 것도 나답지 않고."

"알겠습니다."

허영정의 말에 구영은 그 뜻을 충분히 이해했다. 그때 허영정이 무언가 생각난 듯 구영에게 말했다.

"아! 한유를 대신할 인물도 좀 찾아보게. 개인적으론 이정검이 좋을 것 같은데… 어떻겠나?"

"이 대협은 쉬운 인물이 아닙니다. 거기다 무림에서 차지하는 비중이 큰 인물이니만큼 쉽게 영입하기도 어렵습니다."

"생각을 해보니 그놈… 참 귀찮게 됐군. 하오문은 어떻게 한다고 하나?"

허영정은 '그놈'이라 칭한 운소명이 한유를 죽인 것에 대해 겉으로 신경 안 쓰는 것처럼 말을 하나 상당히 신경 쓰는 것처럼 보였다. 구영도 그걸 잘 알고 있었다.

"한유를 죽일 정도의 실력자이니, 하오문도 신중한 것 같습니다."
 "봉천악이 가슴을 졸인 모양이군."
 허영정은 구영의 말에 가볍게 웃으며 고개를 저었다. 자신의 눈으로 볼 때 봉천악은 상당히 조심성있는 사람이었기 때문이다.
 "무림맹은 별말 없던가?"
 "예. 홍천을 움직인 것 외에는 특별한 움직임이 없습니다."
 구영의 대답에 허영정은 미소를 보이며 다시 말했다.
 "알아서 잘하겠지."
 낮게 중얼거리던 허영정의 눈빛이 처음으로 반짝이고 있었다.

 밖으로 나온 구영은 걸음을 옮기다 앞에서 걸어오는 인물을 발견하고 잠시 멈추었다. 겉으로는 표정의 변화가 없었으나 구영의 눈동자는 살짝 흔들리고 있었다. 이곳 금산장에서 가장 만나길 꺼리는 인물이 나타났기 때문이다.
 "오랜만이오."
 "그동안 별고없으셨습니까?"
 구영의 인사에 걸어오던 이십대 후반의 청년이 말했다. 그는 평범한 화의를 입은 인물로, 인상이 상당히 좋은 얼굴이었다. 목소리 또한 상당히 좋아 남자가 들어도 매력이 느껴질 정도였다.

청년은 구영과 가볍게 수인사를 나눈 후 그를 지나치다 문득 걸음을 멈추고는 구영의 얼굴을 물끄러미 쳐다보며 물었다.

"저한테 숨기는 거 있지요?"

구영은 청년의 물음에 무슨 소리냐는 듯 그를 바라보며 고개를 저으며 말했다.

"무슨 말인지 잘 모르겠소."

"흐음……."

청년은 구영의 얼굴을 잠시 가만히 쳐다보며 눈을 반짝였다. 구영의 눈썹이 미묘하게 움직이는 게 보였기 때문일까? 청년은 가볍게 입가에 미소를 걸었다.

"무림에 관한 거라면 관심을 가질 필요가 없으니 그만두지요. 하나, 상당히 신경 쓰이시나 봅니다."

천천히 구영의 얼굴을 살피듯 청년의 눈동자가 움직이고 있었다. 곧 그는 손가락을 하나 올려 보이면서 말했다.

"흐음. 신경 쓰기에는 미꾸라지처럼 작고, 그렇다고 신경을 끄자니 분탕질을 할 것 같은 그런 상대인가 봅니다. 후후. 그럼 다음에 또 뵙지요."

미소를 보인 청년은 곧 구영을 지나 집 안으로 들어갔다. 구영은 잠시 청년의 뒷모습을 쳐다보며 눈을 반짝였다. 금산장에서 장주보다 더 무서운 인물을 꼽으라면 구영은 주저없이 지금 들어간 청년을 꼽을 것이다.

"으음……."
 허영정은 방 안으로 들어오는 청년의 얼굴을 보자 안색을 찌푸렸다. 청년은 가볍게 인사를 한 후 의자를 당겨 앉았는데, 상당히 자연스러워 보였다. 청년은 다시 한 다리를 꼬더니 기지개를 켰다. 그러자 자연스럽게 하품이 흘러나왔다.
"후아아암!"
 천하에 누가 감히 금산장주의 앞에서 이렇게 태연할 수가 있을까? 좀 전에 있었던 구영과는 판이하게 다른 분위기였다.
"왜 왔느냐?"
 허영정의 눈빛이 차갑게 반짝였으나 청년은 별 신경도 안 쓴다는 듯 탁자 위에 올려진 포도 한 송이를 손에 쥐고 까먹기 시작했다.
"자식이 아버지 얼굴 보러 오는데, 무슨 이유가 있겠습니까?"
 그렇게 말한 청년은 가볍게 미소를 그렸다. 그러자 허영정은 이맛살을 찌푸렸다. 그 모습에 청년은 포도를 내려놓더니 말했다.
"제게 숨기는 게 있군요? 총관인 제게 숨기는 게 있다니… 서운합니다."

그렇게 말한 청년은 허영정의 방 안 한쪽 구석에 금색 보자기로 싸인 작은 상자를 발견하곤 진한 미소를 보였다.

"북경에 가시는군요?"

그 말에 허영정은 안색을 찌푸렸다. 저렇게 사람의 모든 것을 다 안다는 듯한 청년의 태도가 마음에 들지 않았기 때문이다. 하나 어찌할 도리가 없는 상대였다. 자신의 아들을 진정으로 싫어할 부모가 어디 있겠는가?

청년은 허영정의 첫째 아들인 허숙으로, 금산장의 총관 직을 맡고 있는 인물이었다.

"음, 가만있자… 제가 저 상자 안에 어떤 물건이 들었는지 알아맞히면 제 소원을 하나 들어주실 겁니까?"

"호오. 과연 맞힐 수 있을까?"

허영정이 그 말에 미소를 보였다. 그러자 허숙은 고개를 끄덕이며 다시 말했다.

"얼마 전에 대리에서 오신 유 대야께서 뭔가를 들고 오셨지요?"

그 말에 허영정은 아미를 찌푸렸다. 그 모습에 허숙은 눈웃음을 그리며 말했다.

"아버님은 웬만한 것에 즐거워하는 분이 아니신데, 그날은 즐거워하시더군요. 아마도 저 상자에 든 물건 때문이 아닐까요? 거기다 대리에서 가장 유명한 것 중의 하나가 대리석으로 조각한 조각상인데, 동쪽에다 상자를 놓으신 걸 보면 천룡사의 동쪽을 담당하는 부처겠습니다. 바로, 우동관세음보살(雨銅觀世音菩薩)."

그 말에 허영정은 안색을 굳히며 잠시 허숙을 바라보았다. 허숙은 마치 사람을 약 올리려는 듯 빙글거리는 미소로 허영정을 쳐다보고 있었다.

"아니, 그럴… 그래, 네 말이 맞다. 에잉."

허영정이 고개를 저으며 수염을 쓰다듬었다. 하지만 기분은 그리 나쁜 것 같지 않았다.

"그래. 네 말대로 대리석으로 조각한 관세음보살상이다."

"그럼 제 소원을 하나 들어주셔야겠습니다."

그 말에 허영정의 눈빛이 빛나기 시작했다.

"말해보거라. 네놈의 소원이 뭔지 매우 궁금하구나."

그러자 허숙이 기다렸다는 듯이 자리에서 일어나며 말했다.

"휴가를 주십시오, 일 년만."

"……!"

순간 허영정의 표정이 굳어졌다. 그 모습에 허숙은 살짝 안색을 찌푸렸다. 표정만으로 대답을 들었기 때문이다.

"너무 힘듭니다, 아버님. 둘째하고 셋째도 일을 좀 해야지요. 혼자 하려니 이거 원 힘들어서. 요 몇 달 동안 대경루에 있는 상상이의 엉덩이도 구경 못해봤습니다. 죽을 지경입니다."

허영정은 난감한 표정을 지어 보였다. 허숙이 휴가로 일 년을 비워 버리면 금산장이 어떻게 될지 불 보듯 뻔했기 때문이다. 총관이 휴가를 가고 없는데 일이 제대로 될 리 없었다. 며칠이라면 상관없지만 일 년은 너무 길었다.

"네가 빠지면 어찌 되는지 뻔히 알면서도 그러느냐?"

그 말에 허숙은 미소를 그렸다.

"아버님이 계시지 않습니까?"

허숙의 말에 허영정은 차갑게 눈을 반짝였다. 자신을 부려 먹으려는 듯한 자식의 모습 때문이다.

"이러다 과로로 쓰러지겠습니다. 그 유명한 제갈량도 삼국통일의 위업을 달성 못하고 죽었습니다. 그 이유가 결국, 업무 과다로 인한 과로사라고 하지 않습니까? 사람은 쉬어야 합니다."

허숙의 말에 허영정은 문득 생각난 듯 낮게 말했다.

"그러고 보니 기일이 다가오는구나."

허영정의 말에 허숙의 표정이 무겁게 변하였다. 방 안의 공기 역시 무거워졌고 침묵이 길게 흘러가고 있었다.

"그래, 주도록 하마. 이 년 만에 쉬는 것인데… 하지만 일 년은 너무 길다. 삼 개월로 하자."

"감사합니다."

"단, 내가 북경에서 돌아온 후부터 쉬거라."

"예."

허숙은 대답하며 곧 밖으로 나갔다. 허영정은 그가 나가자 씁쓸히 고개를 저었다. 겉으로는 저렇게 밝아 보여도 가슴속에 응어리진 게 많은 아들이란 것을 잘 알기 때문이다.

*   *   *

복건성에서도 가장 크고 활발한 항구 도시인 하문은 복주 다음으로 큰 도시였다. 강북과 강남을 이어주는 중계무역의 도시였고, 오가는 배가 잦은 만큼 유동 인구도 많은 곳이었다.

활기찬 사람들로 붐비는 이곳 역시 밤에는 사건 사고가 많았다. 바닷사람들이다 보니 거칠기로 유명한 사내들이 많았고, 주변에 이렇다 할 큰 무림 문파 없이 관에서 치안 유지를 하는 인원은 한정되어 있다 보니 사파들도 많이 있었다.

어두운 골목길을 걷고 있는 세 명의 장한은 술에 반쯤 취한 듯 기분 좋은 얼굴을 하고 있었다. 그들은 오늘 있었던 일들을 이야기하며 걸어가다 맞은편에서 다가오는 요염한 얼굴의 미녀를 보게 되자 절로 눈을 크게 떴다.

술기운이 오르는지, 그들은 다가오는 여자의 앞을 막았다.
"이 밤에 어딜 가시나?"
여자가 기분 나쁜 표정으로 방향을 틀자 다른 사내가 그 앞을 막았다. 그리고 남은 한 사내가 다시 여자의 뒤를 막자 여자의 안색이 급격하게 변하더니, 어깨를 떨기 시작했다.

"비, 비키세요."

"이봐, 그러지 말고 오늘 우리하고 노는 건 어때? 우리 해룡방의 영웅들이 즐겁게 해줄 테니까."

"섭섭하지 않게 해줄게."

사내들의 농에 겁에 질린 여자가 빠져나가려 했다. 그러자 사내들이 여자의 옷깃을 잡으며 시시덕거리기 시작했다.

"어허! 해룡방의 영웅들 셋이서 놀아준다니까. 이런 기회도 흔하지 않아. 우리가 아무 여자나 붙잡고 이러는 줄 아나?"

"사람을 부르겠어요. 이러지 마세요."

여자의 떨리는 목소리에 사내들은 더욱 괴롭히고 싶은 마음이 드는지 치맛자락을 들추기 시작했다.

"히히! 재미있게 놀자니까!"

사내들의 농에 질렸을까? 여자의 안색이 급격히 어둡게 변하였다.

"이러지 말라니까요."

"어라?"

치마를 들추던 사내가 여자의 허벅지에 웬 도끼 하나가 걸려 있는 것을 보곤 눈을 동그랗게 뜨며 여자의 얼굴을 쳐다보았다. 그 순간 여자의 입술에 미소가 걸렸고, 그녀의 오른손이 순간 도끼를 잡고 번개처럼 치마를 들춘 사내의 목을 찍어

내렸다.

 퍽!

 피가 튀어 오르자 여자는 피를 피해 몸을 돌리며 놀란 듯 눈을 크게 뜬 두 사내의 면전을 도끼로 찍었다.

 퍼퍽!

 "사내들이란……!"

 여자는 고개를 저으며 중얼거린 후 피가 흐르는 골목길의 한쪽에 도끼를 던져 놓고 유유히 자리를 빠져나갔다. 그런 그녀의 몸 어디에도 피가 묻은 흔적은 없었다.

 하문에서 북쪽의 외곽에 자리한 수많은 가옥들 중 하나를 향해 여자는 걸어가고 있었다. 그녀가 들어간 집은 이층으로 된 평범한 집이었다. 안에 들어가자 호롱불빛을 받으며 청년 한 명이 검을 닦고 있었다.

 그는 들어오는 여자의 얼굴을 슬쩍 본 후 별말 없이 검을 다시 닦기 시작했다.

 "오정은?"

 여자가 한쪽에 있는 의자에 앉으며 묻자 청년은 고개를 저었다. 원래 말을 잘 안 하는 성격임을 알기에 여자는 별다른 표정의 변화 없이 고개를 끄덕였다. 아직 오지 않았다는 뜻으로 들은 여자는 잠을 자려는 듯 눈을 감았다.

 얼마 지나지 않아 이십대 중반의 허름한 옷을 입은 청년이 안으로 들어섰다. 그가 들어오자 여자가 눈을 뜨며 물었다.
"일은?"
"잘됐어."
"그럼 내일 해룡방과 청룡방의 싸움이 있겠네."
 여자가 기분 좋은 표정으로 미소를 보이자 오정은 안색을 찌푸리며 말했다.
"아려는 너무 피를 좋아하는 것 같아. 우리 때문에 싸우는데 뭐가 그리 좋다고. 청룡방 놈들 죽이는 게 기분 별로더라. 저항도 못하는 놈들 죽이는데 왜 우리가 나서야 되는지."
 오정의 말에 검을 닦던 청년이 곧 검을 검집에 넣으며 말했다.
"해룡방과 청룡방은 서로 싸우다 자멸한다. 그게 우리의 일이야. 그리고 하문의 사파는 칠성문(七星門) 하나면 돼."
 청년의 말에 아려가 피식거리며 말했다.
"칠성문 같은 멸치 대가리 놈들이 이 거대한 하문을 잡게 될 줄이야. 어차피 그놈들도 사파 아니야? 그냥 다 죽여 버리는 게 나을 텐데……."
"그럼 또 다른 사파 무리들이 생겨나겠지. 빈집에 들어오는 빈집털이들처럼."
 청년의 말에 오정이 한숨을 내쉬며 말했다.
"죽여도 죽여도 끝이 없군. 이 많은 놈들이 도대체 어디서 다 나타나는지. 벌레들도 아니고."

오정의 말에 아려가 물었다.

"그건 그렇고 조장은?"

"산이하고 함께 오는 중이야. 맹에서 극비리에 어떤 명령이 내려온 모양이더라."

오정의 말에 아려가 눈을 반짝이기 시작했다.

"오호, 드디어 제대로 된 일을 하나 주는 건가?"

"아직은 몰라."

검을 닦던 청년, 장가승이 짧게 말하자 아려는 안색을 찌푸리며 그를 노려보았다.

"재미없는 새끼."

아려의 말에 장가승은 화가 날 만도 했으나 별반 변화없는 표정이었다.

"조장 올 때까지 기다릴까?"

오정의 말에 아려가 기지개를 켜며 자리에서 일어섰다.

"나는 좀 자야겠어. 너희들은 기다리든 말든 마음대로 해."

아려는 그렇게 말한 후 이층으로 올라갔다. 그러자 오정은 의자를 두 개 붙여놓곤 누워서 잠을 청하기 시작했다. 장가승도 곧 의자에 앉은 자세 그대로 팔짱을 끼곤 눈을 감았다.

다음날 아침이 되자 일층에는 다섯 명의 남녀가 모여 앉았다. 어제와 달리 처음 보는 두 명이 있었는데, 한 명은 평범한 인상의 여자였고 또 한 명 역시 특출나게 보이는 것 하나 없는 이십대 중반의 청년이었다.

청년, 장우는 홍천 사조의 조장이었다. 그리고 평범한 인상의 여자는 조원인 노원산이었다. 그 옆에는 같은 여자인 왕아려가 앉았고 장가승과 오정도 함께 자리하고 있었다.

우르릉!

천둥이 치는 소리가 창밖에서 들려오자 장우가 안색을 찌푸렸다. 하늘을 보니 곧 비가 올 것만 같았기 때문이다.

"비가 오는데도 해룡방과 청룡방이 싸울까?"

"그놈들이야 번개가 치든 비가 오든 미친 듯이 싸울 놈들이에요."

노원산의 말이 끝나는 순간 '번쩍!' 거리며 번갯불이 피어났다.

쏴아아아!

빗줄기가 거세게 내리기 시작하자 오정이 일어나 창문을 닫았다. 장우는 오정이 자리에 앉는 것을 확인한 후 품에서 종이 한 장을 꺼내 탁자 위에 펼쳤다. 탁자 위에 펼쳐진 종이에는 어떤 청년의 얼굴이 그려져 있었는데, 상당히 잘생긴 얼굴이었다. 조원들의 시선이 초상화에 닿아 있자 장우가 입을 열었다.

"다음 명령이 떨어졌다. 이자의 이름은 운소명. 별호는 소소공자, 과거 위지세가의 무술대회에서 우승한 경력이 있고,

유령도를 차고 있는 일류고수다."
"소문은 들었어요."
"상당한 인물이라 하던데……."
"유신도 졌다지?"
노원산과 오정이 말하자 왕아려가 못을 박듯 유신을 들먹였다.
"하지만 유신은 자신의 실력을 보이지도 못했다고 하던데. 비무대도 좁고 사람이 많아 본신의 무공을 펼치면 피해가 커지니까 말이야."
오정의 말에 모두들 고개를 끄덕였다.
"그런데 왜 이자의 얼굴을 저희가 보고 있지요?"
왕아려가 의미심장한 눈빛으로 묻자 장우는 기다렸다는 듯이 말했다.
"이자를 발견하면 맹에 알리라는 보고다. 우리가 사람을 찾을 수도 없는 일이니 주변에 있는 개방과 하오문의 정보를 수집해야지. 현재 하오문에서도 비밀리에 이자를 찾고 있다 하니, 하오문을 집중적으로 관리하다 보면 꼬리가 잡힐 거라 본다."
"그러니까 하오문을 감시하란 말이군요?"
노원산의 물음에 장우가 고개를 끄덕였다.
"그렇지."
"에이, 또 시시껄렁한 임무가 떨어졌군."

장우의 말에 오정은 재미없다는 듯 투덜거렸다. 그러자 장우가 말했다.

"단, 이자와 절대 부딪치지 말라는 명령도 떨어졌다. 하오문에서 마음먹고 잡으려는 자이니 뭔가 중요한 정보라도 가지고 있는 모양이다. 그러니 하오문에서 발견하면 우리는 하오문의 정보를 위조한다."

장우의 말에 모두들 고개를 끄덕였다.

"위치를 파악하면 당분간 뒤에 붙으라는 명령도 있으니 그리 알고 있어라. 하지만 삼십 장 안으로는 들어가지 말라는 명령도 있었다. 그만큼 귀가 밝은 놈이란 소리다. 우리 외에도 다른 조에 같은 명령이 떨어졌으니 재미없는 일이라고 투덜거리지 말고 임무에 충실했으면 한다."

"호오. 다른 조에도 같은 명령이라면 천하에 퍼졌다는 소리군요."

"그렇지."

장우가 피식거리며 고개를 끄덕였다. 곧 그는 회의를 마치며 말했다.

"이상이고, 오늘 칠성문주를 만난다. 해룡방과 청룡방의 잔당들은 너희가 알아서 처리하고. 물론 칠성문이 한 것처럼 해야 한다. 그래야 칠성문이 하문을 장악한 것처럼 보일 테니까."

장우의 말에 모두들 눈을 반짝였다.

칠성문주인 관호는 요 며칠 동안 잠을 제대로 못 잔 듯 눈 밑에 짙은 기미가 끼어 있었다. 비가 오는 소리는 오늘따라 더욱 기분 나쁘게 들렸다.

그는 안절부절못한 표정으로 방 안을 서성이면서 창을 통해 떨어지는 빗줄기만 간간이 쳐다보았다. 그렇게 한참을 서성이자 창밖으로 헐레벌떡 뛰어오는 수하의 모습이 보였다.

후다닥!

"문주님! 해룡방과 청룡방이 붙었습니다!"

안으로 들어온 수하가 숨을 몰아쉬며 큰 목소리로 외치자 관호는 주먹을 쥐며 기쁨에 찬 표정을 지었다.

"좋았어! 애들을 모집하거라. 잔당을 처리하러 간다!"

"예!"

관호의 외침에 수하가 큰 목소리로 대답한 후 밖으로 달려 나갔다. 관호는 다시 한 번 양 주먹을 움켜쥐었다. 오늘 이후로 하문은 오직 칠성문만 남게 될 것이 분명했다.

하문에 들어선 운소명은 많은 사람들로 붐비는 거리를 지나 한산하게 이어지는 대로의 옆에 위치한 객잔으로 들어갔다. 어제까지 내린 비 때문에 그런 것일까? 방에선 습기 찬 공기의 냄새가 흘러나오고 있었다.

이곳에서 하루 머문 후 다시 남하를 할 생각이었다. 창천궁으로 들어가는 방법은 간단했다. 손수수의 손님으로 가장하면 그만이었기 때문이다. 그 부분에 대해선 특별히 생각한 적이 없었다.

　단지 문제가 되는 게 있다면 그곳까지 가는 것이었다. 하지만 그것 또한 어렵게 생각지 않았다. 어차피 얼굴을 알렸기 때문이다. 그들이 온다면 더없이 좋을 거라 생각했다. 조금씩 그들의 손발을 잘라 버릴 수 있기 때문이다.

　객잔에서 몸을 씻고 청색의 비단옷으로 갈아입은 운소명은 영락없는 서생으로 보였다. 단지 허리에 검은색 도를 차고 있는 게 조금 특이하다면 특이할까? 하지만 글을 읽는 서생들도 자기 방어를 위해 검을 차고 다니는 경우가 종종 있기에 문제가 될 것은 없었다.

　밖으로 나온 운소명이 간 곳은 하문에서도 음식을 잘하기로 유명한 금화루였다. 주루의 일층에 들어선 그는 점심이라 가득 찬 사람들을 둘러보다 안쪽에 남은 자리에 앉았다. 다가오는 점소이에게 음식을 시키고 조용히 차를 마시던 그는 어제까지 이곳에서 일어난 대난투극에 대해서 이야기를 들어야 했다.

　"결국 칠성문이 통일을 한 것이로구만."

　"그렇지."

　운소명은 청룡방과 해룡방의 싸움으로 어부지리를 얻은 칠성문의 이야기에 가볍게 미소를 흘렸다. 과거 자신이 홍천에서 일을 할 때 가끔씩 사파를 정리하던 기억이 떠올랐다. 상당한 규모의 도시에서 어지럽고 난잡하게 자라난 사파를 정리하고 하나로 만들면 관리하기 편했기 때문이다.

또한 권력이 하나로 모이면 좋은 점도 있으나 나쁜 점도 있었다. 힘이 커져 무림을 우습게본다는 것이었다. 그럴 때면 한 번씩 힘을 보여줄 필요가 있었다. 또한 너무 오래 한 무리가 도시를 장악하는 것도 좋지 않기 때문에 십 년에 한 번씩 바꿔주기도 했다.

그게 가능한 건 무림맹에 절대적인 힘이 있기 때문이다.

'설마……'

운소명은 문득 머리를 스치는 생각에 안색을 찌푸렸다. 여러 개의 사파가 하나로 통합되는 경우는 거의 드물었다. 특별한 능력이 있지 않는 한 사파들의 생리상 불가능에 가까웠다. 그런데 하문 같은 거대 도시에 사파가 하나뿐이라면 의심을 해봐야 했다.

'빨리 뜨는 게 낫겠어.'

운소명은 하룻밤 쉬어가는 것보다 바로 출발하는 게 낫겠다고 판단했다. 유신은 분명 자신에게 홍천이 존재한다고 말했다. 그 기억이 떠오르자 불현듯 이곳도 그러한 안 보이는 힘이 작용했을지도 모른다고 여겨진 것이다.

어차피 크게 신경 쓰지는 않았다. 이미 한유를 죽일 때 여러 가지를 포기한 상태였다. 또한 상대가 어떻게 나올지 궁금

천하에 길은 많다 31

하기도 했다.

비단집에서 옷감을 보던 왕아려는 문득 스쳐 가는 수많은 사람들의 인기척 중 절제된 걸음을 느끼고 고개를 돌렸다.
"슥!"
왕아려가 자신의 앞을 지나치는 이십대 초반의 청년을 보자 눈을 빛내기 시작했다.
"잘 봤어요."
왕아려가 멀어지는 청년의 뒷모습을 쳐다보며 들고 있던 비단을 내려놓자 주인이 아쉬운 듯 쳐다보며 물었다.
"안 사실 겁니까?"
"다음에요."
왕아려는 짧게 고개를 끄덕인 후 천천히 사람들 틈으로 들어가 청년을 뒤따라가기 시작했다.

길을 걷던 운소명은 잠시 걸음을 멈추고 안색을 찌푸렸다. 수많은 사람들의 발소리 가운데 작고 딱딱하면서도 일정한 보폭 소리가 꾸준히 들려왔기 때문이다. 그것도 늘 삼 장의 거리를 유지하면서 들려왔다.
사람의 발소리란 게 일정할 수는 없었다. 무공 수준이 높지 않는 이상 절제된 걸음걸이를 걷는 사람은 없었다. 거기다 소리의 크기는 작았고 발바닥이 땅에 닿는 면적이 좁게 들렸다.

'여자가 확실하군.'

운소명은 곧 살의가 느껴지지 않자 크게 신경 쓸 필요가 없다는 듯 다시 걷기 시작했다.

아이들이 뛰어노는 해변에 도착한 운소명은 모래사장 너머로 밀려오는 푸른 파도를 쳐다보며 기지개를 켰다.
"좋구나."
바다에서 불어오는 바람은 시원했고 끝없이 펼쳐진 푸른색의 춤들은 가슴을 시원하게 뚫어주는 것 같았다.
다다닥!
웃음소리와 함께 운소명의 앞으로 십여 명의 아이가 뛰어다녔다. 운소명의 시선이 아이들이 달려가는 방향으로 향했다. 저 멀리까지 이어진 해변은 모래만이 파도를 맞이해 주고 있었다. 해변을 걷는 연인들의 모습도 간간이 눈에 들어왔다.
운소명은 천천히 해변을 따라 남쪽으로 걷기 시작했다. 부드럽게 발을 감싸고 들어가는 모래의 느낌이 싫지 않았다.

'……!'
왕아려는 몸을 돌려 되돌아가는 운소명의 눈과 마주친 것 같자 안색을 굳히며 호흡을 멈추었다.
'설마…….'
왕아려는 자신의 추적이 걸릴 거라 생각지 않았다. 지금까지 단 한 번도 상대방의 눈에 띈 적이 없었기 때문이다. 왕아려는 곧 천천히 멀어지는 운소명의 뒷모습을 쳐다보며 길게 숨을 내쉬어야 했다.

'휴……'

자신의 착각이란 생각이 문득 들었다. 그러다 그가 왜 이곳에 이렇게 모습을 나타냈는지 의문이 들었다. 행동하는 것 하나하나가 마치 누군가에게 자신의 존재를 알리는 것처럼 보였기 때문이다. 사방이 탁 트인 곳에 홀로 서 있다면 누구라도 집중할 수밖에 없었다.

'아차……!'

왕아려는 그때 급하게 뛰어가는 허름한 옷의 청년을 볼 수 있었다. 이곳에 살고 있는 하오문의 문도가 분명했다. 하문의 하오문 분타는 도박장으로, 그곳의 일꾼으로 기억하고 있는 인물이었다. 그녀는 잠시 고민하더니 곧 운소명의 뒤를 다시 밟기 시작했다.

*　　　*　　　*

적룡문(赤龍門)은 복건성 남단 금의산(錦衣山)에 자리한 그리 크지 않은 문파였다. 문도들도 오십이 넘지 않은 작은 문파인 적룡문의 아들로 태어난 가학군은 어린 시절 주변 아이들보다 풍요롭게 자랐다. 하지만 열네 살이 되던 해 급속도로 팽창한 창해방(蒼海房)이라는 사파에 의해 적룡문이 멸문되자 외톨이가 되어 천하를 떠돌아다녀야 했다.

홀로 살아남은 가학군은 품속에 적룡도법의 책 한 권과 어깨에 멘 적룡문의 상징인 적룡신도가 전부였다. 그렇게 그는 천하를 떠돌며 훗날의 복수를 위해 적룡도법을 익히고 또 익혔다.

그 당시 창해방은 방도 수만 오백에 달하는 복건제일의 사파였다. 창해방의 세가 늘자 무림맹은 당연히 제재를 가했고 창해방은 어느 정도의 세를 유지한 상태로 무림맹과 충돌을 피했다.

청년이 된 그는 무림맹이 왜 창해방을 쓸어버리지 않는지 의문이 들었다. 창해방은 복건성 남단의 십여 개의 문파를 쓸어버린 놈들이었다. 그런 악귀 같은 놈들이 계속 거리를 걸어 다니고 있다는 게 구역질이 나는 가학군이었다.

그리고 무림맹이 창해방을 놓아두는 이유가 창해방의 존재로 인해 다른 사파가 생겨나지 않고 있다는 사실이란 것을 알았을 때 무림맹에 배신감을 느껴야 했다.

혼자서라도 창해방을 쓸어버리겠다고 다짐한 그는 무공에 자신감이 생기자 창해방을 찾아갔다. 하지만 그때 창해방은 이미 방도가 천여 명에 육박하는 거대한 조직으로 성장한 상태였다. 가학군은 겨우 목숨만 건지고 도망쳐야 했다.

그때 느낀 굴욕감과 패배감에 쓰디쓴 눈물을 흘린 그는 무인의 길을 걷기로 마음먹었다. 그리고 천하를 돌며 수백 번의 비무와 수백 번의 패배를 맛보았다. 그렇게 이십 년이 지나 마흔이 넘었을 때 가학군은 패배보다 승리가 많아지는 것을 알았다.

그리고 오십이 되었을 때 천열패도(天熱覇刀)란 별호와 강호오대도객 중 한 명이란 명성을 얻게 되었다.

결국 그는 창해방을 해체시켰다. 어린 날에 다짐한 복수를 이룬 날, 가학군은 하루 종일 울었다고 한다.

하문에서 북서쪽으로 오백여 리를 가면 위현이란 작은 마을이 나온다. 천여 가구가 모여 있는 이 마을의 중앙엔 상당히 규모가 큰 집이 하나 있는데, 마을 사람들은 적룡장이라 부르며 우러러보았다.

위현의 유지이자 이 지역 삼백여 리의 모든 땅을 소유한 주인의 집이 적룡장이었다. 그런 적룡장으로 손님 한 명이 들어갔다가 얼마 지나지 않아 빠져나갔다.

가학군은 가난했다. 재산이라곤 몸뚱어리가 전부였던 그였지만 살면서 남에게 구걸한 적은 없었다. 배가 고프면 허드렛일이라도 마다하지 않고 해가면서 살았다. 천하를 돌면서 비무를 하던 그는 얼마나 많은 패배를 했는지, 기억도 못할 때 한 여자를 만났다.

비무 후 상처로 인해 논두렁에 쓰러진 자신에게 다가온 그 여자는 허름한 옷을 입고 있는 촌의 여자였다. 얼굴은 해를 많이 봐 살짝 탔고, 볼은 붉은 여자였다. 손은 여자라고 볼 수 없을 만큼 거친 그녀는 자신의 상처를 치료해 주고 곁에 있으며 해맑게 미소를 건네주었다.

  가학군은 사랑이란 걸 모르고 지내왔다. 오직 무공만이 전부였고 강해지는 것이 인생의 모든 것이었다.

  그렇게 살아왔던 그였다. 그녀가 상처를 치료해 주고 밥을 주었기에 그 마을에 머물면서 일을 도왔다. 그렇게 일 년을 그 마을에서 보낸 그는 마을 사람들의 축복 속에 혼인을 하게 되었다. 그때가 서른이었다.

  하지만 떠나야 했다. 아무리 그녀에게 정이 깊다 하지만 떠날 수밖에 없었다. 강해져야 했기 때문이다.

  그렇게 한 번 나갈 때마다 길게는 몇 년씩 돌아오지 않았다. 그렇지만 그녀는 단 한 번도 불평, 불만을 표시하지 않았다. 힘든 농사일을 하면서도 원망하지 않았다.

  언제나 자신이 집을 떠날 때 아들의 손을 잡고 마을 입구까지 배웅하는 그녀였다. 늘 마지막이란 마음으로 길을 떠나는 그였지만 자기 스스로도 이 일이 언제 끝날지 모르고 있었다.

  그렇게 다시 이 년 만에 돌아왔을 때 쓰러져 있는 부인을 보게 되었다. 그 옆에선 원망스러운 시선으로 자신을 쳐다보는 아들의 울음이 있었다.

얼마나 고생을 했을까? 절로 눈물이 흘렀다. 자신을 바라보는 마을 사람들의 비난 어린 말들과 한숨을 들으면서 가학군은 그녀를 살리기 위해 노력했다. 하지만 돈이 없는 게 원망스러웠다.

그리고 그때 처음으로 무인의 자존심을 버리고 돈을 벌기 위해 무공을 사용하기로 마음먹게 되었다. 하지만 우연일까? 그에게 도움을 준 손이 있었다.

그때는 거절을 할 수가 없었다. 아무런 대가 없이 주는 돈이었기에 거절을 하려 했으나 쓰러져 있는 부인의 얼굴을 생각하자 그럴 수가 없었다. 그는 훗날 자신의 부탁만 몇 개 들어주기만 하면 된다며 많은 도움을 주었다.

그는 막대한 부를 가진 사람으로, 현재 위헌의 유지가 되게 해준 인물이었다. 가족이 행복하게 잘살 수 있게 도와준 그에겐 은인이었다. 그래서 그의 부탁은 거절할 수 없었다.

"금산장에서 사람이 왔나 보네요?"

후원의 정자에 앉아 며느리와 함께 뛰어노는 손자와 손녀의 모습을 가만히 지켜보던 가학군은 고개를 돌려 부인의 얼굴을 쳐다보았다. 반백의 중년 여인이 가만히 미소를 건네자 가학군은 고개를 끄덕였다.

"부인의 말대로 왔다 갔소."

"무슨 일인가요?"

어깨에 손을 얹자 가학군은 그런 부인의 손을 만지며 미소 지었다.

"별일 아니오. 그것보다 며칠 나가봐야 할 것 같소."

"며칠이요?"

가학군이 고개를 끄덕이며 자리에서 일어섰다.

"정말 며칠뿐이지요? 젊을 때 제 속을 많이 상하게 한 당신이잖아요."

"정말 며칠이오. 하하!"

가학군은 크게 웃으며 부인의 어깨를 다독였다. 그러자 부인이 가학군에게 서찰을 내보이며 말했다.

"좀 전에 무림맹에서 온 서찰이에요."

"음? 오늘은 금산장에서도 사람이 오더니, 무림맹에서도 왔군."

가학군은 가만히 중얼거리며 의외라는 듯 서찰을 읽었다. 그러다 안색을 굳혔다. 그 글을 옆에서 보던 부인의 안색도 경직되었다.

"장로라……."

가학군은 자신을 무림맹의 장로로 모시고 싶다는 서찰의 내용을 읽곤 고개를 저으며 수염을 쓰다듬었다. 서찰엔 군사인 제갈량이 맹주를 대신해 곧 찾아뵙겠다고 쓰여 있었다.

"쓸데없는……."

가학군은 이내 천천히 걸음을 옮기기 시작했다.

*　　　*　　　*

　저녁이 되자 허름한 집으로 돌아온 왕아려는 이미 운소명의 거처를 확인한 후였다. 그녀는 방 안에 돌아와 의자에 앉으며 장우가 오기를 기다렸다. 오늘 있었던 일을 이야기해야 했기 때문이다.
　얼마 지나지 않아 장가승과 오정이 모습을 보였고 그 후 장우와 홍천 사조의 정보와 전략을 담당하는 노원산이 들어왔다. 하문에서의 임무를 마쳤으니 이제는 운소명의 임무로 넘어간다고 말한 장우에게 왕아려는 자신이 오늘 본 일과 운소명의 거처까지 확인한 사실을 보고했다.
　"운이 좋다고 해야 할까, 아니면 나쁘다고 해야 할까."
　장우는 안색을 찌푸리며 중얼거렸다.
　"그와의 거리는 어느 정도였지?"
　"삼 장 이상은 절대 다가가지 않았어요."
　"흠, 그가 눈치챈 것 같지는 않았고?"
　"예."
　왕아려의 대답에 장우는 눈을 반짝였다. 분명 그자의 삼십 장 근처까지 가지 말라고 했기 때문이다.
　"일단 보고부터 하고 돌아가면서 감시하기로 하지. 절대 들키지 말아야 하니 지금부터는 삼십 장 안으로 접근하지 말도록."

 모두들 고개를 끄덕이자 왕아려는 아미를 찌푸렸다. 삼 장까지 접근한 그녀는 굳이 삼십 장까지 거리를 둘 필요가 있을지에 대한 의문이 들었기 때문이다.

 "우리는 상부에서 지시한 내용대로 하면 된다. 삼십 장이라 했으니 그렇게 하는 것으로 한다."

 장우가 다시 한 번 강조하듯 말하자 왕아려는 고개를 끄덕였다. 그러자 말이 없던 노원산이 말했다.

 "그자의 방을 뒤져 보는 것도 좋을 것 같은데요? 뭔가 나온다면 맹에서 왜 그자를 주시하는지 알 수 있지 않을까요? 왕언니가 삼 장까지 접근한 것으로 보아 은신과 잠행에는 밝은 것 같지 않아요. 그 방면에 어느 정도 조예가 있어야 눈치챌 수 있잖아요? 하지만 이자는 강호에 나온 지 얼마 되지 않았어요."

 노원산의 말에 장우가 고민스러운 표정을 보이다 미미하게 고개를 끄덕였다.

 "기회가 된다면……."

 장우는 곧 수하들에게 일을 지시하기 시작했다.

                 *   *   *

 어둠 속에서 움직이던 검은 인영은 침상에 누워 있는 청년에게 소리없이 다가갔다. 달빛조차 사라진 짙은 어둠 속에서 검은 인영의 두 눈만이 마치 먹이를 노리듯 누워 있는 청년을 쳐다볼 뿐이었다.

"슥!"

품속에서 꺼낸 도는 단도라고 보기엔 길고 일반 도라고 하기엔 짧은 중도(中刀)였다. 검은 인영은 자고 있는 청년의 목을 향해 도를 치켜들었다. 그 순간 청년의 눈이 떠졌고 이를 본 복면인의 눈이 부릅떠졌다.

"빠른데?"

말과 함께 운소명의 오른손이 복면인의 장심에 닿았다.

"퍽!"

둔탁한 소리가 들리는 순간 복면인이 힘없이 비틀거리다 바닥에 쓰러지려 하자 운소명은 재빠르게 상체를 안아 소리없이 바닥에 내려놓은 후 번개처럼 문을 열고 손을 뻗어 서성이던 검은 인영의 목을 움켜잡았다.

"헉! 켁!"

운소명은 조금 작은 키의 청년을 노려보며 방문을 닫았다. 숨이 막히는지 청년의 얼굴이 붉게 달아올랐다. 운소명은 가만히 청년의 얼굴을 쳐다보다 짧게 물었다.

"살명회(殺命會)?"

청년은 아무런 대답도 못한 채 바동거리며 운소명의 손을 풀기 위해 안간힘을 쓰고 있었다. 운소명은 무표정한 얼굴로 다시 말했다.

"살명회겠지."

뚜둑!

가볍게 목을 부러뜨린 운소명은 곧 두 구의 시신을 어깨에 메고 창밖으로 사라졌다.

창문을 통해 방 안으로 서늘한 바람이 들어오고 있었다. 그 사이로 검은 그림자 하나가 소리없이 들어와 방 안을 수색하기 시작했다.

약 일다경 정도의 시간이 흘렀을까? 검은 그림자의 움직임이 멈추더니 이내 유령처럼 바닥으로 꺼졌다.

휘릭!

옷자락이 휘날리는 소리와 함께 방 안으로 들어온 운소명은 곧 창문을 닫고 침상에 누워 잠을 청했다.

'이런 제길, 염병할 놈! 왜 지금 들어오는데! 아주 잠깐이면 되는데!'

은신술과 함께 호흡을 멈춘 오정은 욕을 하며 낮이 되어 운소명이 사라지기를 기다렸다. 자고 있는 중에도 운소명의 주변에서 흘러나온 끈적거리는 기운이 거미줄처럼 방 안에 펼쳐진 것을 느꼈기 때문이다.

'재수가 없으려니.'

오정은 속으로 자고 있는 운소명을 몇 번이고 죽이는 상상을 하며 인내심과 끈기를 가지고 버텼다.

 시신을 처리하고 방 안으로 돌아온 운소명은 본능적으로 이질적인 기분을 느끼고 있었다. 하지만 그 위치가 어디인지 정확하게 파악되지 않았다. 사람이 들어와 있는 것 같으면서도 아닌 것 같은 묘한 느낌이었다.
 잠을 자는 척하면서 상대가 움직이기를 기다리듯 신기정공을 방 안에 펼쳤다. 자신의 기를 방 안에 풀어놓아 상대의 기를 느끼기 위함이었다. 체온이 있는 생명체라면 신기정공의 거미줄 같은 기에 반응하게 마련이었다.
 생명체는 은연중 기를 발산하기 때문에 그 기가 신기정공의 기와 부딪쳐 피부로 느껴지는 것이다. 마치 피부를 살짝 누른 것 같은 기분이랄까? 신기정공은 고수들이 은연중 일으키는 기도와도 같은 것이었다.
 '대단하군. 아니면 내 착각인가?'
 반 시진 정도 눈을 감고 자는 척 상대의 움직임을 파악하던 운소명은 아무것도 느끼지 못하자 곧 신기정공을 풀고 잠을 자기 시작했다.

 오정은 방 안을 가득 메우던 끈적이던 기운들이 사라졌음에도 움직이지 않았다. 상대는 삼십 장 안으로 접근하지 말라고 당부한 인물이었다. 그 인물이 강호초출이든 무림고수든 상관없었다. 명령에 따라야 했고, 조심해야 한다는 뜻으로 받아들였다.

그리고 한유를 죽인 인물이었다. 그저 하나면 족했다. 인내하는 것은 힘들지만 목숨이 오가는 일이기에 주저없이 아침이 되어 완전히 사라질 때까지 버틸 생각이었다.

'이런 미친.'

오정은 방 안으로 들어오는 세 명의 검은 복면인을 볼 수 있었다. 소리없이 창을 열고 들어온 세 사람은 분명 살수들이었다. 소리없는 움직임으로 충분히 알 수 있었다. 하지만 창을 열면 방 안의 공기가 달라지고 온도도 변한다. 그 정도만 되어도 충분히 운소명 같은 고수는 알아차릴 것이다.

'예비조로군.'

오정은 처음 들어온 살수가 돌아오지 않자 예비조가 확인차 움직인 것을 알았다. 그리고 그들이 검을 뽑아 드는 순간 허깨비가 지나간 것처럼 운소명의 신형이 일어났다가 다시 누웠다.

"음……."

입맛을 다시며 모로 누운 운소명은 숨을 고르게 내쉬며 깊은 잠에 빠져든 것처럼 보였다. 하지만 오정은 식은땀을 흘려야 했다. 그저 눈 깜빡이는 사이에 세 명의 이마에 점을 찍었기 때문이다. 그리고 그들은 그 자리에서 굳어진 듯 움직이지 않았다.

어떤 무공을 펼쳤는지 모르나 한순간에 세 명의 숨소리와 심장 소리가 사라졌다. 극히 짧은 순간이었다.
'병신 같은 살명회 놈들.'
오정은 그들이 죽었다는 것보다 그들 때문에 이곳에 더 오래 머물러야 한다는 사실에 화가 났다.

새벽에 눈을 뜬 운소명은 시신들을 들고 창을 통해 객잔을 빠져나왔다. 지붕을 밟으며 빠른 경공술로 바닷가에 도착한 그는 시신들을 버리고 그 길로 남하하기 시작했다. 아직 창천궁까지는 먼 거리였다.

第二章

붉은 도(刀)

붉은 도(刀)

　어두운 방 안에 앉아 있던 하오문의 육대회 중 하나인 살명회의 회주 혼객(魂客) 사도정은 안색을 찌푸린 채 근심 어린 표정을 짓고 있었다.
　살수로서 오랜 시간 이 바닥에 몸을 담고 있던 그지만 네 명의 살수와 정보원 한 명이 소리없이 사라진 일은 단 한 번도 없었다. 한 조 전체가 사라진 것이다.
　'죽었다고 봐야지.'
　사도정은 턱수염을 쓰다듬으며 고개를 저었다.

　수단과 방법을 가리지 말고 운소명을 죽여라.

그리 긴 명령은 아니었으나 상당히 고압적이고 강한 집념이 담긴 문구였다. 그 서찰은 하오문주인 봉천악이 직접 친필로 보낸 것으로 절대적인 명령이었다. 명령과 함께 홍원회로부터 운소명에 대한 정보도 함께 왔다.

하지만 정보가 많지 않았고 그것도 단편적인 것들뿐이었다. 그중에 한유를 죽였다는 문구가 무엇보다 자신의 눈을 사로잡고 있었다.

아무리 뛰어난 살수라도 그건 평범한 사람들에게 해당되는 이야기였다. 무림인에게 살수로 다가가는 일은 상당히 어려운 일이었고 실패를 하는 경우도 종종 있었다. 살수에게 실패는 곧 죽음이었다.

그렇기 때문에 일급 이상의 무공을 소유한 무림인들이라면 의뢰를 거의 받지 않았다. 또한 거대 문파를 상대로 하는 의뢰 역시 받지 않았다. 그들을 상대한다는 것은 곧 멸문을 의미하기 때문이다. 하오문이 강호에서 사라질 리야 없지만 사람은 사라진다.

"칠조가 약속된 시간까지 모습을 보이지 않았다면 죽었겠지. 모두……."

"예."

어둠 속에서 목소리가 들려왔다. 사도정은 이미 어둠 속에 사람이 있다는 것을 알고 있기에 놀라지 않았다.

"어찌할까요?"

다시 들려온 목소리에 사도정은 고민스러운 듯 잠시 입을 닫았다. 그러다 천천히 말했다.

"기간은 명시하지 않았으니 당분간 동태를 파악하는 것으로 하게. 물론 기회가 생기면 즉각적으로 움직이고. 십조부터 십오조까지 다섯 개 조를 투입하게나."

다섯 개 조란 말에 어둠 속의 인영이 잠시 입을 열지 못했다. 인원으로 따지면 이십오 명이었고 거기에 붙어야 할 중간 정보원들의 수까지 합치면 일백이 넘는 숫자였다. 무림의 고수를 상대할 때나 투입되는 인원으로, 근 십 년간 단 한 번도 이렇게 대단위로 움직인 적이 없었다. 그만큼 운소명을 의식하는 명령이었다.

"알겠습니다."

목소리는 간결하게 흘러나왔다.

"기회다 싶으면 주저없이 움직이라 하게. 거기다 금천조까지 움직인 모양이니 그들도 조심하라 이르고."

"아!"

금천조라는 말에 어둠 속의 목소리가 조금 놀란 듯했다. 금천조는 금산장의 숨겨진 힘이었기 때문이다. 하지만 그것도 잠시뿐 곧 굳은 대답이 흘러나왔다.

"예. 수하들에게 당부하겠습니다."

대답과 함께 바람이 살짝 불었다. 사도정은 인기척이 사라진 것을 알고 자리에서 일어나 어두운 방 안으로 들어갔다. 그런 그의 얼굴은 여전히 좋지 못했다.

'걱정이군.'

살수의 본능이랄까? 사도정은 본능적으로 뭔가 빠진 것 같은 기분이 들었다. 거기다 금천조는 아군이라도 자신들이 하는 일에 방해가 된다면 주저없이 살수를 쓰는 인물들이었다. 그들의 개입은 달갑지 않은 게 어쩌면 당연했다.

"금천조가 움직인다고?"

하달이 고개를 끄덕이자 문홍은 안색을 찌푸렸다. 금천조는 홍천과 비슷한 성격을 지닌 곳이기 때문이다. 물론 운소명에겐 금전적인 장부를 정리하는 곳이라 거짓말을 했지만 금천조 역시 금산장의 최정예이자 장주의 안 보이는 힘이었다.

홍천과 다른 게 있다면 홍천은 개인이나, 몇 명의 조를 이루어 활동한다는 점과 다르게 금천조는 열 명의 단위로 움직이는 살인 집단이었다. 금산장의 재력으로 산 무공서와 영약을 통해 무공 수위도 상당히 높은 인물들이었다. 개개인이 일급고수라 봐도 무관했다.

"거기다 살명회까지라……."

문홍은 고민스러운 듯 아미를 찌푸리다 하달에게 말했다.

"일단 주의를 줄 필요가 있을 것 같은데요? 지금은 장우의 홍천 사조가 뒤따르고 있어요."

장우라는 말에 하달은 미소를 그렸다. 그나마 친한 친구 같은 동료가 장우였기 때문이다. 장우는 다른 대원들과 다르게 인간적인 면이 있는 친구였다.

"내가 가지."

하달의 말에 문홍은 고개를 저었다.

"이곳에 계세요, 이번엔 제가 갈 테니까."

문홍이 직접 가겠다는 말에 하달은 살짝 안색을 찌푸렸다. 다른 이유가 있어서 그런 게 아니라 이곳에 있으면 문홍을 대신해 업무를 봐야 했기 때문이다. 차라리 아무 생각 없이 움직이는 게 하루 종일 의자에 앉아 업무를 보는 것보다 체질상 나았다.

"최대한 빨리 왔으면 좋겠는데?"

하달이 약간 경직된 표정으로 책상 위에 올려진 책들을 들추며 말하자 문홍은 눈웃음을 그리며 대답했다.

"그럴게요. 그동안 일 좀 봐주세요."

"그러지."

하달은 가만히 고개를 끄덕였다. 곧 문홍은 출발 준비를 위해 부산하게 움직이기 시작했다. 그 모습에 하달이 다시 물었다.

"혼자 갈 건가?"

"예. 그게 편해요."

문홍의 대답에 하달은 조금 걱정된다는 듯 다시 말했다.

"혹시 모르니 조심하라고. 금천조는 우리라고 해서 봐주는 일이 없으니까."

"알아요."

문홍은 눈을 반짝이며 걱정하지 말라는 듯 미소를 그렸다.

*   *   *

무림의 중심이라면 역시 사람들은 무림맹을 꼽았다. 무림맹의 무사들은 언제나 천하를 호령했고 무림맹은 언제나 무림의 모범이 되어왔다. 무림맹 내에 거주하는 무사들의 수만 오천에 달했고 수많은 건물들은 거대하게 그 위용을 자랑하고 있었다.

그런 무림맹에서도 가장 사람의 인기척이 없고 조용한 곳이 있다면 풍운각(風雲閣)이었다. 풍운각은 무림맹에서도 꽤 큰 규모를 자랑하는 곳이었으나 가장 오가는 사람이 없는 곳이었다.

천하를 감시하는 그들은 늘 은밀하게 움직였고 풍운각 내에 거주하는 무사들의 수는 백 명이 되지 않았다. 외부에서 활동하는 사람들이 대다수였기 때문이다.

뚜벅! 뚜벅!

사람이 거의 오가지 않는 풍운각을 넘어 들어오는 인물이 있었다. 칠 층의 거대한 풍운각의 본 건물 안으로 들어와 천천히 위로 올라갔다.

"밀영대의 대주 무휴입니다."
곽사록은 문밖에서 들리는 목소리에 좀 전에 올라온 은영대의 보고서를 읽다 고개를 들었다. 부르지 않는 이상 특별한 일이 아니면 직접 찾아오는 경우가 드문 밀영대의 대주 무휴였다. 그런 그가 직접 왔다는 건 뭔가 중요한 볼일이 있는 게 확실했다.
"들어오게."
곽사록의 진중한 목소리에 곧 문을 열고 무휴가 들어왔다.
"각주님을 뵙습니다."
"앉게."
곽사록은 작은 다탁 옆에 놓인 의자에 앉기를 권한 후 무휴가 자리에 앉자 물었다.
"그래, 무슨 일인가?"
"다름이 아니라 요즘 하오문이 운소명이란 인물을 찾기 위해 혈안이 되어 있어서 왔습니다."
"운소명?"
곽사록은 처음 듣는 이름이기에 의외라는 표정으로 무휴를 쳐다보았다. 사람 한 명 찾는 것 때문에 무휴가 직접 올 정도인지 의문이 든 것이다.
"처음 듣는 이름인데… 자네가 관심을 가지다니 특별한 인

물인가?'

곽사록은 무휴가 별 볼일 없는 인물 때문에 자신에게 찾아왔다고 생각하지 않았다.

"저로서도 판단하긴 어려우나 하오문에서 지금까지 이렇게 대대적으로 움직이는 것은 본 적이 없습니다. 육대회가 전체적으로 움직이는 것으로 보입니다. 그것도 저희 밀영대의 눈에 띌 정도로 움직이고 있습니다."

"호오."

곽사록은 호기심 어린 눈빛으로 무휴를 쳐다보았다. 하오문에서 그렇게 대대적으로 움직인다면 그 운소명이란 인물에게 하오문이 원하는 무언가가 있는 게 분명해 보였다.

"운소명은 강호에 나온 지 얼마 안 된 인물로, 가장 처음 모습을 보인 곳이 위지세가입니다. 위지세가의 비무대회에서 유신을 이기고 유령도를 가진 인물로 요 근래 명성을 조금 얻은 인물입니다."

"대단하군."

곽사록은 유신을 이겼다는 말에 눈빛이 달라졌다. 유신은 무림맹 내에서도 실력자로 알려진 인물이었기 때문이다.

"그 일로 인해 제갈 군사가 본 맹에 영입하려 한 인물입니다. 군사님의 명령으로 밀영대원을 붙여 위치를 파악하고 있었으나 얼마 전 붙여두었던 밀영대원이 죽으면서 종적을 놓쳤습니다."

"아, 이제야 기억나는군. 그런 일이 있었지."

곽사록은 무휴의 설명을 듣고 나서야 기억나는 듯 미미하게 고개를 끄덕였다. 분명 제갈현의 부탁으로 밀영대를 움직인 일이 있었다.

"얼마 전 남경에서 큰 싸움이 있었다고 합니다. 목격자가 거의 없어 정확한 정황은 모르나 아무래도 금산장의 무인들과 누군가가 싸운 모양입니다. 정확히 어떤 인물이 싸웠는지 모르나 운소명이 연관된 게 아닐까 합니다. 그 싸움 이후부터 하오문의 움직임이 눈에 띄게 커졌으니 말입니다."

"그렇다면 남경에서 운소명은 하오문과 싸운 모양이군?"

"아직 파악된 게 없어서 잘 모르겠습니다. 하지만 하오문이 그날 큰 피해를 본 게 분명합니다. 하오문의 육대회가 이렇게 움직일 정도니 말입니다."

그 말에 곽사록은 살짝 미소를 보이며 눈동자를 빛내기 시작했다.

"그들이 그렇게 움직인다면 적어도 그 싸움에서 살인이 있었다는 뜻인데, 죽은 인물은 분명 육대회주 급이거나 그 이상일지도 모르겠군."

곽사록의 말에 무휴는 예상하고 있었다는 듯 고개를 끄덕였다. 그러자 곽사록이 다시 말했다.

"그렇지 않고서야 그들이 그렇게 움직일 이유가 없지 않나?"

"그렇습니다."

"살명회도 움직이겠지?"

"예. 그들의 움직임을 파악 중에 있습니다."

"이 기회에 하오문과 그 운소명이란 자가 크게 싸워주면 좋을 텐데. 하오문의 육대회를 파악할 수 있는 절호의 기회일지도 모르고 말이야. 뛰어난 애들을 선별해서 은밀히 그자를 주시하게. 하오문과 크게 싸운다면 안 보이게 지원하고."

"예. 그렇게 하겠습니다."

무휴가 대답하자 곽사록은 의자에 깊숙이 기대어 앉으며 물었다.

"또 다른 일은 없나?"

"개방이 곧 단합대회를 연다고 합니다."

"으흠……!"

곽사록은 개방이 단합대회를 연다고 하자 깜짝 놀란 표정으로 무휴를 쳐다보다 이내 이마에 주름을 그리며 고개를 저었다.

"그 많은 놈들이 한곳에 모인다니… 걱정이군."

개방은 천하에서도 방도 수가 가장 많은 문파였고 머릿수로 따진다면 단일세력으론 최고였다. 그런 개방이 단합대회를 연다면 당연 천하제일의 규모일 것이다. 그런데 문제가 있었다. 워낙 자유로운 사람들이다 보니 단합대회가 있는 지역 인근은 온통 난장판이 되고 만다. 그 뒤처리를 개방도도 하지만 무림맹이 도맡아 해야 했다.

 난장판으로 변해 버린 드넓은 대지를 치우는 무림맹의 무사들이 머릿속에 떠올랐다. 하지만 직접 치우는 일은 다른 사람들의 몫이었다. 곽사록은 바쁘게 움직일 무림맹의 무사들을 떠올리며 미소 지었다.

"그 일이야 알아서 하겠지."

"그리고 마불(魔佛)이 모습을 보였습니다."

 무휴의 말에 곽사록의 눈빛이 변하였다. 무휴 역시 이 일 때문에 직접 이곳에 온 것이다. 곽사록의 전신에서 미미한 살기가 피어나기 시작했다. 마불과는 개인적인 원한이 있는 사이였기 때문이다.

"어디에 있나?"

 곽사록의 목소리는 가라앉아 있었다.

"현재 호남성에서 남쪽으로 이동 중에 있습니다."

"남쪽이라……."

 가만히 중얼거린 곽사록은 곧 고개를 끄덕이며 말했다.

"직접적으로 부딪치지는 말고 신중히 뒤따르게 하게. 주기적으로 내게 보고하는 것 또한 잊지 말고."

"예. 알겠습니다."

"마불이라… 십 년 동안 잘 숨어 있다 갑자기 나타나다니, 의문이군."

 가만히 중얼거린 곽사록은 자리에서 일어났다. 맹주인 추파영에게 보고해야 할 것 같았기 때문이다.

추파영의 집무실 안에 모여 앉은 세 명은 추파영을 비롯한 제갈현과 곽사록이었다. 곧 문을 열고 감찰각의 조양환이 인사하며 들어와 의자에 앉았다.
"마불이 다시 나타났다고 합니다."
제갈현이 말하자 조양환은 미미하게 고개를 끄덕였다. 이미 이야기를 듣고 왔기에 마불의 출현에 크게 놀라는 모습을 보이지 않았다. 하지만 마음속으로 상당히 놀라고 있었다.
'왜 이제 와서……'
조양환은 마불과 개인적으로 친분이 있는 사이였다. 어릴 때 함께 동문수학한 사제지간이었기 때문이다.
"공적으로 수배한 마불이 나타난 이상 본 맹은 척살대를 소집할 생각이오."
"마불의 무공으로 볼 때 적당한 인물을 찾기 어렵습니다. 당분간 그를 주시하고 있는 게 옳은 판단이라 생각합니다."
추파영의 말에 조양환이 말하자 곽사록은 안색을 굳혔다.
"그놈을 이대로 둔다면 또 어떤 짓을 할지 모르오. 하루라도 빨리 처리하는 게 소림을 위해서라도 좋은 거 아니오?"
조양환이 그 말에 안색을 찌푸렸다. 소림사의 제자였던 자신이었기에 소림을 들먹이자 기분이 상할 수밖에 없었다.
"나라고 해서 잡고 싶지 않은 게 아니오. 하지만 마불의 무공을 생각해야 하지 않소? 섣부르게 접근했다간 피해만 커질 뿐이오."

"소림이 따로 움직일 가능성은 있습니까?"

제갈현이 조양환의 말에 물었다. 그러자 조양환은 고개를 끄덕였다.

"마불이 다시 나타났다는 것을 알면 소림 역시 가만히 있지 않을 것입니다. 소림의 제자였으니, 소림에서 처리하는 게 나을지도 모르겠습니다."

제갈현은 그 대답에 고개를 끄덕였다.

"하나 맹의 위신도 있으니 저희라고 손을 놓을 수는 없습니다. 또한 마불과 원한 관계가 깊은 문파도 많으니 소림이 독자적으로 움직인다면 다른 문파와 분란만 조성할 뿐입니다."

"아마도… 그렇겠지요."

조양환은 미미하게 고개를 끄덕였다. 제갈현의 말처럼 마불은 다른 문파들과 원한이 많았다. 그것을 잘 알기에 그 역시도 소림의 독자적인 움직임을 막고 싶은 입장이었다.

"후. 장로들과 회의를 하려고 하니 벌써부터 머리가 아프군."

추파영은 짐짓 골치 아프다는 표정으로 이마를 손으로 누르며 고개를 저었다. 그 모습에 제갈현이 가만히 미소 지었다.

"장로 분들과 대화하는 것뿐입니다. 벌써부터 그러시면 앞으로 어떻게 하시려고 그럽니까? 하하! 너무 신경 쓰지 마십시오. 어차피 파벌 싸움이야 늘 있는 일이 아닙니까?"

"어려워, 너무 어렵네."

추파영은 고개를 저으며 낮게 중얼거린 후 다시 말했다.

"맹주가 된 지 얼마나 되었다고 조용한 날이 없는 것 같소이다. 하하! 일단 특무단과 이번에 새로 조직한 묵풍단을 보내는 것으로 하지요. 무림맹의 위신도 있는데 이대로 앉아 있을 수는 없는 일이 아닙니까?"

"일단 마불을 처리한 후 장로 분들과 이야기를 하는 것도 좋은 방법입니다. 무림맹의 이름으로 처리를 했으니 큰 소란은 없을 것입니다."

추파영의 말을 받아 제갈현이 말하자 곽사록은 조금 아쉬운 듯 눈을 반짝였다. 조양환은 안색을 찌푸린 채 깊은 고민에 빠진 표정이었다.

"마불과는 개인적으로 원한이 있는데… 특무단과 함께 제가 가보는 것은 어떻겠습니까? 풍운각의 일이 막중하다는 것은 아나 녹슬어가는 제 도를 볼 때마다 가슴이 아픕니다."

농담처럼 곽사록이 말했으나 그 속엔 나가고 싶다는 강렬한 의지가 있었다.

제갈현은 이마에 주름을 그렸다. 곽사록이 직접 나간다면 그만큼 믿을 수 있기 때문에 반가울 수도 있으나 행여 잘못되기라도 한다면 무림맹은 그만큼 큰 손실을 당하게 된다.

"아니 되오. 곽 각주께선 할 일이 많지 않소이까? 제가 가겠소이다. 마불과의 관계도 있고 혹시 소림이 움직일지도 모르는 일이 아니오?"

조양환이 말하자 곽사록은 안색을 굳혔다. 자신의 길을 방해하는데 기분이 좋을 리 없었다. 조양환은 그저 담담한 눈빛으로 곽사록을 노려보았다. 풍운각과 감찰각은 본래 사이가 좋지 않은 터라 맹에서도 두 각에 속한 무사들이 자주 부딪치곤 했다. 그러다 보니 각주인 둘 역시 사이가 좋을 리 없었다.

"두 분께서 그리 말씀하시니 고민이오."

추파영이 미소를 보이며 말하자 둘은 곧 시선을 돌렸다.

"맹주님 앞에서 추한 꼴을 보였습니다. 죄송합니다."

"죄송합니다."

곽사록과 조양환이 동시에 말을 한 후 고개를 숙여 보이자 추파영은 담담히 말했다.

"마불의 무공이 뛰어나다는 것은 저도 잘 알고 있소이다. 또한 그자의 손이 잔인하다는 것도 잘 알고 있소. 하지만 맹에도 뛰어난 인재가 많이 있소이다. 두 분이 직접 나서신다면 그 자리를 누가 지키겠소이까? 또한 조 각주와 곽 각주는 마불과 개인적인 감정이 있는 사이가 아니오? 그러니 두 분은 가실 수 없소이다. 내 생각엔 마불의 상대로 묵풍단주인 장소저가 어울릴 것 같소이다. 또한 묵풍단의 부단주인 유신의 무공 역시 장 소저와 비교해 결코 뒤지지 않소. 거기에 특무단의 절반이 간다면 아무리 마불이라도 감당하지 못할 것이오."

곽사록과 조양환이 그 말에 미미하게 고개를 끄덕였다. 특무단의 절반이라면 절정고수라도 견디기 어려운 상대들이었다. 그런데 장림까지 함께 간다면 아무리 마불이라도 쉽게 무림맹의 손을 빠져나가기 어려울 것이라 생각했다.

거기다 무림맹이 움직인다면 자연스럽게 다른 문파도 마불의 출현을 알게 될 것이고, 움직일 것이다. 무림맹이 아무리 말려도 그들은 움직일 것이다. 마불이 아무리 대단한 무인이라도 이번에는 쉽게 숨지 못할 것이라고 판단했다.

"그리고 백화성이나 창천궁으로 도망칠지 모르니 그곳에도 미리 연락을 취하겠습니다."

"그렇게 하시오."

제갈현의 말에 추파영이 고개를 끄덕인 후 말했다.

"마불에 관한 것은 다음에 다시 의논하기로 하고 이 정도로 마치겠소."

"예."

추파영의 말에 사람들이 자리에서 일어나 각자의 방향으로 흩어졌다. 홀로 남은 추파영은 곧 짧게 숨을 내쉰 후 집무실을 나와 천천히 내원의 잘 꾸며진 정원을 걷기 시작했다.

"마불이 나타나다니, 어찌 된 건가?"

주변에 사람이 있었다면 추파영을 이상하게 쳐다볼 게 분명했다. 그의 주변엔 눈을 씻고 찾아봐도 사람의 그림자라곤 추파영 한 명이었기 때문이다. 그런데 추파영은 그저 허공에 물었다. 그런 추파영의 목소리는 낮고 건조했다.

그런데 사람이 있는 것일까? 추파영의 귀로 낮고 가느다란 여자의 목소리가 들려왔다.

"금산장도 모르는 일입니다. 아무래도 이관용이 보낸 것으로 보입니다."

"금산장주를 믿지 못하는 건가?"

"천단에서 고용한 한유가 죽었기 때문에 운소명을 필히 죽이려는 이관용의 생각인 듯합니다."

"하긴. 그 친구, 받은 게 있으면 받은 만큼 베풀어주는 게 예의라는 것을 잘 아는 친구이지. 운소명에 대한 건 어디까지 알고 있나?"

"거의 모릅니다. 하지만 조만간 알게 될 것으로 보입니다."

"마불을 보냈다면… 어느 정도는 눈치챈 것으로 보이는데……."

추파영은 가만히 중얼거리며 무언가 생각난 듯 잠시 걸음을 멈추었다.

"오늘 밤 내 방으로 오게."

추파영의 마지막 말에 대답은 들리지 않았다. 일 때문에 오라는 건 아닌 게 분명했다. 하지만 추파영은 신경 쓰지 않는다는 듯 천천히 걸음을 옮겨갔다.

*　　　*　　　*

드넓은 바닷가의 푸른빛은 가슴을 시원하게 만들어주고 있었다. 하문을 벗어난 지 삼 일째였고 삼 일 동안 해안선을 따라 이동하는 중이었다. 바닷가를 따라 크고 작은 마을이 촘촘히 늘어서 있었기에 노숙할 일은 없었다.

쉬이잉!

바다에서 불어오는 바람이 강하게 전신을 스치고 지나쳤다. 운소명은 천천히 걸음을 옮기며 바다의 푸른빛을 눈에 담았다. 속이 시원하게 뚫리는 이 느낌을 오랫동안 간직하고 싶었기에 해안을 따라 이동하는 중이었다.

쏴아아!

바람이 불자 물결이 일어나는 소리가 들려왔다. 운소명은 모래사장 뒤로 늘어선 갈대밭을 쳐다보았다. 드넓게 펼쳐진 갈대는 황금빛으로 물들어 있었으며 절로 눈이 탁 트이는 절경을 만들어주고 있었다.

그 속에 마치 붓으로 찍어놓은 것처럼 한 사람이 서 있었다. 그 사람은 그곳에 오랫동안 서 있었던 것처럼 미동도 하지 않은 채 바다만 하염없이 바라보고 있을 뿐이었다.

마치 바다에 소중한 무언가를 두고 온 사람처럼 보였다.

운소명은 잠시 눈을 반짝였다. 특별하게 보이는 것은 손에 들고 있는 붉은 도집의 유엽도였다. 옷은 너무 낡고 해어져 금방이라도 떨어져 나갈 것처럼 보였고 여기저기 실로 꿰맨 흔적이 보였다.

하지만 절대 거지 같다는 생각이 들지 않았다. 아니, 오히려 깨끗하고 단정해 보였다.

운소명은 천천히 갈대밭 사이로 걸어 들어와 바닷가를 쳐다보았다. 잔잔하게 넘실거리는 파도의 모습이 그의 눈에 잡혔다.

"정말 많은 비무를 했지."

바로 옆에 서 있는 중년인의 낮고 단조로운 음색의 목소리에 운소명은 가만히 미소를 그렸다.

"무인이 되고자 무공을 수련했고 하루도 빼놓지 않고 나를 단련했다네."

운소명은 여전히 입을 열지 않았다. 그저 중년인의 옆에서 가만히 바다만 쳐다볼 뿐이었다. 잔잔한 바람이 불어와 옷자락을 가볍게 스치고 지나치자 중년인이 다시 말했다.

"자기 자신을 단련하는 것만큼 쉬운 게 없네."

운소명은 미미하게 고개를 끄덕였다. 중년인 역시 대답을 듣기 위해 말을 한 것이 아니라 그저 혼잣말처럼 떠드는 것이기에 말이 없는 운소명에 대해서 신경 쓰는 것처럼 보이지는 않았다.

"마흔이 넘어서야 약간의 명성을 얻었고, 지금에 이르러 일가를 이루었다는 소리를 듣게 되었네."

운소명은 중년인의 말에 담담히 고개를 끄덕이며 눈을 빛내기 시작했다. 이미 중년인이 누구인지 알고 있었다. 강호상에서 가장 유명한 도객 중 한 명이 바로 옆에 서 있었고, 그의 말은 운소명에겐 좋은 가르침이었다.

"나는 선택받은 사람이네. 이 나이가 되어 일가를 이루었다는 소리를 들으니 말일세."

운소명은 미소를 그리며 고개를 끄덕였다. 그제야 중년인이 운소명을 쳐다보며 말했다.

"자네는 어떤가, 자넨 선택받은 사람인가?"

중년인의 물음에 운소명은 고개를 저었다.

"글쎄요."

그 대답에 중년인은 미소를 보이며 다시 바다를 쳐다보았다.

"세상엔 무공을 수련하는 사람들이 바로 앞에 보이는 바닷가의 모래알처럼 많네. 그런데 그중에 몇이나 이 나이에 일가를 이루었다는 소리를 듣겠나?"

"아마… 거의 없을 것입니다."

"그렇지. 내 나이 때까지 살아 있는 사람들조차 손에 꼽을 것이네."

운소명은 고개를 끄덕였다. 그의 말처럼 대다수의 사람들은 일류고수의 반열에 드는 것도 어려워했고 일류고수 중에서도 절정에 들어선 사람은 극소수에 불과했다. 그랬기 때문에 그들의 명성은 높았고 모르는 사람이 거의 없었다.

사람들이 우러러보는 존재이자 닮고 싶은 사람이었고 무인이었기 때문이다. 또한 무인으로 오랫동안 삶을 살아간다는 것 역시 쉬운 게 아니었다.

"처음 무공을 수련할 때 난 스스로 선택받은 사람이라 생각했네. 좋은 가문에 좋은 집, 굶어 죽는 사람이 천하에 널려 있는데 난 배부르게 먹고 다녔으니 말이네. 하지만 집안이 망하고 홀로 강호에 나왔을 때 알게 되었지, 선택받은 사람이 아니라는 것을. 신에게 선택받은 사람이 되고자 무공을 수련했지만 쉬운 게 아니더군. 마흔이 겨우 넘어서야 약간의 명성을 얻었을 때 난 하늘이 선택한 사람을 만나게 되었네."

운소명은 그 말에 시선을 돌려 중년인을 쳐다보았다. 중년인은 그 시선에 가볍게 미소를 보이며 넘실거리는 파도를 쳐다보았다.

"이제 갓 이십에 불과한, 강호에 처음 나온 추파영이란 후배를 말이네."

운소명은 추파영이란 이름에 고개를 미미하게 끄덕이며 눈을 빛내기 시작했다.

"내 나름대로 어느 정도 무공에 자신을 가질 때였지. 하지만 나는 졌다네. 후후. 그제야 처음부터 선택받은 사람이 있다는 것을 알았네. 자네는 어떤가?"

운소명은 안색을 찌푸리며 고개를 저었다. 그러자 중년인이 다시 말했다.

"자네도 선택받은 사람일세."

"……!"

운소명의 표정이 굳어지자 중년인은 미소를 그리며 다시 말했다.

"생각을 해보게나. 대다수의 사람들은 마흔이 넘어서도 일류에 들지 못한다네. 그런데 자네는 그 젊은 나이에 나와 대결하는 게 아닌가?"

운소명은 그 말에 눈을 빛내며 물었다.

"금산장주의 부탁이라면 거절해도 될 것인데 왜 오셨습니까?"

"이미 다 알고 있는 모양이군. 그렇네. 금산장주가 보냈지. 자네와 싸우라고 말이네. 하지만 거절할 명분이 없다네. 그의 부탁을 들어준다고 스스로에게 약속했다네. 내겐 자존심밖에 없지 않나?"

중년인의 말에 운소명은 이해한다는 듯 고개를 끄덕였다.

"한유를 죽였다고 들었네."

"예."

운소명은 숨김없이 대답했다. 중년인은 미미하게 고개를

끄덕이며 말했다.

"자네처럼 뛰어난 후배와 겨루게 되어 기분이 좋네."

"저 역시 선배님 같은 분과 손을 겨루게 되어 영광입니다."

스릉!

중년인이 도를 꺼내 손에 쥐곤 도집을 발 옆의 땅에 박아 세웠다. 그 모습에 운소명은 안색을 굳혔다.

"나는 정말 운이 좋았다는 것을 알았지. 그 많은 비무에서도 살아남았으니 말일세. 하지만 오늘은 어떨지 사실은 잘 모르겠네."

"저 역시, 잘 모르겠습니다."

스릉!

운소명 역시 유령도를 꺼내 손에 쥐곤 도집을 바닥에 찍어 꽂았다. 곧 중년인이 미소를 보이며 도를 옆으로 세웠다.

"가학군이라 하네."

짧은 소개였다. 하지만 운소명은 그가 천열패도(天熱覇刀)라는 사실을 잘 알기에 저절로 손에 땀이 배었다.

"운소명이라 합니다."

운소명 또한 짧은 소개였다.

쉬아아악!

강렬한 바람이 가학군과 운소명의 주변에서 회오리처럼 일어나 사방으로 퍼져 나가기 시작했다.

"먼저 가겠습니다."

"그러게."

운소명이 말을 하며 한 발 나서자 가학군이 고개를 끄덕였다. 그 순간 '팟!' 하는 소리와 함께 금색의 실선이 가학군을 자르고 지나쳤다.

"누가 이길 거라 생각하나?"

삼십 장이나 떨어진 수풀 속에 몸을 숨기고 있던 장우가 주변에 늘어선 수하들에게 묻자 이구동성으로 대답이 들려왔다.

"가학군."

그들의 대답에 장우는 미소를 그리며 말했다.

"그렇다면 내기 성립이군. 나는 운소명에게 금 하나를 걸지. 너희들은 가학군에게 금 하나를 건 걸로 하고. 내가 이기면 너희들은 내게 금 하나씩 주고 내가 지면 너희들에게 금 하나씩 주기로 하지. 어때?"

"좋아요."

"인정."

모두들 동시에 대답하자 장우는 반짝이는 눈동자로 수하들을 쳐다보다 곧 시선을 돌려 가학군과 운소명의 대결을 흥미롭게 지켜보았다.

땅!

"헛!"

금사영을 펼치며 가학군을 베어가던 운소명은 자신의 도를 가볍게 쳐내자 헛바람을 내뱉으며 뒤로 날아갔다.

가볍게 쳐낸 한 수일 뿐이지만 그 속에 담긴 내력은 감당하기 힘들 만큼 강했다. 무엇보다 놀란 것은 금사영을 그저 단순하게 받아 쳐냈다는 점이었다. 극쾌를 추구하는 금사영을 이처럼 쉽게 파훼하는 인물을 운소명은 아직까지 본 적이 없었다.

그랬기 때문에 놀라웠다.

쉬릭!

바람처럼 휘날리는 가학군의 옷자락은 빠르게 돌고 있었다. 운소명의 양발이 땅에 닿는 순간 가학군은 이미 회전하며 다가오고 있었다. 그리고 '콱!' 하는 소리와 함께 신형을 멈춘 가학군은 원심력을 담은 오른팔을 뻗어 운소명의 허리를 잘라왔다.

가학군의 내력과 원심력의 바람이 합쳐지자 강한 기운이 도에 담겨져 날아왔다. 운소명은 뒤로 피해봤자 도풍에 살이 베인다는 것을 알기에 피하지 않았다. 보폭을 넓게 벌려 서며 유령도를 세워 막았다.

쾅!

"나는 도를 좋아하네."

운소명은 가학군의 말에 눈을 빛냈다. 그러자 가학군의 도가 빠르게 흔들리기 시작했다.

따다다당!

금속음과 함께 부딪칠 때마다 강한 내력이 팔을 타고 어깨를 찔렀다.

"도는 사내들의 무기지. 검은 여자들이나 쓰는 무기라 할 수 있네. 힘은 사내의 가슴에 불을 피우고 열정과 혼을 담게 해주네. 그게 바로 도가 아니겠나?"

땅!

강하게 유령도를 때린 가학군은 뒤로 한 발 물러섰다. 운소명 역시 상체가 뒤로 밀려나자 안색을 굳히며 허리를 숙였다. 가학군의 물러섬은 두 발 앞으로 나오기 위한 준비였기 때문이다.

쉭!

가학군의 도가 운소명의 머리를 지나치자 운소명은 빠르게 회전하며 가학군의 양 무릎을 잘랐다.

"좋군."

살짝 뛰어올라 운소명의 도를 피한 가학군은 재빠르게 운소명의 머리를 찍었다.

땅!

"음!"

"큭!"

상체를 일으키며 찍어오는 도를 막은 운소명의 입에서 침음성이 흘러나왔다. 가학군 역시 안색을 굳히며 운소명을 쳐다보았다. 서로의 교차된 도가 흔들리며 떨리기 시작했다.

따다당!

운소명의 전신에서 강력한 바람이 일어나 가학군의 도를 밀쳤다. '땅!' 하는 소리와 함께 뒤로 밀려난 가학군은 의외로 운소명의 내력이 심후하자 놀란 듯 다가오는 운소명을 쳐다보았다. 그 순간 운소명의 신형이 빠르게 다가오며 금색 실선과 함께 가학군의 목을 잘라갔다.

"같은 초식은 두 번 통하지 않네."

가학군은 금사영의 초식을 이미 보았기에 그 빠름을 안다는 듯 한 발 나서며 도를 세웠다. 그때였다.

번쩍!

순간 금광이 번뜩이며 운소명의 신형이 번갯불처럼 가학군을 지나쳤다.

"……!"

가학군의 눈동자가 커졌다. 극쾌를 눈으로 보았기 때문이다.

퍽!

가학군의 신형이 아래위로 잘리자 일 장 정도 지나친 운소명은 신형을 돌리며 도를 늘어뜨렸다.

스륵!

아래위로 잘린 가학군의 신형 옆 반보의 거리에 또 한 명의 가학군이 서 있었다. 운소명의 안색이 굳어졌다. 뇌섬살(雷閃殺)을 너무 쉽게 피했기 때문이다.

"놀라워."

가학군은 잔상이 사라지자 굳은 표정으로 운소명을 쳐다보았다. 운소명은 이미 가학군의 잔상을 베어 넘길 때 그게 진짜가 아니라는 것을 알았다.

가학군은 곧 왼 팔뚝에서 흘러내리는 피를 쳐다보며 가만히 중얼거렸다.

"명성을 얻은 후론… 이렇게 베인 적이 없다네."

가학군은 잘린 소맷자락 사이로 길게 그어진 붉은 선을 눈에 담으며 미소를 보였다.

쉬아악!

순간 강력한 투기가 그의 전신에서 뿜어져 나오더니 사방으로 퍼져 나가기 시작했다. 도저히 가학군의 몸에서 나오는 투기라고 생각되지 않을 만큼 거대하고 강한 기운이었다. 평범하면서도 어찌 보면 왜소해 보이는 중년인이 내뿜는 기도가 일대의 종사가 보여주는 기도 같아 운소명은 내심 놀라워했다.

'그의 별호에 패(覇)가 들어간 이유가 여기에 있었어.'

지금까지와는 전혀 다른 기도에 운소명은 도를 옆으로 들어 올리며 자세를 낮게 잡았다. 본능적으로 큰 것이 온다는 것을 알았다. 하지만 눈동자엔 미소가 가득 차 있었고 자신감이 담겨 있었다.
"이렇게 흥분해 보기는 처음입니다."
운소명은 자신도 모르게 중얼거렸다. 그 말에 가학군은 슬쩍 미소를 그리며 말했다.
"자네만큼이나 나도 흥분했다네."
가학군은 오랜만에 느껴보는 감정에 기분이 좋은 듯 보였다. 무인이 무공의 늪에서 벗어나지 못하는 이유가 있다면 이러한 대결이 가져다주는 쾌감 때문일지도 모른다고 생각했다. 나이를 먹어도 이러한 쾌감은 줄지 않았다. 아니, 오히려 늘어나고 있는 것처럼 느껴졌다.
쉬악!
그때 가학군의 신형이 번개처럼 운소명을 향해 날아들었다. 운소명은 도기를 뿌림과 동시에 급격하게 회전하기 시작했다.
"합!"
기합성과 함께 도기를 쳐낸 가학군의 도가 순식간에 붉게 변하더니 강력한 바람과 함께 운소명을 잘라왔다.
'도강!'
운소명은 붉은 도가 뿜어내는 강력함에 놀라 재빠르게 소명삼식의 마지막 초식인 풍사륜(風絲輪)을 펼쳤다.
쉬이이잉!
급격하게 회전하는 운소명의 신형에서 수십 개의 반월형 도기가 가학군을 향해 잘라갔다. 가학군은 그 모습에 미소를 그리며 날아드는 도기를 무시한 채 도끼처럼 도를 운소명의 머리에 찍었다. 강력한 붉은 도에 의해 운소명의 도기는 힘없이 잘려 나갔다. 운소명은 그 모습에 회전을 멈추며 뒤로 날았다.

쾅!

땅에 닿은 도강은 폭음과 함께 먼지와 강풍을 사방에 뿌렸다. 운소명은 뒤로 물러선 채 자신의 바로 앞까지 갈라진 땅을 바라보았다. 깊게 파인 땅은 긴 선을 만들어 가학군과 연결시켜 주고 있었다. 그 끝에 서 있는 가학군은 여전히 붉은 도를 늘어뜨린 채 운소명을 쳐다보고 있었다.

"깜짝 놀랐소."

"나도 놀랐다네."

가학군은 운소명의 말을 받으며 쉽게 피한 운소명의 행동에 놀라워했다. 보통 급작스러운 도강의 일격을 피하는 일은 없었다. 또한 피할 것 같았다면 도강을 펼치지도 않았다. 본래 승부란 승기를 잡는 싸움이었다. 수세에 몰리는 것이 아니라 공세에 있어야 이기는 경우가 많았다.

수세를 공세로 바꾸려면 막으면서 공격해야 했다. 그게 공방일체였다. 무공이 높은 무인일수록 공방일체가 본능적으로 이루어진다고 해야 했다. 운소명이라 해도 갑작스러운 도강을 막을 수는 없었다. 내력을 끌어올리는 데 약간의 시간이 필요한 법이었다. 급작스럽게 막게 된다면 그라 해도 내상을 입을 게 분명했다.

"핫!"

쉭!

기합성과 함께 가학군의 신형이 번개처럼 삼 장을 넘어 운소명을 덮쳤다. 그에 운소명의 안색이 굳어졌다. 가학군의 기세가 곧 폭발할 것 같은 포탄처럼 보였기 때문이다. 그의 눈앞에 어지러이 늘어선 붉은 도가 보였다.

쾅! 쾅!

"원래 저렇게 무식한 사람이었나?"

멀리서 보던 장우가 가만히 중얼거리자 주변에 있던 수하들도 멍하니 운소명과 가학군의 싸움을 쳐다보며 고개를 저었다.

쾅! 쾅!

초식은 없었다. 그저 아무렇게나 능동적으로 공격을 하고 있는 가학군의 모습은 그저 폭군 같았다.

쾅!

폭음이 터질 때마다 땅이 파이고 먼지구름이 솟구쳤으나 운소명은 여전히 쓰러지지 않은 채 가학군의 도를 막아내고 있었다.

"미친놈, 저걸 어떻게 다 막고 있어? 나라면 벌써 죽었겠다."

오정이 중얼거리며 고개를 저었다. 그러자 장우가 눈을 반짝이며 낮게 중얼거렸다.

"그런데 저놈은 도대체 뭐 하는 놈이지? 가학군의 패도를 오십 초나 받아냈으면서, 얼굴색 하나 변하지 않았어."

"……!"

장우의 말에 수하들의 안색이 굳어졌고 눈동자가 흔들리기 시작했다.

쾅!

붉은 도와 부딪치자 운소명의 손이 유령도와 함께 위로 솟구치며 상체가 뒤로 밀려나갔다. 가학군 역시 뒤로 한 발 물러섰다. 강력한 충격이 내부를 강타하는 것은 운소명뿐만 아니라 가학군도 마찬가지였다. 운소명의 도와 부딪칠수록 강력한 반탄강기가 내부를 찌르고 있었다.

'대단하군, 대단해.'

힘의 승부였고 힘으로 상대를 누르는 게 가학군의 패도였다. 하지만 운소명은 자신의 힘에도 눌리지 않았다. 그게 가학군의 마음을 초조하게 만들었다. 내력이 점점 사라지고 있었기 때문이다.

강력한 위력만큼이나 가학군의 패도는 내력의 소비가 심했다. 심한 만큼 위력은 대단해 십 초를 받아내는 사람이 전무했다.

"핫!"

한 발 나선 가학군은 운소명의 허리를 자르며 횡으로 베어 갔다. 그 순간 운소명의 눈동자가 푸르게 빛나더니 강력한 빛과 함께 거대한 푸른 도가 가학군의 도를 때렸다.

쾅!

"흡!"

가학군의 신형이 땅에 두 줄의 선을 그리며 일 장이나 밀려 나갔다.

"크윽!"

가학군의 어깨가 흔들리더니 비틀거리다 도를 땅에 찍곤 신형을 멈췄다.

"우엑!"

피를 한 사발 토한 가학군은 입술을 훔치며 시선을 들었다. 순간 그의 눈동자가 흔들리기 시작했다.

웅! 웅!

옆으로 늘어뜨린 운소명의 도는 밀려오는 파도 위에 마치 하나의 배를 띄워놓은 것처럼 거대한 푸른빛을 발하고 있었다. 가학군은 입술을 깨물며 중얼거렸다.

"반혼… 도법……."

운소명은 의외라는 듯 가학군을 쳐다보았다. 자신의 도법을 그 형태만 보고도 알아보는 사람이 있을 거라 생각지 못했었다. 곧 푸른빛의 거대 도가 사라지자 가학군은 눈을 반짝였다.

쉬쉭!

허공중에 도를 들어 이리저리 휘두르던 운소명은 곧 도끝을 가학군에게 겨눈 채 말했다.
 "제대로 써본 적은 없었던 것 같소. 아마 가 선배가 처음일 것이오."
 "그거 영광이네. 반혼도법이라면 상대로서 부족함이 없지."
 슈악!
 순간 가학군의 도가 맹렬한 붉은 기운과 함께 빛을 발하기 시작했다. 그 모습이 노을 지는 저녁 하늘과 잘 어울리는 것 같았다.
 "합!"
 기합성과 함께 가학군의 신형이 붉은 빛과 함께 날아들었다. 일직선의 찌르기였다. 단순한 찌르기였으나 그 속에 담긴 무수히 많은 변화를 운소명이 모를 리 없었다.
 그렇기 때문에 단순하게 받아쳤다.
 슉!
 운소명의 신형이 일직선으로 가학군을 향해 나아가며 유령도의 끝이 가학군의 붉은 도 끝과 부딪쳤다.
 쩡!
 도끝과 도끝이 부딪치자 마치 사기그릇이 깨지는 소리가 강렬하게 사방으로 퍼져 나갔다. 가학군의 눈동자가 흔들렸다. 그 순간 번쩍거리며 강렬한 푸른 빛이 가학군을 집어삼켰다.
 쩌저정!

가학군의 도가 수십 조각으로 갈라지더니 이내 도집만을 남겨놓은 채 우수수 떨어져 내렸다. 가학군은 어이없다는 듯 자신의 도를 쳐다보았다.
 "콜록! 콜록!"
 거친 기침과 함께 허리를 숙인 가학군은 붉은 피를 몇 번 토하더니 흔들리는 신형을 바로 세우며 운소명을 쳐다보았다. 유령도의 끝은 여전히 가학군을 향하고 있었고 운소명의 날카로운 눈빛은 여전히 빛을 발하고 있었다.
 "설마 하니 내력으로 질 줄은 몰랐네."
 "선배님을 죽이지 않고 이길 방법이 그것밖에 없었습니다."
 운소명의 말에 가학군의 눈동자가 커졌다. 운소명의 말은 자존심에 상처를 줄 수 있는 말이었기 때문이다. 그 모습에 운소명은 곧 도를 거두며 말했다.
 "죽이지 않고 이길 방법이라니, 그건 무슨 뜻인가? 나를 기만하는 것인가? 최선을 다한 상대방에 대해 예의가 없군. 자네를 잘못 보았네. 어서 죽이게."
 어깨를 떨며 말하는 가학군의 모습에 운소명은 고개를 저었다.
 "아마 초식으로 싸웠다면 제가 졌겠지요. 단지, 처음이라서 그렇습니다."
 "처음? 무슨 말인가?"
 운소명은 씁쓸히 숨을 내쉬며 말했다.

"비무는 처음입니다. 이렇게 무인이 되어 대결해 본 건……."

운소명은 가볍게 미소를 보인 후 허리를 숙이며 포권했다.

"정말 즐거웠습니다."

운소명은 곧 신형을 돌린 후 천천히 걸음을 옮기기 시작했다. 그 모습을 본 가학군은 눈을 가늘게 뜨며 멀어지는 운소명의 뒷모습을 쳐다보았다.

"처음이라……."

가학군은 이해할 수 없다는 듯 운소명의 뒷모습을 눈에 담았다. 도를 맞대어 본 운소명은 절대 강호초출이 아닌 노련한 고수였기 때문이다. 저런 인물이 하늘에서 뚝 떨어졌다는 듯 비무가 처음이라 하자 이해하지 못한 것이다. 하지만 그런 생각조차 금방 지워 버렸다. 중요한 건 자신의 패배였기 때문이다.

"으음……."

가슴을 부여잡은 가학군은 자리에 주저앉으며 황폐하게 변해 버린 주변을 쳐다보다 파도가 치는 해변을 눈에 담았다.

"후후. 하하, 하하하하!"

가학군은 오랜만에 홀가분한 기분으로 크게 웃었다.

第三章

반가운 손님

반가운 손님

 직접 눈으로 보고도 믿지 못할 모습이었다. 장우는 떠나가는 운소명의 뒷모습을 멀리서 지켜보다 이내 수하들에게 낮은 목소리로 말했다.
 "농담처럼 한 말인데 내가 이겼군."
 장우의 말에 놀란 시선으로 멀어지는 운소명을 바라보던 수하들이 일제히 품에서 금을 꺼내 장우에게 건넸다.
 "저자의 무공이 이토록 뛰어날 줄은 몰랐네요."
 노원산은 중얼거리며 아미를 찌푸렸다. 운소명의 무공도 모르고 그에게 접근하려 했다면 큰 낭패를 봤을 거라 여겼다. 곧 노원산은 시선을 왕아려에게 던지며 말했다.

"아무래도 저희의 존재를 들킨 것으로 보는 게 좋을 것 같아요. 가학군을 이길 정도의 내력을 소유한 인물이라면 삼십 장 안으로 들어온 무림인과 일반인을 분간 못할 리가 없어요."

노원산의 시선을 받은 왕아려는 안색을 찌푸렸다. 자신이 미행했던 일을 들먹이는 게 분명했기에 기분이 좋지 않았던 것이다. 그러자 장우가 말했다.

"네 말도 일리있으나 그건 어디까지나 우리 같은 사람들에 한해서다. 아무리 고강한 무인이라도 그리 쉽게 알아낼 수 있는 게 아니다. 혹 우리처럼 특수한 훈련을 받은 고수라면 어느 정도 눈치는 챌 수 있겠지. 하지만 그것 역시 쉬운 게 아니야. 절정의 고수가 가끔 기습이나 암수에 당하는 이유도 거기에 있다. 그러니 그 점은 크게 걱정하지 않아도 될 거야."

장우의 말에 노원산은 고개를 끄덕였다. 장우의 말처럼 아무리 고수라도 특수한 훈련을 거친 홍천의 미행을 알아내는 것은 어려웠다. 고수들이 모두 알아보거나 눈치챌 수 있다면 그러한 훈련을 한다는 것 자체가 무의미한 일이다.

"그것보다 중요한 건, 저자가 가학군을 이겼다는 점이다."

장우의 말에 모두들 고개를 끄덕였다.

"상부에 보고하고 삼십 장의 거리를 둔 채 미행한다. 특별한 지시가 떨어지기 전까진 우린 미행만 한다는 점을 명심해라."

장우는 다시 한 번 수하들에게 미행을 강조했다. 자칫 실수로 운소명에게 걸리게 된다면 부득불 피해야 했고, 그 상황에서 아무런 피해 없이 도망갈 자신이 없었다. 눈으로 본 운소명의 무공은 예상을 훨씬 웃도는 대단함이었다.

"가자."

쉬쉭!

장우의 말이 끝남과 동시에 수하들의 모습이 사라졌다. 곧 장우도 주변을 둘러보며 자신들의 흔적을 살핀 후 아무런 이상이 없다는 것을 확인하자 자리를 떠났다.

가학군과의 비무가 끝난 후 운소명의 머릿속엔 가학군의 말이 하나의 덩어리가 되어 맴돌고 있었다.

'선택받았다라……'

광동과 복건의 경계에 위치한 조주의 한 객방에 앉아 창밖을 보던 운소명은 구름 한 점 없는 밤하늘을 쳐다보다 안색을 찌푸렸다.

'과연, 그런 것일까?'

시선을 내려 밑을 보자 어둠 속에서 흘러가는 한하(韓河)의 물결이 눈을 적셨다.

'그랬다면 이렇게 살고 있지도 않았겠지.'

운소명은 고개를 저으며 짧게 숨을 내쉬었다. 이런저런 생각들로 도통 잠이 오지 않았다. 앞으로 어떻게 해야 할 것인

반가운 손님 89

지에 대한 생각보다 자신이 어떻게 나아가야 하는지에 대한 고민이었다.

어릴 때부터 배운 거라곤 별것없었다. 그저 누구도 믿지 말아야 한다는 것과 은밀하게 움직여야 한다는 점이었다. 무공이 높아져도 그 버릇은 여전히 버리지 못하였다.

고민이 되는 것은 다른 게 아니라 좀 더 당당해질 필요가 있다는 점이었다. 가학군을 이겼다. 그 현실이 가슴에 잔잔한 파도를 만들어 한시도 멈추지 않고 춤을 추었다. 태어나 처음으로 무인으로서 무공을 겨룬 최초의 일이었고 그에겐 사건이었다.

이겼을 때 찾아온 그 희열과 성취감은 지금까지 단 한 번도 느껴본 적 없는 뜨거운 쾌락을 그에게 전해주었다. 그리고 그래서 사람들이 그토록 무공을 수련하고 있음을 알았다.

좀 더 자기 자신에게 당당해질 필요가 있다고 여겼다. 이미 자신은 가학군을 이길 정도의 무공을 소유하고 있었으며 어디에 가더라도 자기 한 몸 당당히 지킬 수 있는 힘이 있었다. 굳이 자기 자신을 숨기고 낮출 필요가 없는 것이다.

스르륵!

바람이 불어오자 호롱불이 하늘거리며 춤을 추었다. 그 흔들림에 시선을 돌린 운소명은 곧 창문을 닫았다. 그러자 방문 쪽에서 연기가 피어오르는 듯한 환영과 함께 낯익은 사람이 나타났다.

"오랜만이군요."

운소명은 고개를 끄덕이며 의자에 앉는 문홍을 쳐다보았다. 문홍은 먼 길을 달려온 듯 조금 피곤한 안색으로 차를 따라 마셨다.

"당신은 제 생각보다 훨씬 강한 사람이군요."

"그랬나?"

운소명은 그저 가볍게 미소를 보였다. 그 표정에 전과는 달리 여유가 보이자 문홍은 그의 분위기가 조금 달라진 것 같다고 느꼈다.

"그런데 이렇게 급작스럽게 어쩐 일이지?"

"마치 제가 올 것을 알았다는 표정이군요."

"그럴 리가. 몰랐으니 묻는 게 아닌가, 왜 왔는지? 아니면 좀 더 솔직하게 물어볼 걸 그랬나? 어떻게 내가 있는 곳을 알고 이렇게 잘 찾아올 수가 있었지?"

운소명은 이미 자신을 따라다니고 있는 무리를 알고 있었으나 모르는 척 문홍에게 물었다. 문홍과 연관이 없을 수도 있었기 때문이다. 하지만 이미 머릿속엔 그들이 문홍과 연관이 있다고 판단했다. 자신의 위치를 정확하게 알고 있는 무리는 그들뿐이기 때문이다. 그들이 없다면 과연 문홍이 자신을 이토록 쉽게 찾아왔을까?

"당신을 찾는 게 쉬웠다면 고생하는 일도 없이 좀 더 일찍 만났겠지요."

"그런가, 그렇다면 내 뒤를 따라다니는 놈들과는 연관이 없는 모양이군?"

"뒤를 밟는 사람이 아니라 사람들이라면 하오문일 가능성이 높겠군요. 그들의 정보력만큼은 독보적이니까요."

하오문에서 운소명을 노리고 있다는 점을 들먹이며 문홍이 말하자 운소명은 눈을 반짝이며 짧게 미소 지었다. 아무런 관련이 없다는 그녀의 말 때문이다.

"그놈들과 연관이 없는데도 나를 이토록 쉽게 찾았다라… 그럼 죽여야지."

"……!"

운소명은 문홍의 눈썹이 살짝 움직이자 이내 다시 말했다.

"그들을 죽일 수도 있었는데 그냥 두었지. 그리 두면 누군가가 내 앞에 나타날 거라 믿었으니까. 그런데 네가 나타나는군. 우연히도……."

문홍은 운소명의 말에 그저 아미만 찌푸릴 뿐이었다.

"그들이 누구인지 모르나 잘못 걸린 모양이네요. 당신 눈에 띄었으니. 어찌 되었든 저와는 관련이 없어요."

운소명은 잠시 입을 닫은 채 문홍의 얼굴을 뚫어져라 쳐다보았다. 하지만 그것도 잠시뿐이었다. 별다른 변화가 없는 문홍의 표정 때문에 특별한 것을 알아낼 수는 없었다. 신이 아닌 이상 마음까지 읽을 수는 없는 법이다.

"그것보다 왜 이렇게 불쑥 나타났는지 듣지 못했군."

운소명의 물음에 문홍은 기다렸다는 듯 말했다.

"녹영마조와 천열패도가 당신을 노리고 있는 것 같아요. 또한 하오문의 살명회가 당신을 노리고 있으니 조심하라는 뜻에서 온 것이에요."

"음, 천열패도는 이미 만났고… 녹영마조와 살명회인가……."

운소명의 목소리가 낮게 울리자 문홍은 짐짓 놀란 표정으로 운소명을 쳐다보았다.

"천열패도를 만났다고요?"

그녀의 놀란 표정에 운소명은 가만히 눈을 가늘게 뜨며 그녀의 표정을 살폈다. 정말 자신과 천열패도의 싸움을 모르는지 그 의중을 파악하기 위함이었다. 하지만 정말 모르는 것처럼 보이자 이내 시선을 거두며 고개를 끄덕였다.

"힘든 상대였지. 그리고 무인이더군."

"이겼나요?"

궁금하다는 듯 문홍이 묻자 운소명은 고개를 끄덕였다. 그러자 더욱 문홍의 눈동자가 커졌다.

"대단해요, 정말. 저는 피하라는 뜻에서 알려주려 한 것인데… 설마 당신의 무공이 그 정도일 줄이야."

문홍은 가만히 중얼거리며 무언가를 생각하는 듯 턱을 괴곤 고민에 빠진 표정을 지었다.

"그 외에 다른 볼일은 없고?"

운소명의 물음에 문홍은 곧 시선을 던지며 말했다.

"살명회의 총단이 이곳에서 멀지 않은 추원산 천두봉 근처에 있어요. 그 사실도 알려주면 좋을 것 같군요."

"천두봉?"

문홍은 고개를 끄덕였다.

"나보고 하오문의 육대회 중 하나를 없애달라는 뜻으로 들리는데?"

"맞아요. 그들 역시 천단의 일부니까요. 당신의 실력이라면 충분할 거라 생각해요."

문홍의 당연하다는 듯한 대답에 운소명의 입가에 차가운 미소가 걸렸다.

"재미있군. 아무런 대가도 없이 나보고 움직이라는 것부터, 명령하는 것도 아닌데 듣게 되면 내가 해야 할 것처럼 느껴지는 것까지……."

"대가는 이미 지불하고 있어요."

문홍의 말에 운소명은 무슨 말이냐는 듯 쳐다보았다. 그러자 문홍이 다시 말했다.

"지금까지 이곳에 오면서 이렇다 할 하오문의 움직임이 없지 않았나요? 살명회도 당신의 종적을 찾지 못한 것 같던데?"

"손을 써주었다는 뜻이군, 내 행적에 관해서."

"물론이에요. 정보를 조작하는 일도 가능하니까요."

"개인이 하기엔… 너무 힘든 일인데……."

"저희도 나름대로 조직을 형성하고 있으니까요."

문홍의 말에 운소명은 고개를 끄덕였다.

"앞으로도 활동하는 데 큰 무리는 없을 거예요."

"고맙군."

운소명의 대답에 문홍이 궁금하단 표정으로 물었다.

"그런데 어디를 그렇게 가는 건가요? 중원과는 멀어지는 것 같아서 물어보는 거예요."

"대답할 의무는 없지 않나?"

문홍은 살짝 아미를 찌푸리다 곧 고개를 끄덕였다. 그의 말처럼 대답할 의무는 없었기 때문이다. 또한 운소명이 어디에 있던 문홍은 알아낼 자신이 있었다. 그렇기 때문에 두 번 묻지 않았다.

"알았어요. 저도 이만 일어나지요."

문홍은 자리에서 일어난 후 곧 다시 말했다.

"조만간 다시 볼 수 있으면 좋겠네요."

"아! 그래. 내가 찾으려 한다면 어떻게 해야 하지?"

"저를요?"

운소명이 고개를 끄덕이자 문홍은 잠시 반짝이는 시선으로 그를 쳐다보다 이내 빠르게 말했다.

"저는 남창에 있어요. 남창의 고서점들을 다니다 보면 저를 만날 수 있을 거예요."

운소명은 대답없이 고개를 끄덕였다. 운소명은 그녀의 주변에서 미약하게 흘러나온 향이 책 향기라는 것을 그제야 깨달았다.
 슥!
 문홍은 소리없이 문밖으로 사라졌다. 바람처럼 사라지는 그녀의 모습에 운소명은 안색을 굳히며 한참 동안 그녀의 그림자를 쳐다보았다.
 '조직이라……'
 운소명은 그녀를 조사할 필요가 있다고 다시 한 번 생각했다. 하지만 지금은 여유가 없어 그럴 수가 없었다. 적어도 배후가 누구인지 알 필요가 있었다.

 마을에서 조금 떨어진 산등선에 위치한 관제묘의 주변으로 적막한 바람만이 불고 있었다. 을씨년스러운 바람이 맴돌 뿐 어디에도 인기척은 없었다.
 슥!
 바람과 함께 움직였던 것일까? 차가운 바람이 지나치자 관제묘의 앞에 검은 그림자 하나가 나타났다. 그는 주변을 둘러보다 곧 관제묘의 안으로 들어갔다.
 끼익!
 문을 여는 소리조차도 귀신이 나올 것만 같았다.
 관제묘의 안은 밖과는 달리 온기가 넘치고 있었다. 사람이 있다면 당연히 그 주변 공기는 체온으로 인해 변하게 마련이고, 좁은 공간에 많으면 많을수록 공기는 따뜻하게 변해간다. 들어온 인영은 주변에 앉아 있는 다섯 명의 그림자를 둘러보다 곧 관운상을 쳐다보았다.

벌어진 벽 틈으로 달빛이 들어와 서 있는 인영의 얼굴을 비추자 그의 얼굴이 확연하게 사람들의 눈에 들어왔다.

그는 남자가 아닌 여자였고 운소명을 만나고 온 문홍이었다.

"멍청한 놈들."

차가운 목소리가 흘러나오자 주변의 공기가 차갑게 식어갔다. 다섯 명은 호흡 소리조차 내지 않은 채 문홍을 쳐다보고 있었다. 문홍은 상당히 화가 난 표정으로 그들을 둘러보며 낮은 목소리로 말했다.

"그렇게 조심하라고 했잖아. 너희들의 존재를 들킨 이상 이곳에 남아 있을 이유가 사라졌어. 철수한다."

"저희들도 철수입니까?"

오정의 물음에 문홍은 그걸 말이라고 하냐는 듯 노려보며 말했다.

"당연하지. 그럼 앉아서 죽을 텐가? 그가 공격한다면 단 몇 초 만에 여기 있는 우리 모두 저승행이야."

그녀의 말에 모두의 안색이 굳어졌다. 곧 문홍은 안색을 찌푸리며 말했다.

"아무리 초절정의 고수라 해도 삼십 장 안으로 접근하지 않는 이상 우리의 존재를 알아차릴 수가 없는데, 그가 알았다는 게 사실 의외야. 현 무림맹주나 백화성주라 해도 우리들의 존재를 그 거리에서 눈치챌 수는 없는데……."

문홍의 말에 왕아려가 안색을 굳히며 눈을 굴렸다. 문홍은 누군가 운소명에게 근접했을 거라 생각했다. 하지만 아무도 입을 열지 않자 고개를 저으며 신형을 돌렸다.

"동료를 감싸는 것도 좋지만… 두 번 다시 이런 실수는 하지 말았으면 좋겠어."

"예."

문홍의 말에 모두들 동시에 낮게 대답했다.

"다음 명령이 떨어질 때까지 은신처에서 조용히 지내도록."

스륵!

그녀의 신형이 어둠 속으로 사라지자 장우가 자리에서 일어섰다. 곧 다른 일행도 일어나 장우를 쳐다보았다. 장우는 곧 빠르게 말했다.

"우리의 존재를 들킨 이상 이곳에 남아 그를 쫓을 의무 따윈 없다. 돌아가서 쉬자. 며칠 정도 쉴 수 있는 시간은 주겠지. 수고했다."

장우의 말에 모두들 고개를 끄덕이며 한 사람씩 관제묘에서 모습을 감추기 시작했다. 가장 마지막은 여전히 장우였고, 그는 자신의 흔적들을 완전히 지운 후에야 그 자리에서 사라졌다.

관제묘 안에서 사람들이 사라진 지 일다경 정도 지났을까? 아직 관제묘의 안에는 그들의 온기가 남아 있었다. 그때 연기처럼 바닥에서 한 사람의 그림자가 흐릿한 잔상을 남기며 나타나더니 이내 완전하게 모습을 보였다. 그는 문홍을 따라 움직인 운소명이었다.

'관계가 없다더니, 관계가 있었군. 그냥 다 죽여 버릴 걸 그랬나.'

문득 든 생각이었다. 자신에게 거짓말을 한 문홍이 괘씸했기 때문이다.

'고도로 훈련된 인물들인데. 그런 놈들을 쉽게 키울 수 있는 곳이 과연 몇이나 될까? 천하에 몇 없을 것이다. 그리고 문홍은 그중에 하나인 곳에 속해 있는 게 분명해.'

운소명은 곧 생각을 접고 소리없이 바닥으로 꺼지듯 사라졌다.

* * *

"흔적을 놓쳐 더 이상의 추적이 어려우니 잠시 동안 조용히 있으라고?"

사도정은 안색을 찌푸리며 앉아 있었다. 그의 맞은편엔 사십대 중반의 조금 왜소한 체구의 중년인이 앉아 있었는데, 눈이 작고 콧수염이 생쥐처럼 가늘어 그리 좋은 인상은 아니었다.

"그렇습니다. 저희도 총력을 다하고 있으나… 이게 어떻게 된 것인지 잡히지 않고 있습니다. 복주에서 사라진 이후 좀처럼 놈을 발견할 수가 없으니, 난감합니다. 문주님께선 하루빨리 해결하라고 하시고……."

홍원회의 회주인 우전소가 운소명에게 죽자 부회주인 종항록이 현재 그 자리를 대신하고 있었다. 회주의 빈자리를 빠르게 채운 그 때문에 홍원회의 회주가 죽었는지도 문도들은 모르고 있었다. 거기다 밑의 사람들이 알게 할 만큼 빈틈을 보이며 운영하는 하오문도 아니었다. 머리와 다리의 구분이 철저한 곳이었다.

"무천회도 종적을 놓친 것 같고… 홍원회도 놓쳤다라, 아니, 복주에서 완전히 사라졌다고 봐야 하나?"

"그렇지요."

종항록이 고개를 끄덕이며 인정하자 사도정은 슬쩍 미소를 입가에 걸었다.

"생각보다 홍원회나 무천회가 쓸모없는 것인지도 모르지."

그 말에 종항록의 안색이 변하자 사도정은 다시 말했다.

"종적을 놓쳤다면 말일세. 하나 우리 하오문의 정보력이 어떠한지 자네도 잘 알지 않나? 세상에 존재하지 않은 사람을 제외하곤 못 찾을 사람이 없는 곳이 아니던가, 중간에 누군가가 조작을 하지 않고서는."

"음……."

종항록은 침음을 삼키며 고개를 저었다. 기분이 나쁜 말이었으나 뒤에 이어진 말을 들어보니 이해가 되는 말이기도 했다.

"그럴 가능성은 없지요. 문도들은 바로 옆에서 사는 동료조차 같은 문도인지 모르니까요. 살명회 같은 특수한 곳을 제외하면 말입니다."

"그건 그렇군."

"조만간 종적을 찾을 테니 회주께선 준비만 하고 계시면 됩니다."

"우리도 하루빨리 그놈을 찾아 없앴으면 하네. 문주께서 이토록 대노하고 계시는데 어떠한 결과도 내지 못한다면… 자네나 나나 이 위치가 위험하지 않겠나?"

"물론이지요. 그래서 제가 오지 않았습니까?"

종항록의 대답에 사도정은 고개를 끄덕였다.

"찾는 즉시 우린 전력을 다해 그놈을 죽일 것이네."

"알겠습니다. 저도 총력을 다하지요."

사도정은 미미하게 고개를 끄덕이곤 곧 술잔을 들어 가슴 앞에서 천천히 돌리면서 물었다.

"그런데 자네가 직접 온 이유가 무엇인지 궁금한데……?"

하오문의 육대회주 급이 직접 움직이는 경우는 드물었기에 사도정이 물었다. 그러자 종항록이 미소를 보이며 말했다.

"다른 특별한 뜻이 있어서 온 게 아닙니다. 제가 하오문에 들어와 일한 지도 벌써 이십 년이 지났습니다. 그동안 많은 일들도 있었지만 지금처럼 제게 기회가 온 적은 없었습니다."

"호, 회주 말인가?"

사도정이 눈을 반짝이자 종항록은 고개를 끄덕였다.

"제겐 더없이 큰 기회입니다. 그렇기 때문에 이번 일을 잘 마무리하고 싶은 것이지요."

"그렇겠군. 그놈만 죽는다면 자네가 회주가 될 가능성이 높지."

"다른 회주님들도 찾아뵐 생각입니다. 물론 좋은 선물과 함께 말이지요. 도와주셨으면 합니다."

"알겠네. 자네가 회주가 되는 것에 반대하지는 않겠네. 물론, 좋은 선물이 무엇인지 봐야겠지만?"

사도정의 은근한 목소리에 종항록은 미소를 보이며 고개를 끄덕였다.

"돈과 여자도 좋지만 역시 무공을 익히고 계신 회주님껜 이게 어울릴 것 같습니다."

슥!

말과 함께 품에서 금색 비단으로 싼 얇은 보자기를 내밀자 사도정은 곧 손에 쥐고 보자기를 풀었다. 그러자 검은색의 상의 하나가 모습을 보였다. 불빛에 비치는 검은색 사이로 은색이 반짝이자 사도정의 눈빛이 반짝이기 시작했다.

"천잠사와 강철을 실처럼 재련해 섞어 짠 묵형포(墨形抱)입니다. 도검이 몸에 닿아도 상처 하나 남지 않습니다."

"호오, 대단하군. 거기다 가볍기까지."

"갑옷이 따로 없지요? 매우 귀한 물건으로 고려에서 넘어온 것입니다. 황제폐하를 위해 만든 것이나 입기엔 너무 수수하고 볼품없어 창고에 썩고 있던 것을 저희가 발견해 빼내온 것입니다. 하하하."

종항록의 웃음에 사도정은 매우 만족한 듯 고개 끄덕이며 묵형포를 살폈다.

"내 자네와의 약속을 지키겠네."

"감사합니다. 그럼 저는 이만 가보겠습니다."

사도정이 고개만 끄덕이고 시선도 던지지 않자 종항록은 그가 상당히 기뻐한다는 것을 알고는 미소와 함께 밖으로 빠져나갔다. 그가 나간 후에도 사도정은 한참 동안 묵형포를 살펴보고 있었다.

다각! 다각!
마차 하나가 마을을 빠져나가고 있었다. 작은 분지에 형성

된 마을은 한적한 이름 모를 산촌 같았다. 하지만 빠져나가는 마차는 화려한 마차로, 한눈에 보아도 귀족이나 부잣집의 마차임을 알 수 있었다.

운소명은 시선을 돌려 마을의 가장 안쪽에 자리한 큰 장원을 쳐다보았다. 마차에 누가 탔는지 관심은 없었다. 단지 장원을 빠져나온 것으로 미루어보아 살명회와 관련이 있다고만 생각했다.

슥!

운소명의 신형이 그 자리에서 사라졌다.

마차는 한적한 산길을 따라가고 있었다. 반나절만 가면 해주성이 있었기에 종항록은 마부만을 호위로 대동한 채 살명회의 총단을 다녀갔다. 살명회의 총단이 있는데 주변에 사파가 있을 리 없었던 것이다.

또한 인근에 살명회가 있었기에 안심하고 있었다. 거기다 하오문은 손님은 있어도 적은 없는 곳이었다. 하오문의 성격상 절대 적은 없었다. 어제의 적이 오늘의 고객이 되는 곳이기 때문이다.

히이잉!

말의 울음소리와 함께 마차가 갑자기 멈추자 종항록의 신형이 앞으로 미끄러져 벽에 부딪쳤다. 종항록이 붉게 달아올라 분노한 표정으로 문을 열고 소리쳤다.

"무슨 일이냐!"

종항록의 외침에 당연히 마부가 대답을 해야 했으나 마부의 목소리는 들리지 않았다. 종항록의 안색이 순간 굳어졌다. 말의 옆에 처음 보는 청년이 서 있었기 때문이다. 그는 말을 달래주듯 말의 볼을 쓰다듬고 있었다.

"누구냐?"

종항록의 목소리가 자연스럽게 날카롭게 변하였다. 처음 보는 사내가 자신의 마차를 멈추게 했기 때문이다. 그때 마부석에서 사람 하나가 스르륵 미끄러지더니 바닥에 떨어졌다.

털썩!

"……!"

종항록의 안색이 급변했다. 바닥에 떨어진 시신은 호위인 마부였기 때문이다. 종항록은 본능적으로 일이 잘못되었다는 것을 알았다. 그때 흐릿한 그림자와 함께 처음 보는 청년이 바로 앞에 나타났다.

"헉!"

귀신처럼 빠른 움직임이었다. 자신도 모르게 놀란 종항록은 곧 안색을 굳히며 청년의 얼굴을 쳐다보았다.

"의외로 기개가 있는데?"

"흥! 이 바닥에 오래 살다 보면 놀라는 일이 어디 한둘일까? 네놈은 뭐 하는 놈이냐?"

마차에서 내려선 종항록은 청년을 차가운 눈동자로 노려

보며 물었다. 하지만 마음속으론 이미 이곳에서 살아남기 어렵다는 것을 예감하고 있었다. 그것은 본능이었다.

"살명회인가?"

운소명의 물음에 종항록은 비웃듯이 그를 쳐다보았다.

"살명회라면 저 뒤에 있는 마을이지, 내가 아니다."

"호오, 그렇다면 하오문과 연관된 놈이 아니란 말인데."

"하오문 같은 잡스러운 놈들과 나를 연관 짓지 말아라."

안색 하나 변하지 않은 채 종항록은 자신의 문파를 낮추며 운소명의 눈을 쳐다보았다. 무림인들은 이렇게 기개있게 대하는 것이 수월하다는 것을 잘 아는 그였다. 그렇기 때문에 생명의 위험이 느껴지는데도 두려움을 참으며 운소명을 대했다.

운소명은 생긴 것과는 다르게 힘을 주며 말하는 종항록의 모습에서 무림인인지, 하오문도인지 판단을 내리기 어려워했다. 하지만 한 가지 사실을 알게 되었다. 자신이 본 마을이 살명회의 총단이란 사실이다.

"음, 그럼 일을 의뢰하러 간 것인가?"

"거래라고 해두지."

종항록의 말에 운소명은 고개를 끄덕였다. 그러자 종항록이 화가 난 표정으로 말했다.

"아무런 이유도 없이 내 마부를 죽이다니, 피를 좋아하는 사파의 나부랭이가 분명하구나."

운소명은 그 말에 피식거리며 살기 어린 미소를 입가에 걸었다. 그러자 종항록의 표정이 굳어졌다. 살심을 느꼈기 때문이다.

"이것 보라고. 나는 그렇게 사람을 함부로 죽이는 사람이 아니야. 마부는 자고 있는 것뿐이고. 봐."

운소명의 말에 종항록은 마부의 가슴이 움직이고 있는 것을 눈으로 확인했다. 그러자 그의 안색이 다시 변하였다.

"물론 내가 사파인 것은 변함이 없지. 이번에 문주님의 명으로 살명회에 가는 길인데 그 지리를 잘 몰라 같은 하오문이라 생각하고 좀 물어보려고 했던 것뿐이야. 그런데 다짜고짜 칼부터 휘두르는데 어쩌겠어?"

"하오문이라고?"

종항록은 눈을 반짝이며 운소명을 쳐다보았다. 그러자 운소명이 다시 말했다.

"살명회가 근처에 있으니 분명 살명회의 사람이라고 생각했는데 아닌 모양이군? 내가 사람을 잘못 본 모양이야. 그렇다면 죽어야지."

스릉!

도를 뽑으며 운소명이 살기와 함께 말하자 종항록은 안색을 찌푸리며 말했다.

"너 같은 놈은 본 적이 없는데 무슨 헛소리를 하는지 모르겠구나. 문주님의 수하라면 내가 모를 리 없을 터. 신분을 증명하는 패를 보여라."

"남에게 묻기 전에 먼저 밝히는 게 예의 아닌가?"

운소명의 날카로운 시선에 종항록은 비릿한 조소를 입가에 걸었다.

"흥! 네놈이 쉽게 입에 담을 만큼 가벼운 사람이 아니다. 살명회는 이 길을 따라가면 나오니 가던 길이나 가거라."

"신분이 좀 높은 모양이군?"

"알 거 없다."

종항록은 말을 끝낸 후 갑자기 금색 실선이 나타나자 눈을 부릅떴다.

퍽!

"무슨 짓이냐?"

종항록은 어느새 뒤에 나타난 운소명을 향해 신형을 돌렸다. 뭔가 가슴을 관통한 것 같았는데 아무런 느낌이 없자 물은 것이다. 하지만 운소명은 그 말을 무시한 채 천천히 걸었다.

"크으윽!"

순간 종항록은 가슴을 부여잡고 바닥에 쓰러졌다. 심장에서 느껴지는 뜨거운 기운에 전신을 크게 떨던 그는 이내 세상이 흐릿하게 변해가고 있는 것을 보았다.

"제길……!"

슉! 슉!

산으로 들어온 운소명은 옷을 벗고 준비해 온 검은 야행복으로 갈아입기 시작했다. 완전히 검은 옷으로 갈아입은 그는 검은 장갑을 손에 끼고 손의 색조차도 검게 바꿨다. 곧 목에 검은 천을 감아 목의 살색도 감추었다.

그렇게 한 후 과거 좌사가 썼던 백색 귀면탈을 손에 들었다. 귀면탈의 주변엔 검은 천이 길게 늘어져 있었는데 그걸 쓰고 검은 천으로 얼굴 전체를 감쌌다. 얼굴을 제외하곤 모두 검은색으로 통일한 그는 어둠이 깔리길 기다렸다. 그리고 얼마 지나지 않아 완전한 어둠이 세상을 덮었다.

스슥!

귀면탈만이 홀로 어둠 속에서 마치 유령처럼 움직이기 시작했다.

어둠이 내리자 마을은 마치 죽은 마을처럼 적막하게 가라앉아 있었다. 차가운 바람만이 마을을 맴돌았고 사람들의 모습은 어디에도 없었다.

쉬쉭!

바람처럼 움직이는 것은 작고 둥근 백색의 귀면탈 하나였다. 귀면탈은 마치 유령처럼 지붕을 넘어 장원을 향하고 있었다.

장원의 입구엔 검은 옷을 입은 네 명의 무사가 서 있었다.

그들은 모두 차가운 눈을 하고 있었으며 전방을 주시하는 눈빛은 먹이를 찾고 있는 매처럼 매서웠다.

 아무리 살수 조직이라도 총단은 그들이 먹고 쉬는 곳이었다. 사람이 사는 곳은 어디라도 다 비슷했고 살명회의 총단이라 해서 다른 점은 없었다. 경비가 있었고 순찰을 도는 무사들이 있었다.
 밖으로 나가 살수의 일을 하는 무사들도 물론 이곳에 오면 경비를 서고 순찰을 돈다. 그것은 의무였다. 하지만 살수업이 아닌 이상 그들의 특기를 살릴 수는 없었다.
 "응?"
 정문을 경비하던 삼조의 조장 장호는 백색의 둥근 계란 하나가 허공중에 나타나자 눈을 반짝였다. 장호와 함께 조원들도 계란만 한 백색의 둥근 물체를 쳐다보았다.
 스슥!
 "헉!"
 순간 계란처럼 보이던 백색이 삽시간에 커져 눈앞에 나타나자 놀라 일제히 눈을 부릅떴다. 동시에 금색의 실선들이 눈앞에 어지러이 나타났다.
 "귀……!"
 퍼퍼퍽!
 왜 쓰러지는지도 모른 채 바닥에 얼굴을 박은 장호는 허공중에 떠 있는 백색의 귀면탈을 쳐다보았다.
"귀… 신……!"
퍽!
유령도가 장호의 목을 뚫고 땅에 박혔다. 곧 시선을 돌린 운소명은 장원의 정문을 쳐다보았다.
운소명의 신형이 소리없이 정문을 넘어 장원 안으로 들어갔다.

第四章
생각지도 못한 선물

생각지도 못한 선물

"금실로 용을 새겨 넣으면 더없이 좋을 것 같은데, 바늘이 안 들어가는군."

중원에서 손에 꼽히는 살수 조직인 살명회의 수장이자 하오문의 육대회주로 오랜 세월 어둠의 세계를 군림해 온 사도정의 손에 구부러진 바늘이 들려 있었다.

그는 손에 들린 묵형포를 노려보다 구부러진 바늘을 쳐다보았다.

"도대체 뭘로 만들었기에 바늘도 안 들어간단 말인가."

심각한 고민에 하는 듯 그의 이마엔 주름살이 그려져 있었다. 내공을 주입한 바늘도 묵형포를 뚫지 못하자 상당히 고민스러운 표정이었다.

 새삼스럽게 묵형포의 단단함에 혀를 내두른 사도정은 포기한 듯 의자 위에 묵형포를 올려놓았다. 이름있는 명장을 구해 부탁해야 할 것 같다는 생각이 들었다.

 "적이닷!"

 순간 문밖에서 들려온 외침에 놀란 사도정은 자리를 박차고 일어나 검을 손에 쥐었다. 놀란 것은 소리가 문밖에서 들려왔다는 점이었다. 사도정은 재빠르게 묵형포를 걸치고 그 위에 검은 장삼을 입었다.

 뚜벅뚜벅!

 사도정은 문밖에서 들려오는 발소리에 안색을 굳혔다. 회랑을 따라 걷는 발소리는 절제되어 있었으며, 자신의 존재를 알려주기 위한 소리였다. 그러던 어느 순간 발소리가 사라졌다.

 쉭쉭!

 바람을 가르는 소리와 함께 적막한 침묵만이 사방을 감싸고 돌았다. 사도정은 이를 강하게 깨물며 일어섰다.

 드륵!

 순간 문을 열고 백색의 귀면탈이 허공중에 떠오른 채 움직이고 있었다.

 "음……!"

 사도정은 저도 모르게 침음을 삼키며 다가오는 귀면탈을

쳐다보았다. 마치 유령인 것처럼 아무런 소리 없이 다가온 그 모습에 간담이 서늘해지지 않을 사람은 어디에도 없을 것이다. 사도정 역시 식은땀이 흐르는 것을 알았다. 하지만 금세 평정심을 유지한 그는 귀면탈을 응시하며 물었다.

"누구냐?"

사도정의 전신에서 일어난 강한 살기가 거대하게 변하여 운소명을 찌르기 시작했다. 하지만 그의 기도는 운소명에게 큰 위력으로 다가오지 않았다. 지금까지 겨루어온 한유와 가학군에 비하면 사도정의 기도는 살기만 더욱 짙을 뿐이지, 존재감이 부족했다.

"도망치지 않다니 의외인데?"

"훗! 상대의 얼굴도 안 보고 도망칠 정도로 소심한 사람이 아니다."

사도정은 자신을 무시하는 운소명의 말에 어이없다는 듯 말하며 미소를 입가에 걸었다. 그 미소가 마음에 걸린 것일까? 운소명의 눈동자가 반짝였다.

순간 바닥과 천장에서 두 개의 검은 그림자가 번개처럼 나타났다. 운소명의 사타구니 사이로 솟구치는 검은 인영의 손엔 검이 들려 있었고 머리를 찍어 내리는 검은 인영의 손에도 검이 들려 있었다. 정확히 회음혈과 백회혈을 노리고 나타난 것이다. 운소명의 안색이 굳어졌다.

"……!"

팟!

 잔상처럼 흐릿하게 변한 운소명의 몸을 뚫은 두 인영의 목 주변으로 금색 선 하나가 강렬한 빛과 함께 나타났다. 정확하게 서로의 머리가 교차되던 순간에 나타난 빛이었다.

 쉬악!

 그 순간 사도정의 신형이 검과 함께 옆으로 한 발 비켜선 운소명의 가슴을 향해 다가왔다. 적절한 기습이었고 쾌속한 움직임이었다. 보통 고수라면 피하지도 못하고 몸이 뚫렸을 것이다. 그만큼 이번 기습은 날카로웠다.

 운소명은 번들거리는 눈빛으로 재빠르게 도를 들어 검을 쳐냈다. 땅! 소리와 함께 검이 위로 올라가자 자연스럽게 사도정의 상체가 운소명의 눈앞에 나타났다.

 사도정은 검이 튕겨 올라가자 자신도 모르게 눈을 부릅떴다. 자신의 일격을 막았다는 것보다 눈에 보이지 않을 정도로 빠르게 움직이는 운소명의 팔 그림자 때문이다.

 파파팟!

 운소명의 도가 번개처럼 십여 개의 금광과 함께 사도정의 상체를 잘라갔다.

 퍼퍼픽!

 "크억!"

 우당탕!

 사도정의 신형이 도신에 닿자 마치 몽둥이를 맞은 것 같은

타육음과 함께 뒤로 날아갔다. 탁자와 의자를 부수며 쓰러진 사도정은 피를 토하며 자리에서 일어섰다. 순간 그의 눈에 운소명의 반보 옆에 있던 두 구의 시신이 바닥에 쓰러지는 것이 보였다. 둘 다 목이 잘린 상태였고 피가 바닥을 적시기 시작했다.

"놀랍군."

운소명은 귀면탈 속에서 번들거리는 눈빛으로 일어선 사도정을 쳐다보았다. 사도정의 몸은 이미 걸레가 되어야 했다. 하지만 그는 별다른 상처 없이 자리에서 일어섰고 내상도 깊어 보이지 않았다. 유령도의 도날이 무뎌져서 그런 것일까? 절대 아니다. 도기까지 머금은 유령도를 정면으로 맞고도 멀쩡한 사람은 아직 본 적이 없었다. 그렇다면 전설 속에서나 말하는 금강불괴의 몸인 것일까?

살수가 그 정도의 경지에 들 수는 없었다. 그것을 모르는 운소명이 아니었다. 그렇다면 금강불괴도 아니었다.

"옷이로군."

운소명은 사도정의 상의가 걸레처럼 변해 바닥에 떨어지자 검게 번들거리는 독특한 상의가 눈에 잡혔다. 그 말에 사도정의 안색이 굳어지자 운소명은 고개를 끄덕이며 한 발 나섰다. 그러자 사도정은 입가에 비릿한 조소를 걸며 말했다.

"본 회를 적으로 돌린 이상 네놈은 평생 동안 두 다리를 뻗고 편히 잘 수는 없을 것이다."

퍽!

길게 늘어난 금빛 도기가 허공을 지나 사도정의 목을 뚫고 나왔다. 목 뒤로 나온 금색의 아지랑이 같은 도기는 여전히 그 빛을 발하고 있었다. 그 순간 사도정의 눈동자가 크게 흔들리기 시작했다.

스륵!

도기가 사라지자 운소명은 곧 도를 도집에 넣으며 사도정에게 다가왔다.

"크… 크륵!"

무슨 말을 하려는 듯 사도정의 입은 움직였으나 입을 통해 목소리가 흘러나오지는 않았다.

"잘 입지."

운소명은 당연하다는 듯 사도정의 옷을 벗긴 후 신형을 돌렸다.

털썩!

사도정의 신형이 바닥에 쓰러지는 소리가 방 안을 크게 흔들어놓았다. 하지만 운소명의 신형은 그 어디에도 없었고 비릿한 혈향만이 맴돌 뿐이었다.

* * *

쿵!

큰 주먹이 탁자를 강하게 내려치자 힘없이 무너지며 낮은 먼지를 일으켰다.

"어떤 개새끼가!"

목청을 높인 봉천악은 어깨를 미미하게 떨며 의자에 앉았다. 근 한 달 만에 하오문의 중요 인사를 넷이나 잃어버렸다. 지금까지 하오문에서 이 정도의 위기가 있었던가? 육대회주 중 홍원회주와 살명회주가 죽었다. 그리고 좌사와 함께 홍원회의 부회주도 죽었다.

화가 나지 않는다면 오히려 이상할 것이다. 봉천악은 매우 화가 난 상태로, 그의 안색은 붉게 물들어 있었다.

"우사."

봉천악의 낮은 목소리에 흐릿한 그림자와 함께 회의인이 모습을 보였다. 그러자 봉천악이 재빠르게 말했다.

"회주들을 모집하게."

"알겠습니다."

스륵!

회의인이 사라지자 봉천악은 깊은숨을 내쉬며 의자에 깊숙이 앉았다.

그리 넓지 않은 실내의 단상 위엔 봉천악이 앉아 있었다. 그리고 그의 앞에는 좌우로 두 명씩 네 명이 앉아 있었는데, 모두 경직된 표정으로 봉천악을 쳐다보고 있었다. 육대회주

중 죽은 두 회주를 제외한 네 명이 모두 한자리에 모인 상태였다.

그중엔 무천회주인 원가경도 있었다. 원가경의 뒤에는 이십대 중반의 청년이 앉아 있었는데, 눈동자가 조금 붉은 청년이었다. 그는 육대회 중 마정회의 회주인 감무원이었다.

원가경의 맞은편에는 육십대의 노인이 조금 피곤한 안색으로 앉아 있었다. 그는 하오문 육대회 중 하나인 비월회의 회주인 고정사였다. 그리고 그 고정사의 뒤엔 사십대 중반의 평범한 얼굴을 한 중년인이 자리해 있었는데, 그는 금성회의 회주로 이름은 동권이었다.

"왜 모였는지는 잘 알 것이오."

봉천악의 목소리에 모두들 고개를 끄덕였다. 살명회의 외부에 있던 전력을 제외한 오 할과 회주인 사도정 역시 죽임을 당했다. 그뿐만 아니라 홍원회의 부회주였던 종항록도 죽었다. 하오문의 역사에서 이렇게 큰 피해가 근 한 달 동안 일어난 일이 몇 번이나 있었을까? 근 백 년 내에선 처음 있는 대사건이었다.

"본 문이 아무리 무림에서 천시를 받고 있는 곳이라 하나 이렇게 창피를 당하고도 가만히 앉아 있을 수는 없소이다. 홍원회주의 원수인 운소명을 잡아죽이는 데 사력을 다할 것이오. 물론 살명회주를 죽인 흉수 역시 파악하는 대로 본 문의 칼날이 흉수에게 향할 것이오. 운소명의 행적을 찾는 데 최선을 다해주시오. 비월회는 살명회의 총단에 가서 흉수가 누구인지 파악해 주기 바라오."

"알겠습니다."

비월회주인 고정사가 대답했다. 그러자 마정회주인 감무원이 봉천악에게 물었다.

"홍원회주와 살명회주는 누가 되는 것입니까?"

"홍원회주와 살명회주는 각 회에 소속된 인물들 중에서 뽑을 것이오."

봉천악이 잘라 말하자 모두들 더 이상 그 부분에 대해선 입을 열지 않았다. 보통 회주가 죽으면 두 명의 부회주 중 한 명이 회주가 되는 것이 관례였다. 홍원회는 이제 부회주가 한 명 남았으니 그 남은 한 사람이 될 것이 분명했다. 문제는 살명회였다. 살명회의 부회주 두 명이 모두 살아 있었기 때문이다.

그렇다고 다른 회에서 회주가 부재중인 회에 대해 간섭할 입장도 아니었다. 육대회는 각각의 회주들을 제외하곤 부회주부터는 다른 회주들조차 누가 있는지, 어떤 인물들이 일을 하고 있는지 모르고 있었기 때문이다.

회주들이 모이는 자리를 통해 서로의 얼굴은 알 수밖에 없었다. 하지만 그 밑에 일하는 사람들에 대해선 자신의 회를 제외하곤 아무것도 파악하지 못하고 있었다.

오직 문주인 봉천악만이 모든 것을 파악하고 있을 뿐이

었다.

"다시 한 번 말하지만 최우선으로 해야 할 것이 운소명의 소재를 파악하고 주살하는 일이오. 또한 운소명을 찾는 사람에겐 후한 상을 내릴 것이오. 뿐만 아니라 주살하는 문도에겐 더욱 큰 특전이 있을 것이오."

의미심장한 눈빛으로 봉천악이 말하자 회주들의 눈빛이 반짝이기 시작했다. 대가가 있는 일은 언제나 즐거운 법이기 때문이다.

"그 특전에 대해서 알고 싶습니다."

마정회의 회주인 감무원이 적안을 반짝이며 묻자 봉천악은 미소를 보이며 말했다.

"무공서와 무기가 될 것이오. 또한 일반 문도라면 분타주급으로 올릴 생각이오. 회주 급이라면… 좀 다른 선물로 준비할 것이오. 거기다 그 문도가 속한 회의 회주는 따로 선물을 보내줄 생각이오."

"알겠습니다."

감무원의 표정이 굳어지자 다른 회주들 역시 좀 전과는 달리 의욕적인 표정을 보였다. 곧 고정사가 반백의 수염을 쓰다듬으며 말했다.

"현재 본 문의 주적이라 불리는 인물은 운소명 한 명뿐입니다. 혹시 살명회를 괴멸시킨 것이 그 운소명이 아닐는지요? 듣기로는 운소명이란 놈은 금산장의 장로인 한유를 죽인

절정의 고수라 들었습니다."

 그의 말에 지금까지 조용히 앉아 있던 원가경이 입을 열었다.

 "아무리 그가 절정의 고수라 해도 단신으로 살명회의 총단을 괴멸시킬 수는 없어요. 아니, 현 강호에 존재하는 어떠한 고수라도 그 일은 거의 불가능에 가까워요. 그자가 그 정도의 능력이 있다면 저희는 아마도 그자와 원한을 쌓는 것에 대해 다시 한 번 생각해 봐야겠지요. 집단을 능가하는 힘을 지닌 자라면 오히려 적으로 두는 게 위험하지요."

 "놈이 집단을 능가하는 고수라면?"

 감무원의 낮은 목소리에 일순 장내에 무거운 침묵이 흘렀다. 짧은 침묵을 깬 것은 봉천악이었다.

 "놈이 그 정도의 고수였다면 처음부터 추적할 생각을 버렸을 것이오. 그리고 살명회의 오 할은 아직 건재하니 살명회가 멸문당했다고 볼 수도 없소이다. 하지만 다시 활동하기엔 너무 큰 피해를 입은 것도 사실이오. 살명회는 당분간 전력을 채울 때까지 강호상의 활동을 중단한 채 살수들의 양성에 힘을 쏟을 것이오."

 "족히 십 년은 걸릴 것입니다."

 고정사가 조용히 말하자 봉천악은 고개를 끄덕였다. 그의 말처럼 살수를 키우는 것이 쉬운 일이 아니었기 때문이다. 사람과 돈은 하오문에 남아돌았지만 시간은 그렇지 못했다. 그 시간이란 것이 늘 가장 큰 문제였다.

"그래도 할 수 없소이다. 완전한 전력을 만들 때까지 쉬게 할 것이오."

말을 끝낸 봉천악은 곧 회주들을 둘러보며 차가운 눈빛으로 다시 말했다. 좀 전과는 전혀 다른 살기 어린 기도에 회주들의 안색이 굳어졌다.

"이번에 모이라고 한 가장 큰 이유는 사실 다른 데 있소."

그렇게 말한 봉천악은 한 명씩 회주들의 얼굴을 쳐다보더니 날카로운 눈빛으로 말했다.

"살명회의 총단은 본 문에서도 몇몇 간부들만 아는 사실이오. 그런 살명회의 총단이 괴멸되었다는 것은, 내부에 적이 있다는 뜻이오. 그렇지 않소?"

"음……."

봉천악의 말에 모두들 침음을 삼키며 고개를 끄덕였다. 상대를 의심하는 것만큼 두렵고 치졸한 것은 없었다. 그것도 한솥밥을 먹는 사람들끼리 뒤에서 칼을 겨누는 것만큼 꺼림칙한 것은 없었다.

"우리가 모르는 사이에 다른 세력의 간세가 침입했을 수도 있소이다. 회주들은 내사에 힘써주시기 바라오. 또한 나 역시 각 회를 따로 조사할 생각이오. 그 점을 말하기 위해 부른 것이오."

봉천악의 말에 각 회주들의 안색에 불편함이 가득 찼다. 자신들을 믿지 못하겠다는 말과 일맥상통(一脈相通)하기 때문이다. 자칫 잘못되면 서로를 믿지 못하는 불신으로 커질 우려가 있는 발언이었다.

봉천악도 그 점을 인지하고 있었다. 하지만 살명회의 총단이 괴멸한 만큼 진상을 철저히 조사할 필요가 있었고, 이 사건을 계기로 육대회를 좀 더 압박해 자신의 입맛에 맞게 바꿀 생각을 하고 있었다.

"저희를 믿지 못하십니까?"

감무원이 조금 불만스러운 표정으로 말하자 봉천악은 손을 저으며 대답했다.

"그럴 리가 있겠소? 내가 하려는 것은 각 회에 잠입한 간세를 추출하려는 것뿐이오."

"저희를 믿지 못하기 때문에 내사를 하려는 것이 아닙니까? 그렇다면 저희들이 조사하는 것도 의미가 없는 것이 아닐는지요?"

원가경이 말하자 봉천악은 고개를 저었다.

"아무리 내가 손이 많다 하나, 이 몸은 하나이지 않소? 육대회를 모두 조사할 수는 없는 법이라오. 나름대로 조사한 바로 명단에 올라온 인물들만 따로 할 생각이오. 그 이름들을 제외하곤 나머지는 회주들께서 알아서 해줘야 할 것이오."

봉천악이 이미 내사를 마쳤다는 듯 말하자 회주들은 안색을 굳히며 입을 닫았다.

"자, 다음은 앞으로 바뀔 백화성주와 근래에 모습을 보인 마불에 대한 이야기로 넘어갑시다."

봉천악은 가볍게 미소를 그리며 화제를 돌렸다. 곧 회주들과 함께 백화성과 마불에 대한 이야기를 나누기 시작했다.

호롱불이 반짝이는 방 안의 침상엔 반라(半裸)의 남녀가 한데 뒤엉켜 뜨거운 입김을 토해내고 있었다. 얼마 지나지 않아 전라(全裸)로 변한 남녀의 육체가 역동적으로 움직이기 시작했다.

삐걱! 삐걱!

침상이 흔들리며 일어나는 마찰음이 격렬한 신음 소리와 한데 섞여 방 안의 공기를 달구었다.

한참이 지난 후에 자리에서 일어선 건장한 사내는 옷을 걸치곤 물을 마셨다. 그는 곧 침상에 누워 있는 전라의 여자를 탐욕스러운 눈빛으로 쳐다보며 말했다.

"문주께선 운소명이란 놈을 너무 우습게보는 것 같아. 아니면 원한 때문에 판단력이 흐려진 것인지도 모르지."

감무원의 눈이 붉게 반짝이자 이불을 덮어쓴 원가경이 미소를 그리며 말했다.

"굳이 무공으로 잡을 필요는 없어요. 무공보다 무서운 것이 이 세상엔 너무 많지 않나요?"

원가경의 의미심장한 말에 감무원은 미미하게 고개를 끄

덕이며 미소 지었다.

"수단과 방법을 가릴 필요가 없지. 호랑이를 잡는데 굳이 무공을 쓸 필요는 없지 않나? 아마 다른 회주들도 같은 생각을 하고 있겠지."

"저희가 손을 잡은 이상 다른 회보다 한발 앞서 있다고 볼 수 있지요."

원가경의 말에 감무원은 고개를 끄덕였다. 아직 아무도 원가경과 감무원의 관계를 모르고 있었다.

"그렇지. 우리가 분명 앞서 있는 것은 사실이야. 하지만 문주가 우리에 대한 신용을 버린 듯 보이니, 그게 마음에 걸려."

"저희는 그저 문주님께 절대적인 믿음만 보내면 그만이에요. 나머지는 알아서 처리하시겠지요. 하나 이번 일로 불만을 가진 회주가 분명 있을 거예요."

"나처럼?"

원가경은 고개를 끄덕였다. 감무원은 슬쩍 미소를 보이며 침상으로 향했다.

"그리고 며칠 뒤에 금산장의 총관과 만나기로 했는데, 함께 가는 것이 어때? 물론 문주는 모르는 일로 만나는 자리니 그리 알고."

감무원의 말에 원가경은 조금 놀랍다는 듯 눈을 반짝이며 고개를 끄덕였다.

"꽤나 흥미로운 자리가 될 것 같군요."

"훗! 그럴지도 모르지."

감무원의 눈동자가 빛나기 시작하자 원가경이 손짓을 보냈다. 그에 감무원은 다시 이불 속으로 들어가 원가경을 안았다.

* * *

회의를 마치고 방 안으로 돌아와 쉬던 추파영은 희미하게 느껴지는 인기척에 안색을 찌푸렸다. 이렇게 갑작스럽게 사람이 방문하는 경우는 거의 없었기 때문이다. 보통은 미리 연락을 취하는 편이었다.

"혼자 있고 싶군."

차를 따르던 시비가 그 말에 허리를 숙이며 밖으로 나간 후 홀로 방 안에 남은 추파영은 희미하게 느껴지던 인기척이 사라지자 입을 열었다.

"무슨 일인가?"

[마불의 목적지가 운소명이 아닌 듯합니다.]

낮은 여자의 목소리에 추파영의 안색이 굳어졌다.

"그럼 목적지가 어디인가?"

[호남성을 가로질러 광서성으로 들어가려 하는 것으로 보아 창천궁인 듯합니다.]

"곡비연!"

추파영의 눈빛이 차갑게 가라앉았다. 곡비연에 대한 생각을 하지 못하고 있었다.

"이관용의 목적은 운소명이 아니라 곡비연이었어……."

[운소명에 대해선 저희가 너무 우려했던 모양입니다. 이관용의 입장에서 볼 땐 가벼운 존재가 될 테니까요. 정작 그의 입장에선 백화성주가 될 후보들이 문제였을 것입니다.]

"그렇겠지. 운소명은?"

[가학군과 만났다고 합니다.]

"가학군과 싸웠다면, 죽었나?"

[오히려 반대입니다.]

"……!"

추파영의 표정이 굳어졌다.

"가학군이 졌단 말이로군?"

[그렇습니다. 다행히 죽지는 않았습니다.]

"그렇다면 운소명도 무사하지는 못했겠군."

[운소명은 내, 외상이 거의 없었다고 합니다.]

"허……."

추파영은 다시 한 번 안색을 굳혔다. 표정의 변화가 거의 없는 그의 얼굴이 이렇게 수시로 변하는 것은 정말 많이 놀라고 있다는 증거였다. 추파영의 눈동자가 반짝이기 시작했다.

"그 정도였나?"

[그렇습니다. 단지, 의문인 것이 그의 도법이 어떤 무공인

지 알 수 없다는 점입니다. 홍천에서도 그의 도법에 대해 자세하게 보고서를 보냈으나 눈으로 확인하지 못한 이상 어떤 도법인지 알 길이 없습니다. 중요한 건 가학군의 패도조차 상대가 되지 못했다는 것입니다.]

"가학군은 알지 모르겠군."

[그도 모르는 듯합니다. 단지 푸른 강기의 거대한 도라고만 표현했으니까요.]

"푸른 강기의 거대한 도… 어디선가 들은 기억이 있는 것 같군."

추파영은 수염을 쓰다듬으며 생각하는 듯했다. 하지만 쉽게 기억이 떠오르지 않았다.

[위험한 놈입니다.]

낮은 목소리에 추파영은 생각에서 벗어났다.

[가학군마저도 패배시킬 정도의 무공을 소유한 놈입니다.]

다시 한 번 낮은 목소리가 운소명의 무공을 강조하며 말했다. 추파영의 표정도 그리 좋아 보이진 않았다. 추파영은 곧 운소명을 처음 보았던 위지세가의 비무대회를 떠올렸다. 확실히 젊고 유능한 인재라 생각했다. 하지만 그가 무살이란 것을 아는 순간 노련한 강호의 고수로 보였다.

"불쌍한 놈이지."

추파영은 가만히 중얼거리다 다시 말했다.

"금산장주가 죽을 때까지 필요한 패다. 아직은 보고만 하도록."

[…알겠습니다.]

낮은 목소리가 잠겨들자 추파영은 곧 자리에서 일어나 포의를 걸치곤 외출 준비를 하였다.

"아, 그리고 앞으로는 모습을 보이도록. 전음만 듣자니 심심하군."

[예.]

낮은 목소리와 함께 인기척이 사라지자 추파영은 곧 밖으로 나가 집무실로 향했다. 얼마 지나지 않아 각주들과 제갈현이 저녁을 먹다 말고 소집되어 나타났다.

* * *

아침에 눈을 뜬 손수수는 창을 통해 보이는 창천궁의 전경을 눈에 담았다.

"오늘도 마지막이군……."

손수수는 곧 자리에서 일어나 부산하게 움직이기 시작했다.

곡비연은 예정보다 오 일이나 늦은 출발에 조금 급하게 아침을 맞아 새벽부터 일어나 돌아갈 준비를 했다.

발걸음 소리와 함께 손수수가 들어오자 곡비연은 반갑게

미소를 보이며 말했다.
"잘 잤어요?"
"예. 원주님은 어떠셨나요?"
"막상 떠나려니 잠이 오지 않았어요."
밝은 미소와 함께 곡비연이 말하자 손수수는 자신도 모르게 미소를 그렸다.
"잊은 것은 없지요?"
"물론이에요."
"가요, 기다리고 있으니."
"그래요."
곡비연은 고개를 끄덕이며 손수수와 함께 연무장으로 향했다.

연무장에는 일백 명의 백의를 걸친 무사들이 도열해 있었고 그 중앙에 커다란 사두마차가 서 있었다. 그 주변엔 창천궁의 중요 인사들과 무인들이 늘어서 있었는데 그 모습 또한 장관이었다.
곡비연은 궁주인 구양무명과 그의 식솔들과 인사한 후 마지막으로 마차의 옆에 서 있던 구양혜와 마주 섰다.
"다시 또 와요."
"물론이에요."
구양혜의 손을 잡은 그녀는 곧 마차의 문이 열리자 안으로 들어갔다. 그녀가 들어가자 구양혜는 조금 아쉬운 눈빛으로 손수수를 쳐다보았다. 손수수가 가볍게 인사를 한 후 마차에 타자 곡비연이 구양혜에게 말했다.

"오세요, 백화성으로. 기다릴 테니."

"조만간 가겠어요. 그리고 백화성주가 되세요."

구양혜의 말에 곡비연은 미소를 보였다.

"그러려고 가는 거예요."

"훗!"

구양혜가 웃음을 보이자 곡비연도 웃으며 눈인사를 했다. 곧 마차의 문이 닫히고 백화성의 무사들이 일제히 창천궁의 밖으로 나가기 시작했다.

많은 무사들이 지나가고 그 뒤로 말에 올라탄 마태영과 강마령이 보이자 구양혜는 손을 들어 보였다. 마태영과 강마령은 인사를 하며 일백의 창천궁 무사들과 함께 곡비연의 마차 뒤를 따랐다. 호위를 위해 조강까지 창천궁의 무사들과 함께 마태영과 강마령이 수행했다.

구양혜는 마음 같아선 함께 가고 싶었으나 신분상 궁을 벗어나기 어려웠다.

"많이 아쉬운 모양이야?"

옆에 서 있던 구양연이 말하자 구양혜는 고개를 끄덕였다.

"좋은 친구를 사귀는 것만큼 어려운 것도 없으니까."

"친구는 무슨, 백화성으로 돌아가다 죽을지도 모르는데."

"성주가 될 수도 있지."

"훗!"

구양혜의 차가운 시선에 구양연은 가볍게 웃으며 고개를 끄덕였다.

"그럼 좋지. 언니하고 함께 백화성에 구경 갈 수도 있으니까."

구양연은 말과 함께 신형을 돌렸다. 표현을 잘 못해서 그렇지 구양연도 곡비연과 함께 자주 있었기에 어느 정도는 정이 든 것 같았다.

구양혜가 구양연의 옆에 서며 말했다.

"백화성엔 멋있는 남자들이 좀 있다고 하는구나."

"멋있는 남자가 중요한 것이 아니라 내 눈에 차는 남자가 있느냐가 중요한 게 아닐까?"

"분명 있겠지. 네가 눈만 조금 낮추면……."

"훗!"

구양연은 가볍게 웃음을 흘렸다. 하지만 눈동자는 남자에 대한 열기로 뜨겁게 타오르고 있었다.

마부석엔 노화와 안여정이 앉아 마차를 몰고 있었다. 그녀들은 창천궁에서 있었던 일들을 화제로 하여 수다를 떨었다.

덜컹! 덜컹!

마차의 흔들림은 그리 크지 않았다. 걷고 있는 무사들과 보폭을 같이 하다 보니 마차는 천천히 이동할 수밖에 없었다.
"사천을 지나는 것이 가장 큰 어려움이겠네요."
손수수가 말하자 곡비연은 고개를 끄덕였다. 창천궁을 나왔으니 이제는 복귀하는 게 걱정으로 남아 있었다.
귀주성을 지나 사천을 넘어 백화성으로 돌아갈 예정이었기에 그 길에 혹여 있을지 모를 공격을 대비해야 했다. 무림맹에는 미리 알렸기에 맹의 이름으로 공격을 오는 무사들은 없을 것이다.
하지만 개인적으로 백화성에 원한을 가진 사람들이라면 공격이 있을지도 모른다. 특히 사천은 백화성과 많은 원한을 가진 지역이었다. 그나마 다행이라면 아미파와 사천당가가 무림맹에 속해 있다는 점이었다.
그들을 제외하면 그렇게 신경 쓸 만한 문파는 없었다. 청성파가 있었으나 예전에는 대단한 성세를 누렸어도 지금은 중소 문파로 전락한 곳이었다. 크게 신경 쓸 만한 고수도 없었다.
"일단 귀주부터 생각을 해봐야 할 것 같군요. 귀주는 이렇다 할 문파가 없어요. 그러다 보니 사파가 많이 존재하고 있는 곳이에요."
"하지만 본 성을 상대로 목숨을 내놓을 만큼 간이 큰 사파는 없습니다. 있다면 기껏 해야 이왕곡인데, 귀왕곡과 수왕곡은 알다시피 요 근래 거의 활동을 안 하고 있습니다."

손수수가 냉정한 표정으로 말하자 곡비연은 고개를 끄덕이며 말했다.

"그렇지요. 하지만 돈만 되면 무슨 일이라도 할 사람들이 세상엔 많아요. 그게 본 성이 상대라 해도 말이에요."

"확실히… 그렇지요."

손수수는 고개를 끄덕이며 휘장을 열어 밖을 쳐다보았다. 마차는 여전히 짙은 숲 속을 가고 있었으며 숲이 끝나면 귀주성의 시작인 귀주고원에 들어선다. 산을 올라가 고원에 다다르면 좀 편해질 것 같은 기분이 들었다.

'확실히 귀주였지.'

손수수는 운소명과 함께한 시간을 떠올리며 그 장소가 귀주였다는 것을 상기했다. 손수수는 곧 시선을 돌려 곡비연을 바라보며 말했다.

"귀주에 사파가 많다 하나 그곳 역시 창천궁의 영향력하에 있는 지역이에요. 돈에 눈먼 사파라 해도 쉽게 움직이지 못할 거예요. 또한 본 성의 지부가 육대산(六大山)에 있으니 그곳에서 좀 쉬기로 하지요."

"그래요."

곡비연의 대답에 손수수는 고개를 돌려 마차의 벽에 붙어 있는 사각의 작은 나무를 두드렸다. 그러자 드륵, 하는 소리와 함께 노화가 얼굴을 보였다.

"무슨 일이에요?"

"육대산의 비밀 분타까지 얼마나 걸리지?"

"음, 보름은 걸릴 것 같은데요?"

"오늘 야영할 장소는 아직 멀었고?"

"아니요. 한 시진 정도만 가면 돼요. 그때쯤이면 해도 질 것 같으니까요."

"그래."

드륵!

곧 문이 닫히자 손수수는 고개를 돌려 곡비연을 쳐다보았다.

"무슨 문제라도 있나요?"

손수수의 안색이 조금 굳어 있는 것처럼 보이자 곡비연이 물었다. 손수수는 잠시 상념을 벗어던지듯 고개를 저으며 대답했다.

"아무 일도 아니에요."

하지만 손수수의 표정은 그리 밝지 않았다.

'좀 늦네……'

본래라면 지금쯤 운소명과 만나야 했으나 아직도 운소명은 나타날 기미가 보이지 않았다. 그게 조금 마음에 걸리는 손수수였다.

第五章
운이 없어서

운이 없어서

"마불을 아시오?"

일반 사람들에게 이렇게 물으면 대다수의 사람들은 모른다고 답한다. 그리고 오히려 질문한 사람을 질타한다. 부처의 이름 앞에 사악한 마(魔) 자를 붙였기 때문이다.

하지만 강호에 십 년 이상 살아온 사람에게 마불을 물으면 대다수는 잘 알고 있다는 듯 대답한다.

"두려운 인물이지요. 지금까지 손을 겨룬 사람을 살려둔 적이 없으니 말이오."

"사파든 정파든 눈 밖에 난 인물은 그냥 죽이는 놈이오. 도망치면 끝까지 쫓아가서 죽이고, 살려달라고 애원하면 자존심도 없냐며 죽이고, 발을 밟으면 발 밟았다고 죽이고, 어깨를 치면 어깨를 쳤다고 죽이고, 밥 먹는데 시끄러우면 시끄럽다고 죽이고, 길을 가다 먼지를 날리며 말이 달리면 먼지 날리게 했다고 말과 사람을 같이 죽이고… 그 밖에도 엄청 많소이다. 아무튼 그런 놈이라고 들었소. 근데 이상하게도 그놈은 여자는 안 죽인다 하오."

타닥!
타오르는 모닥불을 바라보며 앉아 있는 이십대 후반으로 보이는 청년은 아무렇게나 묶은 머리를 하고 있었다. 헝클어진 앞머리 사이로 빛나는 눈동자는 호랑이처럼 사나웠고, 입술은 상대를 경시하는 듯 웃고 있었다.

그 앞에 앉은 조금 왜소한 청년은 꽤나 경직된 표정으로 모닥불 위에 구워지는 토끼고기를 바라보고 있었다.

"어이."
"헉!"
갑작스러운 목소리에 놀란 정철은 가슴을 부여잡으며 청년을 쳐다보았다. 그 모습이 웃겼을까? 청년은 웃음을 흘리며 말했다.

"못 먹을 거라도 먹었나, 왜 놀라?"
"아니, 뭐, 그렇게 급작스럽게 부르는데 안 놀랄 사람이 있겠습니까?"

정철은 눈앞에 앉은 마불 괴홍랑을 흘깃거리며 투덜거렸다. 괜히 잘 타는 모닥불을 불쏘시개로 쑤시며 시선을 피했다.

"아직 멀었나?"

"아직 귀주에 들어가려면 한참 남았습니다. 좀 기다리세요. 뭐 하룻밤 만에 천 리를 가는 것도 아니고."

그 말에 괴홍랑은 비릿한 조소를 그리며 말했다.

"아니, 고기 말이야, 고기."

"아! 고기요. 거의 다 되었습니다."

정철은 자신이 생각해도 웃긴다는 듯 피식 웃으며 잘 굽고 있는 토끼를 몇 번이나 뒤집었다. 자신도 왜 이렇게 긴장하고 있는지 스스로도 모를 일이었다.

사람들 사이에선 그래도 과묵하고 남자답다고 불리는 정철이었다. 동료들도 그런 그를 인정하고 있었다. 그런데 왜 이렇게 이 괴홍랑의 앞에만 서면 작아지는 것일까?

'처음부터 이런 명령을 받을 때 거절했어야 했어.'

정철은 상부에서 길 안내를 하라는 명령만 듣고 왔다. 그 상대가 누구인지 전혀 모르고 있었다. 아마 알았더라면 당연히 거절했을 것이다.

처음에는 이런 괴인을 상대해야 하나 하는 마음에 크게 신경 쓰지 않았다. 하지만 그가 마불이란 사실을 아는 순간부터 가슴이 작아졌다. 그 당당했던 자신감도 마불의 한 수에 피떡

운이 없어서 145

이 되어 쓰러진 후부터 이렇게 가슴을 졸이며 지내야 했던 것이다.

"그런데 그 곡비연이란 여자는 예쁘냐?"

정철은 마불의 물음에 안색을 찌푸리며 고개를 끄덕였다.

"백화성에선 제일 미인이라 불리는 모양입니다."

"호오, 이거 좋구만."

"근데 그 질문은 벌써 구십구 번째입니다."

정철의 말에 괴홍랑이 안색을 찌푸리며 정철을 쳐다보았다. 그러자 정철은 손을 저으며 말했다.

"모두 세고 있습니다. 일일이 그런 걸 다 센다고 때리실 거면 일단 배부터 채운 후에 하지요."

"훗!"

몇 번인가 맞은 정철의 변명이었다. 괴홍랑은 정철의 행동에 실소를 흘리며 토끼의 다리를 뜯어 입에 물었다. 그리곤 입안에서 몇 번이고 씹은 후에 삼켰다.

"술이 없는 게 아쉽군."

"술은 모든 무인에게 독입니다. 이 강호에서 술을 먹다 뒤진 고수가 어디 한둘인지 아십니까? 술 때문에 파혼한 고수들도 수두룩합니다. 술에 취해 뒤진 고수도 손가락에 셀 수 없습니다. 제가 아는 선배만 해도 술 때문에 뒤졌는데, 그 시신에서도 술 냄새가 코를 썩게 할 정도였지요. 얼마나 술을 좋아하면… 쯧쯧!"

"나는 술이 좋아. 고기도 좋고."

"술은 독이에요, 독!"

퍽!

정철은 순간 하늘이 노랗게 변하는 것과 무언가 허전한 마음이 드는 것을 느꼈다. 그게 코를 통해 터져 나가는 두 줄기 피라는 것을 알았을 땐 자신도 모르게 눈을 감았다.

'인생… 한 방이구나……'

털썩!

덩그러니 나자빠진 정철을 쳐다보며 괴홍랑은 고기를 씹었다.

"나는 말 많은 놈이 싫어."

괴홍랑은 안색을 찌푸리며 쓰러진 정철의 손에 들린 토끼고기를 쳐다보았다.

짹! 짹! 짹!

번뜩!

새소리에 놀라 눈을 뜬 정철은 아침 햇살이 눈부시게 다가오자 아미를 찌푸리며 일어났다.

꼬르륵!

배에서 들리는 소리에 안색을 굳히다 눈을 번뜩인 그는 토끼고기를 찾기 위해 주변을 둘러보다 한쪽에 쌓여 있는 뼈를 보게 되자 전신을 떨기 시작했다.

운이 없어서 147

"이씨! 지는 사냥도 안 하면서!"
정철은 이를 강하게 깨물며 주먹을 쥐었다.
"언젠가는……!"
가슴속으로 복수를 다짐하며 괴홍랑을 찾기 위해 서성이기 시작했다.

흐르는 냇물에 세수를 한 괴홍랑은 누더기처럼 변한 자신의 옷으로 얼굴을 닦고는 땅바닥에 주저앉았다.
"후……."
깊게 숨을 내쉰 괴홍랑은 문득 그리운 얼굴들을 떠올리며 미소를 그렸다. 그러다 이내 졸린지 팔베개를 한 후 눈을 감았다.
쉬쉭!
눈을 감은 지 얼마나 지났을까? 바람을 가르며 달려오는 옷자락 소리에 괴홍랑은 아미를 찌푸렸다. 익히 아는 발소리였기 때문이다.
"여기에 계셨습니까? 한참 찾았다구요."
정철이 다가와 숨을 헐떡이며 말하자 괴홍랑은 일어섰다.
"가던 길이나 가자고."
괴홍랑의 말에 정철은 고개를 저었다.
"백 리 정도 떨어진 구현산에 사람들이 있습니다. 아마도 무림맹인 듯합니다. 그 외에도 꽤 많이 몰려오는 모양입니다.

선배의 명성을 듣고 달려오는 사람들이 이리 많으니, 저는 이만."

쉭!

순간 정철이 뒤도 안 돌아보고 달려나가자 괴흥랑은 어이없다는 듯 정철을 바라보다 신형을 움직였다.

"이놈!"

"헉! 아니 왜 절 따라오십니까!"

"그럼 네놈을 따라가지, 누굴 따라가냐! 길도 모르는데!"

파팟!

정철의 눈에서 눈물방울이 흘러내리기 시작했다. 수많은 무림인들의 표적이 된 마불을 피해 잠시 몸을 숨기려 했는데, 뜻대로 안 되었기 때문이다. 이왕이면 이 기회에 죽어주길 바랐다. 하지만 마불은 자신을 따라오고 있었다. 이러다 무림인들에게 마불과 함께했었다고 오해라도 받으면 자신은 그냥 죽은 목숨이었다.

"이런 빌어먹을, 나 따라오지 말라고요! 저리 가!"

"멈춰라! 안 멈추면 죽여 버린다!"

마불 괴흥랑의 우렁찬 외침에 정철은 잠시 발이 굳는 것 같았다. 하지만 이를 악물고 달리기 시작했다.

"사람 살려!"

정철의 외침이 숲 속에 울려 퍼지기 시작했다.

"저기다!"

도복을 입은 일단의 무리들이 숲 속에서 들려오는 구해달라는 외침에 이동하기 시작했다.

쉬쉭!

그들은 마치 새처럼 나무 사이를 지나치며 앞으로 나아갔다. 그리고 도망치는 정철과 그 뒤를 쫓아가는 괴홍랑을 발견할 수가 있었다.

"괴홍랑!"

"마불!"

외침과 함께 괴홍랑은 자신의 앞을 막아서는 십여 명의 도사를 쳐다보았다.

"에엥?"

괴홍랑은 이건 또 뭐냐라는 표정으로 잠시 눈을 빛냈지만 여전히 걸음을 멈추지는 않았다.

차차창!

검을 꺼내 드는 도사들은 결연한 표정으로 달려오는 괴홍랑을 쳐다보았다.

"멈춰라! 이 천하의 악독한 살인마!"

"살려주세요. 저놈이 저를 죽이려 합니다."

정철이 도사들의 뒤에 숨어서 괴홍랑을 향해 두렵다는 표정을 보였다.

"이런 쌍! 비켜!"

쉬아악!

괴홍랑의 신형이 더욱 빠르게 날아들었다. 그러자 도사들도 임전태세를 취했다.

"순순히 무릎을 꿇어라!"

가장 앞서 있는 삼십대 초반의 도사가 날카롭게 외치는 순간 괴홍랑의 신형이 어느새 그들의 앞에 나타났다. 그 직후 십여 개의 권 그림자가 그들을 스치고 지나쳤다.

퍼퍼퍼퍽!

"켁!"

"크억!"

여기저기서 피를 토하며 쓰러지는 도사들 사이로 괴홍랑은 여전히 달려나갔다. 정철은 이미 불리하다는 것을 알았는지 사라지고 없었다. 정철 역시 사력을 다하고 있었던 것이다.

'뭐 저런 놈이 다 있어.'

정철은 여전히 두렵다는 표정으로 빠르게 달려나갔다.

쾅! 쾅!

"크악!"

"이런 망할 새끼! 켁!"

쾅!

숲 속에서 폭음과 사람들의 비명 소리가 끊이지 않고 메아리치기 시작했다. 그 소리에 놀란 새들이 하늘을 날았고, 바람이 거세게 불어닥쳤다.

"흐음……."

넓은 공터의 북쪽 끝에 십여 개의 천막이 쳐져 있었고 그 앞에 나무를 잘라 만든 의자에 몇 명의 무인들이 앉아 있었다. 그중 특무단의 조백도 있었다. 조백의 옆에는 두 명이 더 앉아 있었는데, 젊은 청년과 이십대 후반의 여자였다. 조백은 시선을 들어 동쪽을 쳐다보았다.

쾅!

"크억!"

"멈춰라! 이런, 멈추라니까! 커억!"

쾅! 쾅!

폭음 소리와 나무가 쓰러지는 소리가 여전히 계속 들렸으며 그 소리는 점점 더 크게 들려왔다. 그 소리가 커질수록 공터로 사람들이 나타나기 시작했다.

"호오……."

조백은 나타나는 사람들을 바라보며 눈을 빛냈다. 승려도 있었고 도사도 있었으며 속세 옷을 입은 무사들도 있었다. 승, 도, 속이 다 모여든 것이다. 그때였다.

"사람 살려!"

후다닥!

숲을 뚫고 정철의 신형이 무림맹의 사람들 속으로 뛰어들었다.

"헉! 헉!"

비 오듯이 땀을 흘리는 정철은 무림맹의 수많은 무사들과 눈이 마주치자 안색을 굳히며 전신을 미미하게 떨기 시작하더니 곧 미소를 입가에 그렸다.

"무림맹의 호기로운 무사님들, 살… 살려주시오. 미친놈이 쫓아오고 있소."

"물러서라."

조백이 인상을 굳히며 말하자 정철은 고개를 끄덕이며 무림맹의 무사들 뒤로 물러섰다.

"이노옴!"

쉬악!

순간 숲을 뚫고 거대한 그림자가 유성처럼 무림맹의 무사들 속으로 뛰어들었다.

쾅!

강력한 폭음이 사방으로 퍼져 나갔으며 괴홍랑의 신형이 뒤로 날아가 빠르게 회전하며 바닥에 내려섰다. 그런 괴홍랑의 눈이 자신을 막은 중년의 승을 향하고 있었다. 그는 양손을 앞으로 내민 채 마보 자세를 취하고 있었다. 그의 안색은 그리 밝지 못했다.

"음……!"

"대사!"

정수 대사가 반보 물러서며 가슴을 부여잡자 옆에 있던 무당의 송운 도장이 그를 부축했다. 단 한 번의 충돌로 내상을 입은 정수는 기침을 하다 자세를 바로 잡고 불호를 외우기 시작했다. 그의 뒤로 소림의 무승 십여 명이 날카로운 안광을 뿌리며 괴홍랑을 쳐다보고 있었다.

괴홍랑은 안색을 굳히며 수많은 무림인들을 쳐다보았다. 그렇지 않은 사람도 더러 눈에 띄었지만 거의 모두가 자신에게 원한이 있는 사람들이었다. 그리고 젊은 후기지수들도 그의 눈에 들어왔다. 그렇게 사람들을 둘러보던 괴홍랑은 한쪽에 서 있는 장림과 눈이 마주치자 눈동자가 저절로 흔들렸다.

"이거, 곤란하군."

괴홍랑은 뒷머리를 긁적이며 난처한 표정으로 목을 이리저리 움직이기 시작했다.

"아무리 나라도 이 많은 사람을 상대하기는 조금 버거운데."

뚜둑! 뚝!

손가락을 이리저리 누르며 몸을 푸는 그는 말과는 전혀 다른 사람처럼 보였다. 그의 표정은 마치 이날을 기다렸다는 듯 웃고 있었다. 그는 진정으로 이러한 싸움을 원하는 사람처럼 보였던 것이다.

"근 십 년 동안 몸을 제대로 움직이지 못했더니 삭신이 다 쑤시군."

가만히 중얼거리던 괴홍랑은 다리를 몇 번 굽히다 펴더니 차가운 눈빛으로 주위를 둘러보며 말했다.

"오랜만에 좀 재미있게 놀 수 있겠는데?"

괴홍랑의 말과 함께 강력한 투기가 사방으로 퍼져 나가기 시작했다. 그러자 모여 있던 중인들의 표정이 한없이 굳어졌다.

"당신과 놀려고 이곳에 왔다고 생각하시오? 우리는 당신을 잡기 위해서 온 것이오. 잡기 어려우면 죽여도 된다 하였소."

조백이 먼저 앞으로 한 발 나서며 말하자 괴홍랑의 시선이 조백으로 향했다. 특무단의 옷을 알아본 괴홍랑은 하얀 이를 드러내며 미소를 그렸다.

"어디선가 본 얼굴인데 기억이 안 나는군. 누구지?"

"조백이오."

괴홍랑은 조백의 얼굴을 유심히 쳐다보더니 이내 생각난 듯 밝은 표정으로 말했다.

"아! 무림맹에서 내 뒤를 따라오다 기절한 놈이로구나. 하하하! 그런데 특무단이라니 출세했군."

괴홍랑의 말에 무림맹의 무사들이 자신도 모르게 웃으려 하자 조백의 싸늘한 시선이 그들을 향했다.

"이미 그때도 특무단이었소!"

얼굴이 붉게 달아오른 조백이 소리치자 괴홍랑은 아미를 찌푸렸다. 기억이 잘 안 나는 듯 고개를 갸웃거렸다.

"괴홍랑!"

자신의 이름을 부르는 소리에 괴홍랑은 시선을 돌렸다. 그곳에 무당의 송운 도장이 있었다. 그의 뒤로 무당파의 제자들 이십여 명이 도열해 있었고, 후기지수들 중에 원의보와 송혜금도 그 안에 있었다.

"네놈은 우리 무당에 가야 할 것이다. 설마 우리와의 원한을 잊은 것은 아니겠지?"

"도사가 무슨 원한을 따지는지, 쯧!"

괴홍랑이 귀를 후비며 혀를 차자 송운은 자신도 모르게 어깨를 떨었다.

"네놈 때문에 두 분 사형께서 돌아가셨다. 그 책임을 오늘 물어야겠다!"

"내가 죽였나? 지들이 알아서 화병으로 죽은 거지."

괴홍랑의 말에 소림의 정수 대사가 안색을 굳히며 말했다.

"그만하고 소림으로 가자. 장문 사형께서 데려오라고 하셨다."

"지랄. 가면 뇌옥에 가두려고? 미쳤다고 가나? 거기다 파문까지 했는데 왜 오라고 난리인데, 중이면 중답게 도량이나 넓히라고."

"본 세가에서도 네놈을 잡아오라 하셨다."

"우리도 가만히 앉아서 무림맹의 일을 보고만 있을 순 없지."

모용세가와 다른 세가의 사람들이 일제히 기세등등한 얼굴로 괴홍랑을 압박하기 시작했다.

"이거 난처한걸. 보아하니 무림맹도 가만히 있지 않을 터인데 다른 놈들까지 덤벼든다면… 괴로워, 사람을 패야 하는 이 심정이 너무 괴로워."

괴홍랑은 정말 괴로운 듯 눈을 감으며 고개를 저었다.

"어찌해야 할까요?"

유신이 옆에 서 있던 장림에게 묻자 장림은 그저 미소만 입가에 그릴 뿐 말이 없었다. 유신은 난감한 표정으로 수많은 사람들을 둘러보았다. 무림맹에 소속된 여러 문파의 사람들이 대거 이곳에 나타났기 때문이다.

그 수는 족히 이백은 되어 보였다. 거기다 무림맹의 특무단과 자신의 묵풍단까지 합치면 삼백에 달하는 인원이었다. 그들이 모두 괴홍랑을 잡기 위해 이곳에 모인 것이다.

"부단주님, 저들은 그냥 무시하는 게 좋습니다. 어차피 이곳에서 마불의 상대는 저희 단주님 정도밖에 없습니다."

단어리가 옆에서 말하자 유신은 미미하게 고개를 끄덕였다. 마불만큼 대단한 무공을 소유한 사람이 바로 장림이었기 때문이다.

괴홍랑을 사이에 두고 각 문파 간의 설전이 이어지자 넓은 공터에 시끄러운 소음 소리가 가득 차기 시작했다.

'떡 줄 사람은 가만히 있는데 지들끼리 놀고 자빠졌네.'

속으로 헛웃음을 그린 괴홍랑은 기지개를 켜다 장림과 눈이 마주치자 안색을 찌푸렸다. 그녀는 분명 눈에 거슬리는 여자가 분명했다. 물론 모르는 사람이라면 상관이 없으나 알고 있다는 게 문제라면 문제였다.

'하나도 안 변했어, 하나도.'

괴홍랑은 턱을 쓰다듬으며 그 시선을 피했다.

"괴홍랑, 우리 해남과의 원한을 잊지는 않았겠지?"

수다스러운 소란을 틈타 해남파의 하종원이 검을 들고 나서자 괴홍랑의 시선이 그를 향했다.

"하도 원한이 많아 해남과 무슨 원한이 있는지도 까먹었군. 원한이 있다면 있는 거겠지?"

괴홍랑의 말에 하종원은 전신을 미미하게 떨더니 번개처럼 괴홍랑을 향해 날아들었다.

"네놈에게 두 명의 사제가 죽었다! 그 죄를 이 자리에서 받아낼 테니 각오해랏!"

급작스럽게 달려드는 하종원의 행동에 중인들의 시선이 일제히 그를 향했다.

파팟!

하종원의 주변에서 십여 개의 강력한 검광이 피어나더니 삽시간에 주변을 감싸듯 괴홍랑을 덮쳐 갔다. 쾌속하고 날카롭기로 소문난 해남파의 남해삼십육검이 펼쳐지자 중인들이 그 모습에 고개를 끄덕였다.

하종원과 함께 십여 개의 검기가 괴홍랑의 전신을 뚫으려는 찰나 괴홍랑의 신형이 흐릿하게 흔들리더니 그의 왼팔이 길게 늘어나 하종원의 검을 감싸고 돌아 팔을 타고 올라갔다.

"……!"

하종원의 눈이 커졌다. 자신의 오른팔을 타고 올라오는 한 마리의 뱀 때문이다. 그 순간 늘어난 괴홍랑의 손끝이 하종원의 목을 때렸다.

팍!

낮은 소음뿐이었으나 하종원의 신형이 힘없이 바닥에 쓰러졌다. 그의 입에선 거품이 올라왔고 눈은 뒤로 뒤집혀 있었다.

"사권(蛇拳)!"

그 모습에 놀란 조백이 자신도 모르게 소리 높여 말했다. 소림의 유명한 오권 중 하나인 사권으로 간단하게 해남파의 고수인 하종원을 쓰러뜨린 괴홍랑이었다.

"이놈!"

"죽어라!"

쉬쉭!

하종원이 쓰러진 찰나 해남파의 고수들이 일제히 괴홍랑을 향해 달려들었다. 달려드는 십여 명의 해남파 무사를 보던 괴홍랑의 입가에 비릿한 조소가 걸렸다. 그는 주먹을 빈 허공을 향해 내질렀다.

팡!

허공을 때린 주먹의 파장으로 강력한 바람이 일어나자 달려오던 해남파 무사들이 그 힘을 이기지 못하고 걸음을 멈추었다. 그 순간 괴홍랑의 주먹이 그들을 향해 날아들었다.

퍼퍽!

"크악!"

"섬전권(閃電拳)!"

소림의 또 다른 권공인 섬전권은 쾌를 중시하는 권으로 크게 위력은 없었다. 단지 상대를 경계하거나 다음 동작을 위해 펼치는 것으로 공수의 연결에 큰 도움을 주는 권이었다. 하지만 괴홍랑이 펼치는 섬전권은 위력도 대단했다.

털썩! 털썩!

십여 명의 해남파 무사가 피를 토하며 바닥에 쓰러지자 무림맹의 무사들이 일제히 달려나와 쓰러진 해남파의 사람들을 데리고 뒤로 물러섰다.

뒤로 실려온 하종원은 다행히 숨은 붙어 있었다. 그 모습에 눈을 반짝이는 장림이었다.

곧 검은 도복을 입은 도인이 앞으로 한 걸음 나섰다. 그를 보는 괴홍랑의 눈빛이 반짝였다. 안면이 있는 인물이었기 때문이다.

"내 오늘 괴 형의 무공을 다시 한 번 견식해 보겠소."

"흥! 누군가 했더니 노진자로군. 그때의 패배가 꽤 아팠던 모양이야."

"그렇소이다."

노진자는 고개를 끄덕이며 검을 늘어뜨렸다. 그러자 괴홍랑이 말했다.

"자네를 이기면 화산은 오늘 그냥 돌아가는 건가?"

"물론이오. 내가 지면 화산파는 더 이상 괴 형과의 은원을 거론하지 않겠소."

노진자의 말에 괴홍랑의 눈동자가 불타오르기 시작했다. 노진자의 말은 그 승부에 자신이 있다는 뜻이었고, 수많은 고통을 견디며 수련했다는 말이었기 때문이다. 괴홍랑의 시선이 노진자의 검을 잡은 손으로 향했다.

'과연……'

괴홍랑은 미미하게 고개를 끄덕였다. 노진자의 손은 거칠었고 검게 변해 있었다. 손톱 역시 거칠게 갈라져 있었으며 살짝 보이는 손바닥은 굳은살 그 자체였다.

스윽!

괴홍랑은 한 걸음 앞으로 나서며 상체를 숙였다. 그런 그의 전신으로 강력한 투기가 발산되기 시작했으며 노진자의 주변으로도 무거운 기운이 흘러넘치기 시작했다.

"합!"

노진자가 먼저 기합성과 함께 매화난영(梅花亂影)을 펼치며 환영 같은 검기와 함께 괴홍랑의 천지인(天地人) 삼 혈을 노리고 들어갔다. 그 매끄러운 움직임에 괴홍랑은 일권을 내지르며 뒤로 물러섰다.

쾅!

검기와 부딪친 권풍이 폭음과 함께 흩어지자 노진자의 신형이 잠시 주춤거렸다. 그 틈을 노리고 괴홍랑의 삼권이 일제히 날아들었다. 노진자는 하체에 힘을 주고 부동자세로 서서 왼손을 앞으로 뻗음과 동시에 검으로 십여 개의 작은 원을 그렸다.

왼손의 자력장(自力掌)이 일권을 막고 십여 개의 작은 원들이 밝아지더니 이권을 막았다.

콰쾅!

"검환?"

노진자의 안면으로 강력한 경기가 스치고 지나쳤으나 그는 여전히 괴홍랑을 향한 채 다가오는 그를 향해 검끝을 겨누고 있었다. 그 행동에 다가들던 괴홍랑의 신형이 멈춰 섰다.

핏!

순간 가느다란 선이 마치 한줄기 빛처럼 피어나 괴홍랑의 목을 지나쳤다.

"헐!"

옆으로 물러선 괴홍랑은 귓불에서 흘러내리는 핏방울에

안색을 찌푸리며 검을 늘어뜨리고 서 있는 노진자를 쳐다보았다. 일 장이나 되는 거리까지 늘어난 검기는 분명 검강의 전 단계였다.

"과연 자신이 있을 만하군그래."

괴홍랑이 볼을 소매로 훔치며 미소를 그리자 노진자는 고개를 끄덕였다.

"물론이오. 그때처럼 허무하게 패하지는 않을 것이오."

"뭐, 화산에서 그토록 수련했다면 허무하게 패하지는 않겠지. 하나 이 일권을 막고 나서 그런 소리를 해라."

팍!

순간 괴홍랑의 신형이 순식간에 반 장 앞으로 전진하더니 노진자의 가슴으로 일권을 내질렀다. 아까와 같은 권풍을 동반해 상대의 다리를 묶은 후 정권으로 공격하려는 수였다. 권풍으로 인해 상대의 자세가 흐트러지면 빈틈이 생기게 마련이다.

하지만 노진자는 기다렸다는 듯이 검기를 일으켜 마치 채찍질을 하듯 날아드는 권풍을 향해 검을 휘둘렀다.

사사삭!

날아오던 권풍이 검기에 의해 조각 나 잘리는 소리가 마치 살이 매우 날카로운 검에 베이는 것처럼 귓속을 파고들었다. 그 순간 괴홍랑의 신형이 좌우로 갈라지며 노진자의 상체와 하체를 노리고 근접해 들었다. 애초에 노린 것은 근접전이었다. 권을 쓰는 괴홍랑이 노진자 같은 검의 고수를 잡기 위해선 접근전이 유리할 수밖에 없었다.

그러한 행동을 간파한 노진자의 발이 빠르게 화산의 유형보(有形步)를 밟으며 십여 개의 환영을 만들어냈다. 그와 동시에 십여 개의 검기로 만든 원이 접근하는 괴홍랑의 육체를 잘랐다. 매화분분(梅花芬芬)의 초식을 임기응변을 통해 방어로 바꾼 노진자였다.

"오!"

검기의 원이 꽃잎처럼 만개하자 사람들이 탄성을 발했다. 금방이라도 다가오는 괴홍랑의 신형이 잘려 나갈 것만 같았다. 하지만 괴홍랑의 신형이 그 순간 다리를 교차하는 것 같더니 팟! 소리와 함께 사라졌다.

"헉!"

"……!"

일순 사람들의 눈이 부릅떠졌다. 괴홍랑의 신형이 거짓말처럼 홀연히 사라졌기 때문이다. 그 모습에 지켜보던 정수 대사가 안색을 찌푸렸다.

"무영보(無影步), 터득했구나……."

정수 대사는 소림의 절예 중 가장 익히기 어려운 보법인 무영보를 보자 감회가 새로웠다.

노진자는 매화분분을 펼치는 순간 환영처럼 나뉘어진 채

자신에게 접근하던 괴홍랑의 신형이 사라지자 눈을 부릅떴다. 그때 귓가에 낮은 목소리가 흘러들었다.

"대단하군. 진심이야. 하지만 나라고 십 년 동안 놀고 먹었겠나?"

"이런!"

퍽!

노진자의 뒤통수를 수도로 가볍게 내려친 괴홍랑은 바닥에 쓰러진 노진자를 쳐다보다 곧 시선을 들어 사람들을 응시했다. 그의 강렬한 투기에 일순 사람들의 안색이 굳어졌다.

"사숙님!"

화산파의 제자들이 놀라 달려나오다 괴홍랑과 눈이 마주치자 주춤거렸다. 그러다 분노한 제자들이 일제히 검을 뽑자 괴홍랑은 입가에 비릿한 조소를 걸었다.

"안 죽었으니 걱정 마세요."

슥!

맑은 목소리가 주변에 울리더니 괴홍랑의 앞에 장림이 어느새 서 있었다. 장림은 무심한 눈빛으로 괴홍랑을 쳐다보고 있었다.

"이거, 이거, 진짜 오랜만이오. 하하!"

괴홍랑은 멋쩍은 듯 뒷머리를 긁적였다. 그 모습에 장림은 살짝 아미를 찌푸렸다.

"물러서세요."

"어? 그래."

장림의 목소리에 괴홍랑은 자신도 모르게 뒤로 물러섰다. 그러자 장림은 빠르게 다가와 노진자를 안아 들고 화산파의 제자들에게 넘겼다.

"음……."

장림의 말에 순순히 따르는 괴홍랑의 모습을 본 사람들의 표정이 변하기 시작했다. 괴홍랑의 저런 모습을 처음 보았기 때문이다.

"이런, 내가 추태를 보였군. 험!"

괴홍랑이 헛기침을 하며 뒷짐을 지곤 장림을 노려보았다. 하지만 오래 못 보고 고개를 돌렸다.

"쳇! 너무 아름답잖아."

괴홍랑은 고개를 돌린 후 슬쩍 시선을 다시 던지다 매섭게 노려보는 장림의 눈빛 속에 살기가 보이자 다시 돌렸다.

장림은 자신을 놀리는 것 같은 괴홍랑의 말과 행동에 자연스럽게 살기를 뿌리기 시작했다.

"맹으로 가요."

장림의 목소리는 차가웠다.

그 목소리에 실망했을까? 괴홍랑은 오랜만에 만난 사람에게 처음 듣는 말이 차가운 말이란 것에 조금 쓸쓸한 표정을 보이더니 짧게 숨을 내쉬었다.

"싫어."

"맹으로 오시면 당신 문제를 슬기롭게 해결해 나갈 수 있을 거예요. 맹주님께서도 당신을 보고 싶어하세요. 잊었나요? 저희 사성(四星)을."

장림의 말에 괴홍랑은 지난 과거 강호를 주름잡던 네 명의 신진고수를 사성이라 부르며 높이 치켜세웠던 일들을 떠올렸다. 그 당시 강호에는 수많은 후기지수들이 있었으나 누가 뭐라 해도 사성이 최고였다.

"재미있군. 과거에 나를 강호의 공적으로 몰아 죽이려 했던 맹주의 제자가 하는 말치곤 정의로운데?"

좀 전과는 다른 차가운 표정으로 말을 하는 괴홍랑이었다. 그의 반응에 장림의 표정이 무겁게 가라앉았다.

"저 보고 말해요, 먼 산 보지 말고."

"음, 험!"

장림의 말에 괴홍랑은 멋쩍은 듯했으나 여전히 장림에겐 시선도 던지지 않고 산을 보며 다시 말했다.

"내 마음이야. 그리고 맹에는 갈 생각이 없어."

"그렇다면 싸워야겠군요. 하지만 그렇게 저도 못 보는데 저와 어떻게 싸우실 건가요?"

"그건… 눈 감고 싸우지 뭐. 설마 눈 감은 상대에게도 검을 찌를까?"

괴홍랑이 눈을 감으며 말하자 장림은 실소를 흘리며 말했다.

"저는 해요."

그 말에 괴홍랑이 눈을 감은 채 물었다.

"이추결은 왜 죽었지?"

순간 장림의 안색이 굳어졌다. 그가 뜻밖의 이름을 내뱉었기 때문에 잠시 당황했다. 하지만 그것도 잠시뿐 장림은 입을 열지 않은 채 괴홍랑을 쳐다보기만 했다. 그러자 조백이 시선을 특무단원들에게 던지며 움직였다.

쉬쉬쉭!

순간 조백과 함께 특무단의 고수들이 일제히 괴홍랑을 덮쳤다.

"훗!"

괴홍랑은 옷자락 소리에 눈을 떠 삽시간에 열두 개의 그림자를 만들며 늘어났다. 특징이 있다면 각각 늘어난 환영의 행동이 모두 다르다는 점이었다. 또한 모두 하나의 형을 보이고 있었다. 모두 소림의 권법이었고 자세였다. 한순간에 열두 개의 서로 다른 권법을 펼치며 덮쳐 오는 특무단을 맞이하는 괴홍랑이었다.

퍼퍼펑!

"헉!"

마치 폭죽이 터지는 소리와 함께 달려들던 특무단원들이 일제히 뒤로 날아가 바닥으로 굴렀다.

쾅!

"큭!"

조백만이 검으로 얼굴을 가린 채 뒤로 밀려나갔다. 그러자 열두 개의 환영이 일제히 하나로 합쳐져 온전한 괴홍랑을 만들었다. 괴홍랑은 비릿한 웃음을 보이며 오 장이나 밀려나간 조백을 쳐다봤다.

"쯧! 쯧! 쯧!"

혀를 세 번 강하게 찬 괴홍랑은 놀리듯 조백을 쳐다보았다. 그 모습에 조백의 양어깨가 크게 흔들리기 시작하며 입술을 떨었다. 분노 때문이었다.

"당신의 그러한 점이 사람을 화나게 하고 또 원한을 갖게 하는 거예요."

"그게 뭐."

괴홍랑이 양손을 펼치며 당연하다는 듯 슬쩍 시선을 장림에게 던졌다. 그리곤 크게 웃으며 다시 말했다.

"내가 강한 무공을 지녔다는 걸 자랑하는 게 뭐가 어때서 그래! 하하하하! 내 무공 가지고 내 마음대로 하겠다는데, 무슨 상관이지? 능력이 없으면 동굴에 들어가서 무공을 수련하던가, 정 억울하면 나처럼 되던가? 겨우 그딴 무공으로 강호에 나와 무림인이네 하면서 다니는 꼴도 보기 싫을 뿐이야. 하수를 놀리는 게 죄인가? 하수는 당연히 놀림을 당해야지. 아니면 나처럼 천재적인 자질을 타고나던가. 후후후! 하하하!"

괴홍랑이 웃기 시작하자 사람들의 안색이 푸르스름하게 변하기 시작했다. 그러자 장림이 살기를 뿌리며 검을 뽑았다.

"과연 그 말이 나와 상대해도 나올 수 있는지 궁금하군요."

"이런! 화났나? 여전히 화난 얼굴도 귀엽군."

"내 얼굴 보고 말해."

괴홍랑은 여전히 시선도 마주치지 못한 채 마치 본 사람처럼 말하고 있었기에 장림은 화날 수밖에 없었다. 그때 빛과 함께 강력한 검광이 괴홍랑을 덮쳤다. 유신이 나선 것이다.

쉬아악!

강력한 검풍과 함께 마치 태양과도 같은 빛을 발하는 유성이 날아들자 괴홍랑의 안색이 삽시간에 굳어졌다. 양손을 교차하며 내력을 끌어모은 후 벼락처럼 앞으로 뻗었다.

"여전히 기습을 좋아하는 놈들이군, 무림맹은!"

쾅!

양손을 뻗은 괴홍랑의 신형이 뒤로 일 장여나 밀려나갔다.

휘리릭!

옷자락을 휘날리며 유신의 신형이 장림의 옆에 나타났다. 유신은 차가운 표정으로 괴홍랑을 쳐다보며 말했다.

"저도 능력이 있는 모양입니다."

"강기라, 젊은 놈이 대단하군."

괴홍랑은 의외라는 듯 유신을 살피며 눈을 가늘게 떴다. 그런 그의 눈동자가 뜨겁게 달아오르는 순간 유신은 눈앞에 권

하나가 나타나는 것을 알고 깜짝 놀라 몸을 틀었다.

슝!

"큭!"

귀를 스친 권풍에 유신은 자신도 모르게 인상을 쓰며 비틀거렸다. 놀라운 반사신경이 아니었다면 그대로 안면에 일권을 맞았을 것이다.

'이럴 수가. 움직임조차 없었거늘……'

유신은 놀랍다는 듯 가만히 서 있는 괴홍랑을 쳐다보았다. 괴홍랑은 아무런 행동도 취하지 않았다. 그저 쳐다만 보았을 뿐인데, 권 그림자가 자신의 눈앞에 나타나자 놀랄 수밖에 없었다. 사람은 행동을 하려고 하면 인체의 구조상 조금이라도 움직일 수밖에 없었다. 그러나 괴홍랑은 그러한 상식을 무시하는 권풍을 날리는 인물이었다.

"후후! 조금 놀란 모양이군."

괴홍랑은 비릿한 조소를 입가에 걸며 유신을 쳐다보았다. 유신은 저절로 안색을 찌푸리며 경계했다. 스쳐서 다행이지, 정면으로 맞았다면 안면이 터졌을지도 모를 위력이었다. 바위조차 산산조각 낼 위력의 권풍을 괴홍랑은 아무런 움직임도 없이 날렸던 것이다.

슥!

순간 흐릿한 그림자가 괴홍랑의 앞에 아른거리더니 괴홍랑의 전신을 뚫고 두 개의 빛이 지나쳤다.

운이 없어서

"헉!"

"흥!"

허공으로 떠오른 괴홍랑은 재빠르게 땅으로 내려서며 어느새 눈앞에 나타난 장림을 쳐다보았다.

"빌어먹을, 너도 기습이냐!"

"나는 기습한 적 없어요. 당신이 나를 안 봤을 뿐이지."

쉭!

괴홍랑의 신형이 삽시간에 늘어나며 장림의 검을 피했다. 장림의 신형도 괴홍랑의 움직임에 맞추어 늘어나기 시작하자 괴홍랑은 안색을 굳히며 일권을 내질렀다. 장림의 늘어난 신형이 삽시간에 하나가 되어 날아드는 거대한 권풍을 검으로 막았다.

쾅!

사방으로 퍼져 나가는 강한 바람은 사람들의 눈을 가늘게 뜨게 만들었다. 하지만 장림은 여전히 괴홍랑을 쳐다보고 있었으며 괴홍랑은 시선을 돌리다 냅다 도망치기 시작했다.

"내가 절대로 네가 무서워서 도망가는 게 아니야! 알았냐! 네 얼굴 보기 싫어 간다!"

상식 밖인 그의 행동에 사람들은 놀라 눈을 크게 떴다. 설마하니 마불 괴홍랑이 도망칠 줄은 상상도 못했기 때문이다.

"쫓아라!"

조백이 외치자 특무단의 무사들이 일제히 달려나갔다.

장림은 괴홍랑의 말에 화가 날 만도 했으나 표정의 변화는 거의 없었다. 그런 장림에게 유신이 물었다.

"어찌할까요?"

"가자."

장림은 혀를 차며 천천히 앞으로 걸어가기 시작했고 유신을 비롯한 묵풍단 단원들은 일제히 특무단의 뒤를 따라 달려나가기 시작했다.

* * *

광동성 서북부의 큰 도시인 노주성에 들어온 운소명은 객잔을 잡고 들어가 여독을 풀었다. 오 일 동안 밤낮으로 쉬지 않고 경공으로 달려왔기에 생각보다 피곤했다. 반나절 정도 푹 쉬면 다 풀릴 정도였기에 객잔에서 잠시 머물다 다시 떠날 생각이었다.

방 안에 들어와 식사를 하고 한 시진 정도 운기를 하자 몸이 가벼워짐을 느꼈다. 그래도 체력적으로 쌓인 피로를 풀기 위해 잠을 청했다.

해가 질 때쯤 자리에서 일어선 운소명은 가슴이 뜨겁게 타오르는 기분이 들자 자신도 모르게 안색을 굳혔다.

"독(毒)?"

운소명은 생각지도 못한 몸의 반응에 조금 어처구니가 없다는 생각이 들었다. 노화순청의 경지에 든 이후로 몸은 자연스럽게 백독불침(百毒不侵)이 된 상태였다.

늘 무공을 펼치기에 최상의 몸 상태가 되어 있어야 하기 때문에 몸 안에 독이라는 노폐물이 들어오면 자연스럽게 호흡을 통해 배출하게 되는 경지였다. 그런데 독이라니? 의외일 수밖에 없었다.

"음……."

호흡이 조금은 불규칙하게 되자 침상에 앉아 가부좌를 하고 운기를 하였다. 하지만 눈을 감다 침상의 발 끝자리에 보이는 흰색 얼룩에 시선이 갔다.

검지 끝으로 그 분가루를 살짝 만진 후 냄새를 맡아보았다. 냄새는 없었고 맛을 보자 맛도 무미(無味)였다.

'무영독(無影毒)?'

문득 머릿속을 스치는 생각이었다. 무영독은 독 중에서도 특별한 독으로, 보통 고수를 상대할 때 사용한다. 그 성분은 당문이나 독을 다루는 특별한 문파에서만 비전으로 내려오는 것으로 구하는 것조차 어려운 것이었다. 운소명 역시 말로만 들어봤지, 구경조차 해본 적이 없는 독이 무영독이었다.

쿵!

문을 거칠게 열고 들어온 세 명의 청년은 모두 덩치가 좋았고 험악한 인상을 한 인물들로, 손에는 무식하게 생긴 대감도와 도끼를 들고 있었다. 언뜻 보기에는 하오잡배로 보이는 인물들이었다. 하지만 그들이 내뿜는 기도는 평범하지 않았다. 적어도 일류라는 소리를 들을 정도의 인물들이었던 것이다.

그들은 마치 그물에 걸린 물고기를 바라보는 시선으로 가부좌를 한 채 앉아 있는 운소명을 쳐다보았다. 운소명의 안색은 그리 밝지 못했다. 피부색이 조금 붉게 달아오른 상태였고 눈동자는 핏발이 선 듯 붉게 충혈되어 있었다.

그 모습에 청년들의 입가에 가벼운 미소가 걸렸다. 미약과 함께 군자산까지 섞어 운소명에게 하독했다. 그리고 이 방법은 지금까지 무림인을 상대해서 단 한 번도 실패한 적이 없었기 때문에 절로 기분이 좋았다.

이제 문에서 나올 포상에 대해서 생각하며 밤을 보내도 될 것 같았다.

"훗! 제대로 걸렸군."

운소명은 차가운 눈동자로 청년들을 쳐다보았다. 그러자 청년들 중 가장 앞서서 대감도를 든 청년이 말했다.

"재수없다고 생각해, 그냥. 눈 딱 감고 있으면 모든 게 끝나니까."

"무슨 뜻이지?"

운소명이 날카로운 안광을 빛내며 말하자 대감도의 청년이 비웃듯 대답했다.

"잘 알 텐데? 설마 우리의 손에서 벗어날 거라 생각한 건 아니겠지?"

운이 없어서 175

"하오문이냐?"

"뭘 더 알려고 그래."

그렇게 말한 청년은 도끼를 든 청년에게 시선을 던지며 말했다.

"재워. 데려가야 하니까."

"그러지."

도끼를 든 청년이 다가와 운소명의 뒤통수를 향해 수도를 들었다. 그 순간 핏! 하는 바람 소리와 함께 운소명의 신형이 흔들렸다.

"……!"

"헉!"

도끼를 든 청년을 지나쳐 대감도의 청년 앞에 나타난 운소명의 손바닥이 상대의 턱을 쳤다.

빡!

턱뼈가 부서지는 경쾌한 소리가 울리는 순간 운소명의 신형이 바람처럼 회전하며 옆에 서 있던 도를 든 청년의 관자놀이를 뒤꿈치로 가격했다.

빡!

또 한 번의 타격음이 터지는 순간 몸을 돌린 운소명은 도끼를 든 채 멍하니 서 있는 청년을 향해 살기 어린 시선을 던졌다. 도끼를 든 청년은 어이없다는 듯 멍하니 서서 아직 쓰러지지 않은 채 두 눈을 부릅뜨고 동료들을 쳐다보았다.

그때 눈이 뒤집힌 두 청년이 바닥에 쓰러졌다.

쿵! 쿵!

두 시신이 힘없이 쓰러지자 도끼를 든 청년은 어깨를 떨기 시작했다. 전혀 눈으로 좇을 수 없는 행동을 보여준 운소명이었기 때문이다. 두려움이라는 바람이 전신을 스치고 지나가자 자신도 모르게 등줄기에서 흘러내리는 차가운 식은땀을 느껴야만 했다.

"어디서 왔나, 어디 소속이지?"

운소명은 말과 함께 도끼를 든 청년에게 다가갔다. 그를 살려준 이유가 있다면 이들 중 유일하게 눈에 살기가 없었기 때문이다. 무기는 험악한 도끼를 들었으나 실전에서 사람을 죽인 적이 없는 이란 것을 알았다.

그런 사람이라면 기도나 위압감만으로도 제압할 수가 있었다. 자신이 죽을지도 모른다는 두려움을 떨쳐 내기란 쉬운 일이 절대 아니었다. 그 두려움을 이겨내야 비로소 무림인이 되었다고 말할 수가 있었다.

"네 이름은?"

운소명은 다시 한 걸음 다가가 도끼를 든 청년의 어깨를 강하게 잡았다.

"으… 으……."

전신을 사시나무 떨듯 떨던 청년은 운소명의 손길에 흠칫! 놀라며 몸을 움츠렸다. 그러자 운소명은 강렬한 살기를 발하며 청년을 노려보았다. 기세로 입을 열게 할 생각이었다.

스읔!

그때 살을 뚫고 들어오는 날카로운 쇳소리와 함께 청년의 뒤로 검은 복면을 한 인영의 얼굴이 잡혔다. 운소명의 신형이 본능적으로 허리를 틀자 검이 허리를 스치듯 지나쳤다. 그때를 놓치지 않고 검을 팔뚝과 허리 사이로 잡은 운소명의 표정이 굳어졌다.

"우… 으……!"

배를 뚫린 청년의 전신이 요동치자 그 움직임이 검을 통해 팔과 허리를 타고 전신으로 퍼져 나갔다. 운소명의 신형이 번개처럼 반회전하며 청년을 돌아 복면인의 머리를 향해 손을 뻗었다. 그 모습을 본 복면인의 눈에 갈등의 빛이 보였다. 하지만 결단을 내린 듯 검을 놓았다.

팟!

복면인의 신형이 뒤로 날아 창을 통해 밖으로 사라지자 허공을 친 운소명은 길게 숨을 내쉬며 터질 듯한 심장을 잡았다.

쿵!

쓰러지는 소리에 고개를 돌린 운소명은 죽은 청년의 등에 박혀 있는 검을 잠시 쳐다보다 곧 문을 열고 밖으로 나갔다. 그러자 기다렸다는 듯이 바람 소리와 함께 두 개의 검이 백광을 발하며 운소명의 좌우에서 날아들었다.

운소명의 표정이 차갑게 변해갔다. 번개처럼 유령도를 뽑은 운소명의 신형이 좌우로 한 명씩 늘어난 것 같은 환영과 함께 금빛 실이 좌우로 길게 늘어났다.

파팟!

미처 다 뻗지 못한 두 복면인의 전신이 크게 떨리더니 피를 뿜으며 바닥으로 쓰러지자 운소명은 허리를 잠시 숙였다. 이마에 식은땀이 몇 방울 맺히자 소매로 훔친 운소명은 잠시 고개를 들어 주변을 둘러보았다.

"제길."

주변 사물이 갑자기 두세 개로 겹쳐 보이자 자신도 모르게 머리를 흔들며 무겁게 발걸음을 옮기기 시작했다. 여러 가지 몸의 증상으로 볼 때 독과 다른 약들이 섞인 게 분명했다. 무엇보다 내공을 삼 할 정도밖에 쓸 수 없다는 게 가장 큰 걱정이었다.

'미약인가. 정신이 몽롱해지는 것 같군. 미약이나 최음제(催淫劑)에도 중독된 모양인데, 걱정이군.'

운소명은 몸을 숨길 수 있는 장소가 필요하다는 것을 알았다.

'정말 위험하겠어.'

* * *

토끼몰이를 하는 사람이 된다면 그 일을 결코 좋아하지 않을 것이다. 토끼를 몰아 험난한 숲을 헤쳐 가는 일은 쉬운 것이 아니었고 뜻대로 토끼가 움직여 주는지 늘 주시해야 했다. 여간 신경 쓰이는 일이 아닐 수 없는 것이다.

 광동성의 서북부에 자리한 울창한 수림인 운중산의 깊은 수림 안으로 많은 수의 복면인들이 움직이고 있었다. 그들의 얼굴을 가린 복면은 눈구멍만 뚫려 있었는데, 그 뚫린 눈에서 나오는 빛은 흡사 먹이를 노리는 맹수의 눈빛과 다를 게 없었다.
 숲에서 조금 떨어진 삼 장 정도의 높은 암벽 위에 두 명의 인물이 서 있었는데, 한 명은 복면을 안 하고 있는 삼십대 초반의 인물이었다. 그는 볼에 두 줄기 검상이 나 있어 날카로운 인상을 주고 있었다.
 그 뒤에 선 복면인이 부복하며 말했다.
 "대주님, 놈이 오북봉(烏北峯)으로 향했습니다."
 "제대로 가는군. 놈을 발견해도 조심하고 또 조심하라 해라."
 몇 명의 대원들이 적을 발견하고 달려들다 비명횡사했는지 모른다. 그것을 잘 알기에 조심하라 일러준 장홍치는 등에 걸린 검의 손잡이를 몇 번 치더니 신형을 움직였다.
 쉬쉭!

수풀을 헤치고 나온 장홍치는 오북봉의 한쪽에 서 있는 사십대 후반의 녹의인을 발견하곤 안색을 찌푸렸다. 녹의인이 장홍치를 보자 수염을 쓰다듬으며 눈웃음을 그렸다.

"장 대주로군."

"선배님도 오실 줄 몰랐습니다."

"가라는데 가야지. 그런데 토끼는 어디에 있나?"

"동남쪽으로 방향을 틀었습니다. 조금만 더 있었으면 완전히 덫에 몰아넣을 수 있었는데, 비상하게도 걸리지 않고 있습니다. 방향을 틀었으니, 아마도 오남봉(烏南峯)으로 향하는 듯합니다. 현재 그곳에 다시 덫을 치고 있는 중입니다."

"몰이라, 쥐를 궁지에 몰아넣는 것도 그리 나쁜 기분은 아니지."

녹의인의 입술에 비릿한 살기가 맴돌자 장홍치는 살짝 아미를 찌푸렸다. 금산장의 여러 장로들 중 가장 상대하기 꺼리는 인물이 있다면 녹의인이 손에 꼽힌다. 무섭거나 두려워서가 아니라 그의 살기와 피를 좋아하는 성격이 마음에 들지 않았기 때문이다.

아무리 돈에 몸을 팔았다고 하지만 정파에서 수련한 장홍치였다. 사파의 대마두인 녹의인이 마음에 들 리 없었다.

까악! 까악!

몇 마리의 까마귀들이 산을 타고 날아가자 녹의인의 입꼬리가 말아 올라갔다.

"가학군이 토끼에게 진 모양이야. 알고는 있나?"

"물론입니다. 가학군을 이긴 자에게 토끼라고 비유하니 조금 우습군요."

장홍치의 말에 녹의인은 눈을 반짝이며 말했다.

"아직 무림에 알려지지 않은 모양이야."

"그럴 것입니다. 하지만 가학군이 무림맹의 장로 직을 수락한 이상 알려지겠지요. 가학군을 패배시킨 자가 이제 약관의 청년이라면 더욱 뜨겁게 강호를 달굴 것입니다."

"그전에 죽겠지. 후후……."

녹의인의 말에 장홍치는 아미를 찌푸렸다.

"평소의 그라면 이처럼 쉽게 상대를 몰아갈 수 없었을 것입니다."

"하오문에서 손을 잘 써준 모양이군?"

"저희가 도착했을 땐 이미 손을 쓴 후였습니다. 최음제와 함께 미약을 썼는데 그 성분은 저도 잘 모르겠습니다. 다만 양귀비가 아닐까 합니다. 거기다 군자산(君子散)까지 적절히 쓴 모양입니다. 하오문의 수법은 비열하지만 결과적으로 볼 때 저희야 잘된 일이지요."

말을 하는 장홍치의 표정은 그리 밝지 않았다. 상대가 정상이 아니라는 게 마음에 걸리는 듯 보이자 녹의인이 말했다.

"수단이야 어찌 되었든 우리는 토끼를 죽여야 하지 않나? 이 기회를 놓칠 순 없지. 적을 상대할 때 있어서 가장 중요한 게 뭔지 아나?"

"무엇입니까?"

장홍치의 시선에 녹의인은 미소를 보이며 말했다.

"정도(正道)네."

"음……."

장홍치가 안색을 굳히며 침음하자 녹의인은 그런 장홍치의 어깨를 두드리곤 곧 오남봉을 향해 움직이기 시작했다.

第六章
운이 좋아서

운이 좋아서

팍!

검은 복면인의 복부를 뚫고 나온 유령도가 피를 머금으며 번들거렸다. 힘을 주어 도를 뺀 운소명은 쓰러지는 복면인을 쳐다본 후 주변을 살피다 자리에 주저앉았다.

"헉! 헉!"

땀을 비 오듯이 흘려서 그런지 운소명의 전신으로 뿌연 수증기가 피어나고 있었다. 평소의 몸이라면 크게 문제될 상황은 아니었다. 아니, 자신이 몰리는 게 아니라 오히려 몰아갔을 것이 분명했다.

하지만 불행히도 지금은 평소의 자신이 아니었다. 심장은 터질 것 같았고 머릿속은 뜨겁게 달아오르고 있었다.

'처음의 놈들과는 전혀 다른 놈들이야. 어디지?'

머릿속이 터질 것 같으면서도 죽어 있는 시신을 바라보며 적을 떠올렸다. 처음 노주성을 빠져나올 때까지 자신을 핍박했던 복면인들은 기습은 잘하나 무공은 그리 높지 않은 듯했다. 하지만 어느 순간부터 복면인들의 무공이 판이하게 달라졌으며 그 수준도 월등히 높아졌다. 무공을 제대로 펼칠 줄 아는 수준의 적들이 나타나기 시작하자 힘이 들 수밖에 없었다.

거기다 자신이 지금 이들에 의해서 통제당하고 있다는 사실도 알고 있었다. 이렇게 가다간 언젠가 이들이 만들어놓은 덫에 걸릴 것이 뻔했다.

팟!

운소명은 자리를 박차고 일어나 앞으로 내달리기 시작했다.

'이 근처에 있는 무룡곡(霧龍谷)으로 들어가는 게 최선일지도 모르겠다.'

운소명은 아무런 생각도 없이 이곳으로 움직인 것이 아니었다. 그의 머릿속엔 무룡곡의 안개만이 이들의 시야를 흐리게 하고 자신에게 시간을 줄 거라 믿고 있었다.

오남봉을 지나면 삼운봉이 나오는데 늘 운무에 가려진 봉우리들로, 세 개의 봉우리가 한꺼번에 사람들의 눈에 나타나는 경우는 거의 드물었다.
 운소명의 목적지는 그 삼운봉을 지나야 나타나는 곳이었다. 하지만 생각처럼 쉽게 오남봉을 지나지 못했다.

 쾅!
 "큭!"
 숲 속에서 허공중으로 백의인이 허리를 숙이며 활처럼 튕겨 올랐다. 상당한 충격을 받은 듯 청년의 안색은 붉게 달아올랐으며 실낱같은 핏물이 입술을 타고 흘러내렸다.
 "하하하!"
 웃음소리와 함께 운소명을 향해 거대한 녹색 구름이 날아들었다. 운소명은 안색을 찌푸린 채 신형을 돌려 재빠르게 경신술을 펼쳤다.
 콰쾅!
 흙과 먼지구름이 허공중에 높게 솟구쳐 오르자 그 사이를 뚫고 녹포의 중년인이 떠올랐다. 그는 주변을 둘러보며 내려와 서서 아미를 찌푸렸다. 어디에도 운소명의 모습이 보이지 않았기 때문이다. 설마하니 싸우는 도중에 도망칠 줄은 꿈에도 생각지 못했다.
 "하오잡배나 하는 짓을 하다니, 하하! 그래, 그것도 좋겠지. 안 될 때는 도망가야지. 그래야 기회가 있지."
 녹포중년인은 비릿한 조소를 그렸고, 그 옆으로 장홍치가 나타났다.

"기뻐하기엔 아직 이릅니다. 저자는 한유를 죽이고 가학군과의 승부에서도 이긴 인물입니다. 그만큼 고강한 무공을 지닌 인물이니 조심할 필요가 있습니다."

"후후. 미약을 이겨낸 후라야 경계할 필요가 있지 않겠나?"

녹포중년인의 말에 장홍치는 미미하게 고개를 끄덕였다. 곧 그들은 운소명이 사라진 방향으로 이동하기 시작했다.

　　　　　*　　　*　　　*

'녹영마조……'

문득 문홍이 해주었던 말이 떠올랐다. 녹영마조도 자신을 찾고 있었다고, 그런 녹영마조와 마주치기를 내심 바라고 있었으나 지금 같은 상황에선 사양하고 싶은 상대였다. 설마하니 오남봉으로 가는 도중에 그와 마주칠 거란 생각은 하지 못했다.

'같은 편인가? 녹영마조가 세력을 거느리고 있다는 소리는 듣지 못했는데……'

검은 복면인들과 함께 움직이던 녹영마조의 모습을 떠올리며 운소명은 아미를 찌푸렸다. 설마하니 명성이 자자한 녹영마조가 다른 피라미들과 합심해 공격해 올 줄은 몰랐기 때문이다.

"휴우……."

운소명은 어느 정도 호흡을 가다듬자 무룡곡의 방향으로 재빠르게 움직였다.

쉭!

바람처럼 그의 신형이 숲 속을 가로질러 갔다. 하늘의 태양은 곧 서산으로 넘어갈 듯 붉은빛을 띠기 시작했다.

"음……."

장홍치는 눈앞에 쓰러져 있는 두 구의 시신을 쳐다보며 눈살을 찌푸렸다. 두 구의 시신은 모두 목이 꺾인 상태였는데 이렇다 할 저항도 못한 듯 복면 사이로 보이는 눈은 크게 부릅떠져 있는 상태였다.

또 하나 그의 안색을 찌푸리게 한 것은 해가 지는 하늘이었다. 운소명을 추적하고 상대한 지 반나절이 지나가고 있었다. 그 시간 동안 상대의 목숨을 취하지 못했다는 사실이 그를 화나게 하고 있었다.

"이런, 이런, 밤이 되면 더욱 깊숙이 숨어들 텐데 걱정이군."

녹영마조가 어느새 옆에 나타나 혀를 차며 수염을 쓰다듬었다. 장홍치를 놀리는 것처럼 말했으나 그도 내심 걱정하는 듯 보였다.

"그나저나 대단하군. 하오문이 분명 최음제도 썼을 터인데, 최음제에 중독되고도 반나절을 버티다니. 여간한 고수가 아닌 모양이야."

"그 정도가 되니 한 선배를 죽이고 가학군과 승부하지 않았겠습니까?"

장홍치의 말에 녹영마조는 인정한다는 듯 고개를 끄덕였다. 곧 수풀을 헤치고 나온 검은 복면인 한 명이 다가와 부복했다.

"대주님, 놈이 오남봉을 지나갔습니다."

"오남봉을 지나갔다고?"

"예."

장홍치는 아미를 찌푸렸다. 오남봉에 숨겨놓은 전력이 무용지물이 되어버렸기 때문이다. 오남봉으로 들어가 몸을 숨길 줄 알았는데 그게 아니었다.

"어디로 향했느냐?"

"북쪽인 듯 보입니다."

장홍치는 그 말에 고개를 끄덕이며 잠시 생각하는 듯했다.

"종잡을 수 없는 움직임이군."

"우리를 피해 본능적으로 움직이는 것으로밖에 보이지 않는데?"

녹영마조의 말에 장홍치는 시선을 돌려 복면인에게 말했다.

"북쪽으로 가면 어디가 나오지?"

"조악산(粗惡山)입니다."

복면인의 대답에 장홍치는 인상을 찌푸렸다.

"이름부터 마음에 들지 않는군. 길잡이를 불러 오게."

"예."

"북쪽으로 가면 조악산에서도 가장 길 찾기가 어렵다는 무룡곡이 나옵니다. 무룡곡은 안개가 짙은 지역에다가 해가 들지 않다 보니 습한 공기가 자욱한 곳이지요. 장독도 조심해야 할 것입니다."

길잡이로 보이는 작은 키의 중년인이 말하자 장홍치는 혀를 차며 물었다.

"무룡곡의 지리는 아나?"

"실제 들어가 본 적이 없는 곳이라 저도 잘 모릅니다. 거기다 조악산 자체가 험한 산이라 이 지역 토착민이라 해도 잘 안 가는 곳입니다. 길 잃기 딱 좋은 곳이지요."

길잡이의 말에 장홍치는 더욱 인상을 쓰며 고개를 저었다. 이 지역의 지리를 잘 모르기 때문에 길잡이를 대동했다. 그런데 그 길잡이도 모르는 곳이라 하니 난감할 수밖에 없었다. 지형과 지리가 싸움에 얼마나 큰 요소로 작용하는지 장홍치는 잘 알고 있었다. 과거 군에서도 근무를 해봤기 때문이다.

"실수했군."

장홍치는 스스로를 책망하며 중얼거렸다.

"실수라니?"

"이 지역을 잘 모르는 게 실수라면 실수지요. 적어도 그놈은 우리보다 이 지역을 잘 알고 있는 게 분명합니다. 그렇지 않고서야 저희들의 포위망을 피해 무룡곡으로 향하겠습니까?"

"적을 너무 크게 생각하는 게 아닌가? 단순하게 가세, 단순하게. 그저 몸을 피하고 싶었기 때문에 움직인 것일 뿐이네. 놈은 그저 본능대로 가는 것이네."

녹영마조의 말에 장홍치는 잠시 입을 닫았다. 그러다 결정한 듯 수하에게 말했다.

"모두 무룡곡으로 간다. 그놈의 꼬리가 보이는 즉시 전력을 다해 죽이도록!"

"알겠습니다."

길잡이의 뒤에 있던 수하가 대답하면서 붉은 통을 꺼내 하늘로 높이 쏘았다.

팡!

붉은 연기가 허공중에서 구름처럼 흘러가자 숲 속의 공기가 삽시간에 차갑게 변하였다.

스슥!

앞으로 움직이던 운소명은 수풀 소리에 시선을 돌렸다. 그런 그의 눈에 두 명의 복면인이 들어왔다.

흔적을 남기고 싶지 않아도 남길 수밖에 없었다. 육체가 괴로웠고 정신이 혼미해졌기 때문이다.

운소명은 사력을 다해 무룡곡으로 향했다. 무룡곡의 짙은 안개가 저 멀리서 자신을 반겨줄 것만 같았다.

그나마 다행이라면 어둠이 짙게 세상을 덮었다는 점이었다. 그렇기 때문에 상대가 모이는 시간도 벌 수 있었으며 위치를 들켜도 빠른 시간 안에 벗어날 수가 있었다. 그렇다고 안심하기에는 아직 일렀다. 무룡곡으로 들어가지 않은 이상 안심할 수가 없었던 것이다.

쉭!

바람처럼 어둠을 뚫고 다가오는 검은 인영의 모습을 눈에 잡았다. 그 인영의 손에 들린 밝은 광채의 검 역시 눈으로 보았으나 쉽게 움직일 수가 없었다. 아니, 몸이 말을 듣지 않는 것일까? 눈앞 반 장까지 다가오는 동안 운소명은 상대의 모습이 흐릿하게 보이는 것을 그제야 깨달았다.

"이런!"

검끝이 미간에 닿을 듯 다가오는 순간 운소명은 상대의 모습을 확연하게 눈으로 확인하자 본능처럼 주저앉으며 동시에 유령도를 뽑아 위로 찔렀다.

퍽!

유령도가 상대의 살을 뚫고 들어가는 소리와 함께 무거운 상대의 무게가 육체를 덮쳤다. 운소명은 도를 뽑으며 검은 인영을 밀치곤 자리에서 일어나 몸을 움직이기 시작했다. 이 상태로는 얼마 못 가 쓰러질 것 같았다. 불길한 기분이 계속해서 본능처럼 가슴을 때리고 있었다.

후두둑!

그때였다. 차가운 기운이 머리를 때리기 시작하자 운소명은 뜨거웠던 전신이 식어가는 것을 느낄 수 있었다. 혼미했던 정신도 조금은 나아진 듯 사물이 확연하게 눈에 들어왔다.

"후후……"

문득 웃음이 흘렀다.

쏴아아!

그리고 굵은 빗방울이 하늘에서 떨어져 내리자 운소명의 신형도 빠르게 움직이기 시작했다.

똑! 똑!

동굴의 천장에서 떨어지는 물방울이 자신의 존재를 알리듯 바닥에 닿자 소리를 만들어냈다.

쉬이익!

바람 소리가 동굴의 안쪽에서 밖으로 흘러나가자 차가운 공기가 동굴 안으로 다시 밀려들어 왔다.

"휴우……"

눈을 뜬 운소명은 여전히 좋지 못한 안색을 유지한 채 밖을 쳐다보았다. 날이 밝으며 햇살이 수풀 사이로 밀려들어 오고 있었다. 밤새 내린 비는 새벽이 되자 마치 아침을 피해 도망이라도 가듯이 멈춰 있었다.

새벽에 이 동부로 들어와 한 시진 정도 운기를 통해 독을 제거했다. 하지만 한 시진으로는 부족한 듯 여전히 몸은 무거웠고 팔다리에 마치 자신이 모르는 이질적인 무언가가 남아 있는 듯 미세한 떨림을 만들어주었다.

'짜증나고 귀찮은 놈들······.'

운소명은 하오문에 대해서 상당히 악감정을 가지게 되었다. 지금까지 살면서 이런 경험을 해본 적이 없었기 때문에 더했다. 몸이 말을 듣지 않으니 당연히 힘든 싸움이 될 수밖에 없었고 이런 미약과 아편, 최음제를 주로 사용하는 문파는 하오문이 전부였다.

"저기 동굴이 있습니다. 잠시 쉬었다가 가는 게 어떻겠습니까?"

밖에서 들리는 목소리에 운소명의 안색이 굳어졌다.

"······!"

운소명은 자신이 요즘 들어 실수를 많이 한다고 생각했다. 동굴에 몸을 피하면서도 아무런 준비도 하지 못한 것이었다.

쉭!

운소명의 신형이 동굴의 안쪽 어두운 그림자 사이로 사라졌다.

"주변을 치우고 식사 준비를 해라."

젊은 청년의 목소리에 많은 수의 무사들이 일사불란하게 움직이며 주변의 풀과 나무들을 치우고 평지를 만들었다. 그 이후 불을 피우고 식사 준비를 위해 빠르게 움직였다.

불은 동굴 가장자리에도 피어오르고 있었다. 불의 뜨거움 때문에 동굴에 가득 차 있던 습기도 어느 정도 사라져 갔다.

동굴의 안쪽에 두꺼운 천을 깔고 앉은 이십대 후반의 여인은 날카로운 눈빛으로 동굴을 살피고 있었다. 그 옆으로 청년이 다가와 말했다.

"밤새 비를 맞으며 왔더니 수하들도 조금 지친 모양입니다."

"피곤하겠지. 식사를 하고 잠시 쉬도록 하자. 어차피 그놈도 밤새도록 움직여 피곤할 테니까. 그건 그렇고 무룡곡의 지리를 잘도 알고 있구나?"

여인의 말에 청년은 미소를 보이며 고개를 끄덕였다.

"임무 때문에 몇 번 온 적이 있었습니다. 그때는……."

말을 하던 청년은 곧 안색을 찌푸리며 입을 닫았다. 그 모습에 여인은 미미하게 고개를 끄덕이며 말했다.

"모두 죽었지."

"예."

청년의 대답에 여인은 잠시 입을 닫았다. 청년의 과거 동료

중에 살아 있는 사람은 아무도 없었다. 그리고 그들을 다스리던 사람이 바로 자신이었다.

"좀 쉬고 싶군."

"예."

청년이 여인의 말에 공손히 대답한 후 밖으로 나갔다. 그러자 동굴의 벽에 기대어 앉은 여인은 곧 담요를 덮고 눈을 감았다.

'장림……!'

은신해 있던 운소명은 매우 놀라고 있었다. 설마하니 이런 곳에서 장림을 보게 될 줄은 꿈에도 생각지 못했던 것이다.

'유신까지…….'

밖에서 들리는 유신의 목소리에 운소명은 더더욱 기척을 숨기고 모습을 감추었다. 현 상태에서 그들에게 모습을 들킨다면 어떤 일을 당할지 감이 잡히지 않았다.

'대단한 일이 아니라면 그들이 무림맹을 직접 나올 리가 없는데…….'

운소명은 장림을 이런 벽지에서 보게 되자 현재 강호에 상당히 큰 사건이 터진 것이라 생각되었다. 그렇지 않고서야 이들이 이렇게 직접 움직일까. 웬만한 일이 아니라면 절대 움직일 사람들이 아니었다.

'난감하군…….'

운소명은 상당히 불안해하고 있었다. 장림 정도의 고수라면 아무리 은신술을 잘 쓴다 해도 걸릴 위험이 있었다. 무엇보다 지금은 정신적으로나 육체적으로나 피로한 상태였다. 거기다 장림은 여성이었고 여성만의 특유의 향기가 운소명의 코를 자극하였다. 그래서일까? 머릿속으로 여체의 모습이 실물화하여 그려지기도 했다. 그것을 이기기 위해 정신을 집중하려 했고 그 와중에도 은신술까지 펼쳐야 했다. 쉬운 일이 절대 아니었다.

힘든 와중에도 정신을 가다듬고 집중하는 시간이 오랫동안 지속되었다. 그런 중에 식사를 마친 무사들이 일사불란하게 움직이는 소리가 들렸다.

"괴홍랑의 위치가 파악된 모양입니다. 특무단이 그곳으로 향하고 있다는 보고입니다."

동굴 밖에 서 있던 유신이 장림을 향해 말하자 장림은 고개를 끄덕였다.

"어떻게 할까요? 저희들도 가야 할 듯한데."

"먼저 가. 잠시 쉬다가 따라갈 테니까."

"하지만 그렇게 되면 명령 체계가……."

유신의 말에 장림은 미소를 보였다. 고지식한 그의 이런 면이 싫지는 않은 듯 그녀는 낮게 말했다.

"여자가 잠시 쉬었다가 조금 늦게 가겠다는 것은 그만한 사정이 있다는 뜻이야. 그 정도는 알 거라 생각하는데?"

장림의 말에 유신은 살짝 얼굴을 붉히며 아차 하는 표정으로 허리를 숙였다. 남자와 여자의 차이에 대해서 모르는 것이 아니었기 때문이다.

"죄송합니다."

"금방 갈 테니 먼저 가서 기다려. 섣불리 움직이는 우를 범하지는 말고. 상대는 괴흉랑이야. 수적 우위로 달려든다고 해서 해결될 일이 아니니 신중해야 돼."

"예, 명심하겠습니다. 그럼."

유신은 대답한 후 곧 수하들에게 움직일 것을 명령하고 뒤따라 이동하였다. 그들이 사라지자 한순간 주변에서 적막한 바람이 불었다.

곧 장림은 그들의 기척이 완전히 사라진 것을 느끼곤 자리에서 일어섰다. 그런 그녀의 주변으로 차가운 공기가 맴돌기 시작했다.

스릉!

금속음과 함께 장림의 손에서 검이 천천히 뽑혔다. 검이 검집을 타고 흐르는 쇳소리가 동굴 내부의 벽면을 깎아내리는 듯 거칠게 울렸다.

검을 뽑을 때 일어난 소음으로도 주변 공기를 진동시킨 장림이었다. 일종의 음공으로 상대에게 경각심을 일으키게 해서 기선을 제압하는 효과가 있었다.

"누구냐?"

낮은 음성이 장림의 입을 통해 동굴 안으로 흘러들어 갔다. 하지만 안쪽에선 아무런 소리나 움직임이 없었다. 만약 옆에 사람이 있었다면 장림이 실성한 것처럼 보일 수도 있었다. 아무도 없는데 누가 있는 것처럼 물었기 때문이다.

 "암도술은 아주 큰 약점이 하나 있지. 그 약점을 알고 있는 사람에게 은신술을 펼쳐 몸을 숨긴다 해도 소용없는 짓이다."

 장림의 날카로운 목소리가 다시 한 번 동굴 안으로 흘러들어 갔다. 하지만 그런 장림의 말에도 안쪽에선 아무런 움직임이 보이지 않았다. 장림은 할 수 없다는 듯 검기를 일으켜 동굴 안쪽을 향해 휘둘렀다.

 쉬쉬쉭!

 바람을 가르는 검기가 동굴 안쪽의 어두운 벽면을 자르며 지나쳤다. 그 검기에 정말 사람이 다친 것일까? 신음성이 안쪽에서 터져 나왔다.

 "큭!"

 낮은 목소리와 함께 어두운 안쪽에서 운소명이 허리를 잡고 걸어나왔다. 장림의 검기에 옆구리를 베인 것이다. 그곳에서 흘러나오는 피가 홍건하게 그의 옷을 적시고 있었다. 그런 그의 안색은 창백했으며 전신에선 뜨거운 열기가 흘러나오고 있었다. 그 모습에 놀란 것은 장림이었다.

 "소명? 어떻게 네가……."

장림은 매우 놀란 표정으로 비틀거리며 벽면에 기대어 선 운소명을 쳐다보았다.
"그냥 가시지, 왜 쓸데없이……."
"궁금한 건 못 참는 성격이라서. 거기다 오랜만에 느껴보는 암도술의 기운이 있는데 그냥 갈 수 있어야지."
 장림은 고개를 갸웃거리며 상태가 좋지 않은 운소명의 전신을 훑어보았다. 넝마로 변한 옷과 헝클어진 머리카락이 평소의 그와는 전혀 다르다는 것을 말해주었다. 그 모습을 살피던 장림은 눈웃음을 그리며 한 걸음 다가섰다.
"다친 모양이구나."
"다친 게 아니라 중독되었을 뿐입니다."
"믿을 수가 없군."
 장림은 운소명의 대답에 어이없다는 듯 가볍게 웃음을 흘리며 고개를 저었다. 운소명의 성격을 잘 알기 때문이다.
"너처럼 완벽을 추구하는 놈이 중독이라, 거기다 너무 소심해서 어느 것 하나 놓치는 성격도 아닌데 말이야. 우습군."
"소심하다는 말은 조금 듣기 그렇군요."
"훗!"
 장림은 가볍게 웃으며 다시 한 발 다가섰다. 그 모습에 운소명의 자세가 낮게 변하였다. 그 변화를 본 장림은 안색을 찌푸리며 말했다.
"왜 그러지? 꽤나 경계하는 것 같은데, 내가 설마 죽이기라도 할까?"

"마음만 먹는다면 언제든지 죽일 수 있을 것입니다."

"그렇다면 끝까지 숨어 있지 왜 나왔어?"

장림의 물음에 운소명은 비틀거리다 벽에 기대어 섰다.

"그래도 얼굴은 보고 죽어야 할 것 아니오?"

운소명의 말에 장림은 어이없다는 듯 그의 얼굴을 살피다 검을 검집에 넣으며 다가왔다. 그녀가 다가오자 운소명의 코끝으로 맑고 청아한 체향이 스며들었다. 그 향기에 취했을까? 운소명은 자신도 모르게 장림을 끌어안았다.

"앗!"

장림은 갑작스러운 운소명의 행동에 매우 놀란 듯 눈을 부릅떴다.

"헉! 헉!"

거칠게 몰아쉬는 숨소리와 땀에 젖은 운소명의 거친 향기가 뜨거운 육체와 함께 피부로 느껴지자 장림은 안색을 굳혔다. 운소명의 숨소리가 욕정에 젖어 있다는 것을 감으로 알 수 있었다.

"최음제에 중독된 모양이네."

장림은 가만히 미소를 그리며 운소명을 강하게 안았다. 운소명은 장림의 품에 안기자 그녀의 육체가 주는 포만감과 따뜻함에 정신이 혼미해지는 것을 느꼈다.

타탓!

장림의 손이 운소명의 등줄기를 스치고 지나치며 십여 개의 요혈을 때렸다.

"컥!"

운소명은 저도 모르게 피를 토하며 장림의 품속에서 눈을 감았다.

털썩!

운소명이 바닥으로 쓰러지자 장림은 잠시 그를 쳐다보다 곧 전신을 손끝으로 찌르듯 두드리기 시작했다.

파파팟!

장림의 손가락이 빠르게 움직이자 그녀의 손은 마치 수십 개의 바늘이 되어 운소명의 전신을 찌르는 것처럼 보였다.

주룩!

장림의 이마에서 땀방울이 흘러내리기 시작했다.

"음……"

장림은 격타정공(擊打正攻)의 상승 수법으로 손끝에 기를 집중해 운소명의 전신으로 자신의 음기(陰氣)를 주입시키고 있었다. 동시에 손끝으로 찌른 요혈의 작은 구멍에선 독(毒)이 물방울이 되어 나왔다. 기를 주입시킴과 동시에 독기도 빼주는 수법으로, 그녀의 특기 중 하나이자 고문무공이라 불리는 강마신혈의 변형이었다.

타인에게 고문을 줄 수도 있지만 활용만 잘하면 격타정공의 상승 무공이 되어 부상자의 체내에 기를 불어넣어 줄 수도 있었다.

타탁!

일다경 정도가 흘러 운소명의 안색이 조금씩 정상으로 돌아오는 것을 본 장림은 곧 가부좌를 한 채 운기하기 시작했다. 짧은 시간의 격타정공이지만 내공의 소모가 심한 만큼 운기는 필수였다.

우르릉! 번쩍!

천둥과 번개가 동굴 밖에서 마치 세상이 꺼질 것처럼 크게 들려왔다. 빗소리는 낮게 운소명의 귀로 파고들었다.

콰쾅!

또 한 번의 거대한 천둥소리가 사방을 때렸다. 그 소리에 놀란 것일까?

"으음……."

신음과 함께 눈을 뜬 운소명은 전신이 마치 바늘로 찌른 것처럼 아프자 안색을 찌푸렸다. 그리고 옆에 앉아 있는 장림의 모습을 확인하고는 이내 자신의 몸을 점검하기 시작했다. 가볍게 소주천으로 전신을 살핀 운소명은 곧 눈을 뜨고 동굴 입구로 다가가 앉았다.

후두둑!

빗방울이 떨어지는 소리가 운소명의 귀를 간지럽게 했다. 밖은 아직 낮이었고 우중충한 구름은 언제까지 계속될 것처럼 하늘을 가득 덮고 있었다.

'음공(陰功)을 익혔었던가?'

운소명은 최음제의 기운이 사라진 것을 알곤 장림의 무공을 떠올렸다. 최음제는 면밀히 따지면 음양을 모두 갖춘 것으로, 남자가 중독되면 양에 해당되는 기운을 터뜨리고 여자가 중독되면 잠재되어 있던 음기를 자극시켜 터뜨렸다. 그렇기 때문에 남자는 여자를 찾아야 했고 여자는 남자를 찾아야 했다.

남자의 거대해진 양기는 잠력을 지니고 있어 터지듯 폭발하면 죽음에 이를 수밖에 없었다. 그러한 최음제의 약효와 자신의 양기를 모두 장림이 제압했다는 것이 대단하게 생각되었다.

"일어났네."

장림의 목소리에 운소명은 고개를 돌렸다. 그런 그의 안색은 좀 전에 그 아파하던 사람이 맞는지 의심이 들 정도로 멀쩡했고 눈동자는 맑게 움직이고 있었다. 운소명은 가부좌를 하고 앉아 있는 장림과 눈이 마주치자 시선을 돌렸다. 그녀의 눈을 똑바로 볼 수가 없었기 때문이다. 조금 전 장림을 끌어안았다는 사실이 부끄러웠던 것이다.

비록 그게 아주 잠깐의 실수였다곤 하나 그에겐 부끄러운 일이었다. 장림이 어떻게 생각할지 그 시선이 부담스러울 수밖에 없었다.

"큰 빚을 진 것 같아 부담스럽군요."

"부담 가질 필요 없다."

장림은 짧게 말한 후 자리에서 일어나 궁금한 표정으로 물었다.

"너같이 총명한 아이가 하류잡배들이나 사용하는 미약에 중독될 줄이야. 정말 놀랄 일이군, 어찌 된 일이냐?"

"예상보다 하오문이 강하게 나왔을 뿐입니다."

운소명은 대답을 하면서도 왠지 모르게 자신이 장림의 소유물이 된 것 같은 기분이 들었다. 그리고 그녀의 말속에 담긴 정도 약간은 느낄 수가 있었다. 그녀가 자신에게 정이 있다는 것은 예전부터 알고는 있었지만 오늘처럼 크게 느껴진 적은 없었다. 그녀를 안았기 때문일까?

"이번 일로 네가 어느 정도 경각심을 가진다면 다행이겠지. 다음부터 걸려들 일은 없을 테니까."

말을 하며 장림이 다가오자 그녀의 체향이 운소명의 코를 자극했다. 운소명은 저도 모르게 다시 한 번 얼굴을 살짝 붉혀야 했다. 운소명이 시선을 피하자 장림은 평소와 다른 운소명의 행동에 눈을 반짝이며 그의 앞에 바짝 다가섰다.

숨소리가 들릴 정도로 접근하자 운소명은 안색을 굳혔다.

"왜 그러지? 아직 독 기운이 남은 건가?"

장림은 말을 하며 손을 들어 운소명의 이마를 만졌다. 차가운 장림의 손에 운소명이 정신을 차린 것일까? 운소명은 고개를 돌려 장림의 손길을 피하며 말했다.

"좀 찌신 것 아닙니까? 보기와는 달리 풍만하시던데……."

운소명의 말에 장림은 안색을 찌푸리며 한 발 물러섰다.

"흥!"

장림은 기분이 나빠진 듯 이마에 주름을 잡으며 운소명을 노려보았다. 살이 쪘다는 소리는 나이에 상관없이 어떤 여자라도 싫어하는 말이었다. 장림 역시 여자이다 보니 운소명의 말에 기분이 나빠질 수밖에 없었다.

"몸 관리가 좀 필요할 것 같은데……."

운소명은 가볍게 미소를 보이며 말했다. 하지만 장림을 쳐다볼 수는 없었다. 장림의 거대한 살기가 눈동자에서 화살처럼 튀어나와 운소명의 폐부를 찔렀기 때문이다. 운소명은 화제를 돌리려는 듯 물었다.

"그런데 무림맹에서 이곳까지 무슨 일로 오셨습니까? 보통 일이 아니면 움직일 분이 아니신데……."

장림은 여전히 화가 난 듯 안색을 굳힌 채 운소명을 노려보고 있었다.

"생명을 구해준 은인인데 할 말이 그것밖에 없는 모양이구나?"

"음… 여전하십니다. 어릴 때 맡았던 향기도 지금까지 변함이 없으니. 혼자만 시간이 멈춘 것처럼 보입니다."

운소명의 말에 장림은 반짝이는 눈동자로 그를 쳐다보았

다. 어떤 마음이 그 속에 담겨 있는지, 운소명은 알지 못했다. 장림은 시선을 돌리며 말했다.

"네가 사내로 보일 줄은 몰랐다. 지금까지 어린 녀석으로만 생각했는데… 다 컸어."

장림은 가만히 중얼거리며 비 오는 동굴 밖의 정경을 눈에 담았다. 차가운 바람이 불었으나 추위는 느낄 수가 없었다.

"아직도 어린아이에 불과할 뿐이지요."

운소명은 낮게 중얼거렸다. 그러자 장림은 짧게 숨을 내쉬며 마음속에 담아두었던 많은 감정들을 숨과 함께 뱉어내었다. 그러자 마음이 편해진 것일까? 장림은 표정을 바꾸며 말했다.

"괴홍랑은 알지?"

운소명은 그 이름이 나오자 자신도 모르게 아미를 찌푸렸다. 강호에서 가장 문제가 되는 골치 아픈 인물이 있다면 괴홍랑일 것이다. 수많은 문파가 그에게 원한을 가졌고 수많은 사람들이 그의 안하무인격인 행동에 자존심에 상처를 입었다.

특이한 것은 그가 사람을 직접 쳐죽이는 일이 드물다는 점이었다. 물론 사람을 죽이는 데 있어서 망설이는 인물은 아니었다. 사악한 사파의 인물들은 그의 손에서 살아남지 못했다. 악명이 높은 사파인이 그와 마주친다면 십중팔구는 죽었다.

정파인이라 해서 꼭 산다고도 볼 수 없었는데, 그는 정파나 사파의 구별없이 마음에 들지 않으면 쳐죽이는 성격이었다. 그래서 강호의 원한을 산 인물 중 하나였다.

"그가 나타난 모양이군요?"

운소명의 물음에 장림은 고개를 끄덕였다. 운소명은 괴홍랑이 문득 장림과 동시대의 인물이란 점을 생각했다.

"괴홍랑이 나타났다는 소식에 지금 그에게 원한을 가진 문파와 사람들이 움직이고 있다. 무림맹 역시 큰 유혈 사태를 막고자 괴홍랑을 잡아들일 생각이고."

"그가 잡겠다고 잡히는 인물이었다면 과거에 잡았겠지요."

운소명의 말에 장림은 고개를 끄덕였다. 괴홍랑의 무공은 십 년 전에도 십대고수에 필적하는 수준이었다. 십 년이 지난 지금 그의 무공이 어느 정도까지 올라갔는지 측량하기조차 어려웠다. 장림 역시 그를 이길 자신이 없었다.

"그자가 이 근처에 있다. 그리고 그자를 잡기 위해 많은 무인들도 이 근방에 몰려 있지."

"후후……."

운소명은 그 말에 자신도 모르게 실소를 흘렸다. 그 모습에 장림이 쳐다보자 운소명은 손을 저으며 말했다.

"사실 녹영마조와 금산장 놈들에게 쫓기는 중이었는데… 괴홍랑 때문에 이렇게 위기를 모면하게 될 줄은 몰랐습니다. 문득 그런 생각이 드니 재미있어서요."

운소명의 말에 장림은 안색을 굳히며 눈을 반짝였다. 운소명의 말 중에 중요한 것이 하나 섞여 있었기 때문이다.

"녹영마조?"

낮은 목소리로 장림이 묻자 운소명은 고개를 끄덕였다. 그러자 장림은 살기 어린 눈동자로 고개를 돌리며 말했다.

"운이 좋군. 괴홍랑에 녹영마조까지……."

가만히 중얼거리던 그녀는 무언가 생각난 듯 운소명에게 물었다.

"그런데 왜 이곳에 네가 있느냐? 이런 변방에서 만날 거라고 생각지 못했는데."

"잠깐 할 일이 있어 이곳에 왔을 뿐입니다. 중요한 볼일이 있는데 독에 중독되어 지체된 것뿐이지요. 이제 몸도 나아졌으니 볼일을 보러 가볼 생각입니다."

운소명은 백화성에 관한 이야기를 절대 입 밖에 내지 않았다. 백화성에 대해서 말을 하면 분명 장림이 분노할 게 눈에 보였기 때문이다.

"매사에 조심하거라. 보이는 눈보다 안 보이는 눈이 더욱 무서우니."

장림의 염려 섞인 말에 운소명은 말없이 고개를 끄덕였다.

"우린, 인연의 고리에서 벗어날 수 없는 운명인 것 같다. 이런 오지에서도 다른 사람도 아닌 너와 만나게 되다니… 이는 인연이 깊다는 뜻이겠지. 떨어질 수 없는……."

장림의 낮은 중얼거림에 운소명은 가볍게 미소를 보였다. 곧 장림이 신형을 돌린 후 걸음을 옮겼다. 그러다 생각난 듯 비 오는 동굴 밖에 서서 운소명을 잠시 쳐다보았다. 운소명이 궁금한 표정으로 그녀를 바라보자 장림이 말했다.

"네 성은 원래 이(李) 씨다. 이가의 자식이란 뜻이지."

"……!"

장림의 갑작스러운 말에 운소명의 눈이 커졌다. 생각지도 못하게 출생에 관해서 듣게 되었기 때문이다. 그리고 장림이 자신의 출생에 대해서 잘 알고 있다는 확신이 생겼다.

팟!

운소명의 신형이 번개처럼 장림의 앞을 막았다.

"그게 무슨 말입니까?"

장림은 자신의 앞을 막고 서 있는 운소명의 얼굴을 쳐다보았다. 빗방울이 그의 전신을 적시기 시작했고 장림 역시 비에 젖어가고 있었다. 잠시 그렇게 둘은 서로의 얼굴을 쳐다보았다. 곧 장림이 천천히 말했다.

"지금 볼일이 있다고 하지 않았던가?"

"제 성이 이 씨라는 게 더욱 중요합니다."

운소명의 말에 장림은 다시 말했다.

"출생에 대해서 알고 싶은 건 어쩌면 당연한 일이겠지. 좋아, 볼일을 마친 후 찾아오너라. 기다릴 테니."

"지금 알려주십시오."

"지금은 알려줄 수가 없구나. 그때 오면 알려주도록 하겠다. 지금은 괴흥랑과 녹영마조의 일이 급하니."

슉!

장림이 빠르게 말하며 운소명을 지나쳐 가자 운소명은 잠시 멍하니 장림의 뒷모습을 쳐다보았다. 그의 머릿속에 무수히 많은 갈등이 일어났다. 지금 당장 장림을 따라갈 것인지에 대해서 고민됐다.

손수수와의 약속도 중요했지만 장림의 말은 출생에 관한 진실이었다. 알고 싶었고 알아야 했다. 운소명은 입술을 깨물며 고민하다 곧 신형을 돌려 장림과는 다른 방향으로 움직이기 시작했다.

'어차피 괴흥랑의 일을 해결하려면 시간이 걸릴 터이니 손수수를 만난 후에 가도 되겠지. 지금까지 알고 싶어도 모르던 사실인데, 이렇게 쉽게 풀리는구나. 조급해할 필요는 없다.'

운소명은 스스로를 타이르며 손수수를 향해 움직였다.

* * *

"저기입니다."

수풀을 헤치고 나온 장흥치는 수하가 가리키는 곳으로 시선을 던졌다. 그곳엔 작은 동굴 하나가 있었는데 입구는 한 사람이 딱 들어갈 정도였고 안은 그리 깊어 보이지 않았다.

"흔적으로 보아 저곳이 확실합니다."

수하의 말에 장홍치는 고개를 끄덕였다. 무룡곡까지 못 가고 결국 동굴을 찾아 들어간 게 분명했다.

'지금까지 버틴 것만으로도 대단한 거지…….'

장홍치는 최음제에 맹독과 군자산 같은 약에도 중독된 운소명이 지금까지 자신을 괴롭힌 것이 대단하게 보였다. 일반적인 고수라면 한참 전에 끝났을 것이다.

"호오, 적당한 장소로 피한 것 같군."

녹영마조가 옆에 나타나 중얼거리며 동굴의 입구를 바라보았다.

"공격을 하기엔 좁아서 많은 인원이 들어갈 수가 없고 방어하기엔 최상이지, 한 명씩 들어올 테니까. 입구 가까이에 숨어서 들어오는 놈들만 기습으로 죽여도 꽤나 피해를 보겠는데……."

녹영마조가 다시 말하자 장홍치는 고개를 끄덕이며 말했다.

"시간을 끌려는 수작으로 보이는데 어차피 그 시간조차 우리 편입니다. 저 몸으로 견딜 수나 있겠습니까?"

장홍치의 말에 녹영마조는 비릿한 미소를 입가에 그리며 말했다.

"연기를 피워보는 건 어떤가?"

"토끼 사냥을 말씀하시는 것입니까?"

"그렇지. 입구가 좁은 만큼 뒤가 막힌 동굴이라면 연기 때문에 숨 쉬기가 곤란할 게 아닌가?"

녹영마조의 말에 장홍치는 고개를 끄덕였다. 안으로 들어가는 것보다 적을 끌어내는 게 더욱 유리했기에 반대할 이유가 없었다.

"그렇게 하지요."

장홍치는 대답과 동시에 수하들에게 불을 피우라는 명령을 내린 후 하늘을 쳐다보았다. 먹구름이 잔뜩 낀 것이 금방이라도 비가 올 것 같았다.

"비가 내리기 전에 일을 마무리 짓자."

장홍치는 큰 목소리로 수하들을 독려했다. 곧 동굴 입구에서 연기와 함께 불이 피어오르기 시작했다.

휘이잉!

마침 바람도 동굴 입구를 향해 불자 장홍치는 이제 곧 모든 것이 끝난다고 여겼다. 동굴 밖으로 운소명이 나오는 순간이 그의 최후가 될 것이다.

"준비해라!"

장홍치의 명령에 복면인들이 일사불란하게 움직이며 동굴 입구를 중심으로 반원형으로 둘러쌌다. 그리고는 동굴의 입구가 정면으로 보이는 자리에 장홍치와 녹영마조가 함께 서 있었다. 입구와의 거리는 오 장 정도로 그리 가깝지도 멀지도 않은 중간 정도의 거리였다.

"콜록! 콜록!"

안에서 기침 소리와 함께 연기에 대한 반응이 나오자 모두들 긴장한 채 언제든지 전력을 다해 공격할 준비를 하였다.

"이건 또 뭐야!"

쉬악!

순간 불같은 외침과 함께 연기를 뚫고 동굴 입구에서 봉두난발의 괴인이 튀어나왔다. 그는 다짜고짜 장홍치와 녹영마조를 향해 일직선으로 달려들었다.

"……!"

장홍치는 괴인이 운소명이 아니란 것에 자신도 모르게 눈을 크게 떴다. 그건 녹영마조 역시 마찬가지였다. 처음 보는 이상한 놈이 나타났기 때문이다. 하지만 그의 살기는 범상치 않았고 그 기세는 범과 같이 사나웠다. 가만히 있다간 죽을지도 모른다는 생각에 몸을 날렸다.

쉬악!

장홍치의 신형이 날아드는 괴인을 향해 검기와 함께 두 동강 내려는 듯 날았다. 그 옆으로 녹영마조가 쌍장을 앞으로 내밀며 괴인의 허리를 쳐갔다. 적절한 둘의 공격이었고 괴인의 신형은 그대로 사라질 것만 같았다. 하지만 괴인의 표정은 여전히 화난 상태였고 장홍치와 녹영마조의 존재에 대해 신경 쓰지 않는 듯 보였다.

괴인의 손이 찔러오는 장홍치의 검날을 피해 팔뚝으로 검의 옆면을 쳤다. 그 움직임도 장홍치의 눈에 들어왔다. 하지만 장홍치는 피하지 않고 그대로 찔렀다. 검기에 보호되고 있는 검은 검의 옆면이라 해도 날카로운 날이 서 있었기 때문이다. 검기에 팔뚝이 닿으면 당연히 팔뚝이 잘리게 되어 있었다.

팡!

가벼운 소리와 함께 장홍치의 오른팔이 옆으로 날아갈 듯 열리자 괴인의 권영(拳影)이 장홍치의 오른 가슴으로 파고들었다. 장홍치의 안색이 굳어졌다. 팔이 잘린 게 아니라 자신의 검이 튕겨졌기 때문이다. 믿을 수 없다는 듯 괴인을 쳐다보는 순간 날아드는 권을 보았다.

"……!"

쾅!

폭음과 함께 장홍치의 신형이 뒤로 날아갔고 괴인은 몸을 회전하며 녹영마조의 쌍장에 일권을 날렸다.

쾅!

"헉!"

쌍장과 권이 부딪치자 권의 강력함에 놀란 녹영마조가 헛바람을 내뱉으며 뒤로 물러섰다. 크게 놀란 녹영마조는 어이없다는 듯 괴인을 쳐다보았다.

장홍치는 왼손으로 가슴을 막았기 때문에 정통으로 일권

을 맞지는 않았다. 만약 왼손으로 막지 못했다면 큰 내상을 입었을 것이다.

"누구냐?"

녹영마조의 물음에 괴인은 헝클어진 머리카락을 뒤로 넘기며 입가에 미소를 그렸다.

"나? 괴홍랑인데?"

"……!"

"흡!"

순간 장홍치와 녹영마조의 안색이 굳어졌으며 주변에 서 있던 복면인들의 눈동자 역시 크게 떠졌다.

뚜둑!

양손을 풀던 괴홍랑은 주변을 둘러보다 장홍치를 노려보며 말했다.

"걸어오는 싸움은 안 피하는 성격이라, 빨리 끝내자고."

쉭!

순간 장홍치의 안면으로 괴홍랑의 주먹이 날아들었다.

쾅!

第七章
배신자들

배신자들

 작은 공터에 널브러진 시신들 사이로 백의무사들이 바쁘게 움직이고 있었다. 그 가운데 서 있던 유신은 시신들의 신분을 조사하기 위해 움직였다.
 시신들 사이로 걸음을 옮기던 장림은 대 자로 쓰러져 있는 녹포중년인을 발견하자 잠시 걸음을 멈추었다.
 "녹영마조······."
 가만히 중얼거린 그녀는 녹영마조의 죽은 얼굴을 쳐다보다 곧 자리에 앉아 사인을 조사하기 시작했다. 하지만 눈에 띄는 외상은 없어 보였다. 단지 심장 부근의 옷이 동그랗게 그을린 흔적만 보일 뿐이었다.

"괴홍랑의 무영권인 것 같습니다."

옆으로 다가온 유신이 말하자 장림은 자리에서 일어서며 고개를 끄덕였다.

"아는 자입니까?"

"녹영마조."

장림이 낮게 중얼거리자 유신은 안색을 굳혔다. 사파의 거두 중 한 명인 녹영마조의 시신이 눈앞에 널브러져 있었기 때문이다.

"특무단은?"

"현재 괴홍랑을 쫓고 있는 중입니다."

유신의 대답에 장림은 고개를 끄덕였다.

"검상이 있는 시신들은 특무단에게 죽은 시신들입니다. 그런데 이들의 신분을 증명할 어떠한 것도 없는 게 의심스럽습니다."

"뭐가?"

장림이 묻자 유신은 자신의 생각을 말했다.

"괴홍랑이 목적이었다면 무림맹과 만났을 때 신분을 밝히고 협조했을 테니까요. 그렇지 않고 특무단과 싸웠다는 의미는 곧 무림맹의 적이란 뜻이 아니겠습니까? 그러니 신분을 증명하는 어떠한 것도 없지 않겠습니까? 백화성이나 제삼세력일 가능성도 배제할 수 없겠습니다."

"백화성이라면 이렇게 눈에 띄게 모습을 보이겠느냐, 자칫 잘못하면 대전이 일어날 터인데? 그들이라면 암습을 하겠지. 우리에게 홍천이 있듯이 그들에게도 그러한 조직이 있을 게 아니냐?"

"예."

유신은 장림의 말에 고개를 끄덕였다.

"그렇다면 제삼세력일 가능성도 있겠습니다."

"우리가 모르는 세력이 있다는 것처럼 들리는구나?"

장림의 물음에 유신은 안색을 찌푸리며 말했다.

"솔직히 잘 모르겠습니다. 단지, 이 정도의 인원이 움직였는데 우리가 모르고 있었다는 게 마음에 걸릴 뿐입니다. 아니면 무림맹의 비밀 조직일 가능성도 있겠지요. 설사 무림맹과 만나더라도 비밀을 지키기 위해 싸워 죽어야 하는……."

말끝을 흐린 유신은 아미를 찌푸리며 시신들을 둘러보았다. 마치 과거의 자신이 보이는 것 같아 조금 슬픈 감정이 일어났다.

"신경 쓰지 말거라. 뒷일은 밀영대에게 맡기기로 하고."

"알겠습니다."

"가자."

장림이 말을 하며 먼저 걸음을 옮기자 그 뒤로 유신과 수하들이 일제히 따라갔다. 그들이 모두 사라지자 그 자리에 밀영대의 백색 복면인들이 나타나 시신들을 살피기 시작했다.

"헉! 헉!"

숨을 거칠게 몰아쉰 장홍치는 무룡곡의 뿌연 안개 속을 헤매다 바위 틈 사이에 몸을 숨기곤 호흡을 가다듬었다.

"으음……."

왼팔은 이미 기능을 잃어버린 듯 움직이지도 않았다. 검을 들어야 할 오른팔 역시 힘이 들어가지 않았다. 괴홍랑과 싸우면서 왼팔의 뼈가 부러졌고 오른팔은 근육에 멍이 든 것처럼 통증을 호소했다. 옆구리와 등에도 많은 피멍이 있었다.

그중에서도 가장 큰 부상이 있다면 갈비뼈가 부러진 일이었다. 괴홍랑의 주먹이 살짝 스쳤을 뿐인데도 오른 옆구리의 갈비뼈가 네 대나 부러졌다. 그 상처 때문에 호흡하기도 곤란했다.

도망치는 길만 남았을 땐 수하들도 꽤 있어서 어느 정도 안심을 했었다. 하지만 갑자기 무림맹의 특무단이 나타나자 모든 게 바뀌었다. 한 가지 운이 좋았다면 괴홍랑을 피할 수가 있었다는 점이었고 운이 없는 일이 있다면 수하들을 모두 잃어야 했다는 점이었다.

"제길, 내 평생 가장 재수없는 날이로군."

"맞아."

"헉!"

순간 장홍치의 눈앞에 흐릿한 그림자가 아른거리더니 그는 극렬한 통증과 함께 정신을 잃었다.

실내는 어둠이 가득 내려앉아 있었다. 밤이라는 착각이 들 정도였지만 갈라진 나무판자들 사이로 황금빛이 스며들어 오는 것을 보니 밖은 낮이 분명했다. 그것도 쾌청한 하늘과 밝은 햇살이 내려오는 맑은 날이었다.

하지만 방 안의 공기는 습기에 차 있는 듯 축축했고 앉아 있는 것만으로도 기분이 나빠지는 장소였다. 음습하고 어두운, 무거운 공기가 가득 찬 실내의 중앙엔 작은 의자에 몸을 의지한 채 앉아 있는 청년이 한 명 있었다.

청년은 의자에서 금방이라도 쓰러질 듯 고개를 앞으로 푹 숙인 채 고른 숨소리를 내뱉고 있었다. 자세히 보면 그가 의자와 일심동체라도 된 듯 묶여 있는 것을 알 수 있었다.

"음……."

가벼운 신음성을 내뱉던 청년은 이내 정신을 차린 듯 고개를 들었다. 청년은 한동안 주변을 둘러보다 자신이 결박되어 있다는 사실에 안색을 찌푸리다 어이없다는 듯 실소를 흘린 후 양팔에 힘을 주었다.

"겨우 이런 걸로 사람을 잡아둘 수 있다고 착각한 것인가?"

장홍치는 밧줄에 자신이 묶여 있자 금세 풀고선 이 자리를 벗어나려 했다. 이런 밧줄쯤이야 힘 한 번이면 금세 풀 수가 있었다. 하지만 왜일까? 장홍치는 생각과는 다르게 팔에 힘이 들어가지 않는 것을 느꼈다.

"……!"

장홍치의 안색이 굳어졌다. 마혈이 제압당했다는 사실을 이제야 알게 된 것이다. 그러자 옆에서 어떤 목소리가 장홍치의 귀로 파고들어 왔다.

"그렇지. 겨우 그런 걸로 무림인을 잡아둘 수는 없겠지."

"누구냐!"

목소리와 함께 우측의 어둠 속에서 천천히 사람의 그림자가 무거운 발소리와 함께 나타나자 장홍치의 시선이 그를 향했다. 그때 상대의 손 그림자가 장홍치의 눈앞에 어른거렸다.

"음!"

장홍치는 목소리가 흘러나오지 않는 것을 알곤 아혈도 제압당한 것을 알았다. 장홍치는 문득 머릿속에 '고문'이란 단어가 떠올랐다.

장홍치가 일어난 것을 본 운소명은 소매에서 작은 자갈 하나를 꺼내 그의 앞으로 보여주었다. 장홍치의 눈동자가 흔들리자 운소명은 가볍게 미소를 보이며 자갈에 천을 감싸더니 곧 장홍치의 입에 물려주었다.

"읍! 읍!"

장홍치의 거친 숨소리가 들려왔으나 운소명은 크게 신경

쓰지 않는 듯 곧 장홍치의 뒷머리를 거칠게 잡으며 말했다.

"딱히 고문을 좋아하는 성격은 아니야. 어릴 때부터 가장 배우기 싫었던 시간이 있다면 고문 시간이었으니까."

그렇게 말한 운소명은 장홍치의 안색을 살피며 다시 말했다.

"버티는 것도 자유고 말하는 것도 자유인데… 이왕이면 다치지 않은 상태에서 말하는 게 현명한 선택이지 않을까? 몸이 만신창이가 된 이후에 말을 하는 것과 지금처럼 혈도만 제압당한 상태에서 말한 후 끝나는 것과 어느 게 더 자기 자신에게 이득일까? 본인이 더 잘 알겠지."

곧 운소명은 일어나 밖으로 나갔다.

끼이익!

문을 여는 기이한 소리가 장홍치의 귓가를 때렸다. 하지만 장홍치의 눈빛은 변함이 없었다. 무공을 수련하면 할수록 정신력도 그만큼 단련되게 마련이다. 장홍치는 아무리 돈을 받고 일을 하는 입장이지만 한 번 함께한 그 의리를 지키고 싶어했다.

고문을 견디다 죽으면 그만이었다. 그게 무서워 운소명의 질문에 답한다면 눈앞의 이득만 챙기고 자기 살길만 생각하는 사과와 다를 게 없다고 여겼다.

끼이익!

문이 열리는 날카로운 소성과 함께 운소명은 다시 들어왔다. 들어온 운소명의 손에는 큰 가죽 주머니가 들려 있었는데, 걸을 때마다 안에서 들리는 쇳소리가 장홍치의 귀를 간지럽혔다.

"지금부터 시작할 건데 시작하기 전에 미리 말해둘 게 있어."

장홍치가 쳐다보자 운소명은 천천히 다시 말했다.

"한 번 시작하면 언제 끝날지 모르니까 지금 선택을 해. 고문을 당할 건지, 아니면 내 질문에 친절하게 대답해 줄 건지 말이야."

장홍치는 그 말에 운소명을 차갑게 노려보았다. 어차피 대답도 못하는 입장이었기 때문에 말을 할 수는 없었다. 그렇다고 그 의지를 모를 운소명이 아니었다.

운소명은 고개를 끄덕이며 곧 가죽 주머니에서 수리검부터 시작해 작은 바늘까지 여러 가지 도구들을 꺼내놓았다. 장홍치의 눈앞에 보여주기 위해서다.

"솔직히 그렇지 않아? 금산장에서 돈으로 고용되었을 텐데, 돈 때문에 일을 하는 거라면 굳이 몸까지 버려가면서 의리를 지킬 필요가 있을까? 가족이 잡혀 있다면 문제겠지만, 그게 아니라면 자기 몸 하나 간수하는 게 가장 좋은 방법이지 않을까? 지금 내 질문에 친절히 대답해 준다면 네 몸에 털끝 하나 상처 없이 보내줄 생각이다."

상처없이 보내준다는 말에 끌렸을까? 장홍치의 눈빛이 흔들렸다. 그것을 모를 운소명이 아니었기에 재빠르게 입에 물린 자갈을 풀어주었다.

"쿨럭! 쿨럭!"

입에서 흘러내려 턱이 침으로 범벅된 장홍치는 기침을 멈춘 후 운소명을 쳐다보았다. 운소명은 의식적으로 장홍치의 시선을 피하며 단도를 들어 도날을 살펴보았다.

"네놈 이름은?"

"운소명."

장홍치는 운소명이란 이름을 듣자 잠시 놀란 듯 보였다.

"우리가 쫓고 있는 놈에게 잡힐 줄이야. 이거 놀랍군."

"단지 재수가 없었을 뿐이지."

운소명의 말에 장홍치는 고개를 끄덕였다. 그의 말처럼 재수가 없었다. 운소명의 흔적을 따라갔는데 마불과 만날 줄은 그도 몰랐기 때문이다. 마른하늘에 날벼락을 맞은 격이었다.

"어차피 고문 후엔 죽일 생각 아니었나?"

장홍치의 물음에 운소명은 피식거리며 대답했다.

"고문 후에 살려 보내지. 그래야 네가 금산장에 돌아갈 게 아닌가? 나는 마음 편하게 그 뒤를 따라가고. 후후."

"금산장에 원한이라도 있는 건가?"

"없어. 그냥 금산장주가 싫을 뿐이야."

운소명의 대답에 장홍치는 안색을 찌푸렸다. 아무런 이유도 없이 금산장을 적대한다는 게 말이 안 되었기 때문이다.

배신자들 231

"아까 말한 것에 거짓은 없어. 대답만 잘해주면 말이야."
"조건이 있다."

장홍치의 말에 운소명은 아미를 찌푸렸다. 지금 상황이 어떤 상황인지 장홍치는 잘 모르는 것처럼 보였기 때문이다.

"흥정은 내가 하는 거지 네가 하는 게 아닐 텐데?"

입장의 차이를 보여주려는 듯 운소명의 목소리에 살기가 묻어나오자 장홍치는 미소를 입가에 그리며 말했다.

"내가 내건 조건은 다른 게 아니다. 내가 한 말도 진실이란 것만 알아달라는 것이다. 금산장에 대해서 내가 아는 것은 한계가 있거든. 그 한계를 넘은 것을 물어왔을 때 모른다고 하면 네가 믿어줄까?"

장홍치의 말에 운소명은 잠시 생각하더니 고개를 끄덕였다. 이미 자신이 알고 있는 모든 것을 털어내려고 마음먹은 장홍치였다. 그 점을 인식한 운소명은 곧 입을 열었다.

"일리있는 말이야. 좋은 지적이군그래. 후후. 네 말대로 내 질문에 대답 못할 수도 있겠어. 자기소개나 간단히 하겠나?"

운소명의 물음에 장홍치는 빠르게 대답했다.

"이름은 장홍치. 소속은 금산장 무천대의 대주로 강호에선 혈월신객이라 불렸지. 무천대는 금산장주가 돈으로 무사들을 고용해 만든 것으로 명문정파의 제자들이 많다."

"명문에서 무공을 배웠으나 돈이 없어서 고용된 것이란 소리군."

장홍치가 고개를 끄덕였다. 운소명은 장홍치라는 이름을 듣는 순간 혈월신객을 떠올렸다. 그리고 그가 스스로 혈월신객이란 별호로 불린다고 했을 때 그가 오 년 전 사라진 젊은 무인이란 것을 알았다. 절강성에서 큰 명성을 얻고 있던 그가 갑자기 사라진 것이었다.
　"이름 높은 무인이로군. 무당의 제자로 꽤나 명성을 날리다가 갑자기 실종됐더니, 금산장에 있었군."
　"돈이 필요했을 뿐이다."
　장홍치의 대답에 운소명은 고개를 끄덕였다. 하지만 왜 돈이 필요해서 금산장에 들어갔는지 그 이유는 묻지 않았다. 개인 사정을 물을 필요가 없었기 때문이다. 중요한 것은 금산장의 정보였다.
　"금산장주의 취미나 그의 무공에 대해서 아는 게 있나?"
　"금산장주에 대해서 아는 것은 거의 없다. 하지만 금산장에서 금산장주보다 더 조심해야 할 상대가 있다면 허숙이다."
　"허숙?"
　"총관이지."
　운소명은 장홍치의 말에 허숙이란 이름을 상기했다. 하지만 특별하게 생각나는 게 없었다.
　"나도 그에 대해선 잘 모른다. 하지만 나를 고용하고 무천대를 조직한 인물이 허숙이다."

"그렇군."
 잠시 고개를 끄덕인 운소명은 곧 다시 물었다.
"금산장의 장로들은 몇 명이나 있나?"
"나도 잘 모른다. 하지만 은퇴한 노고수들이 상당수 있는 것은 알고 있다. 거기다 사파의 마인들도 금산장이 아닌 다른 곳에 살고 있는 것으로 알고 있다."
"그들이 누구인지, 몇 명인지는 모르고?"
"내가 아는 사람들은 몇 없다. 물론 몇 명인지 나는 모른다."
"그들의 별호는?"
 장홍치는 운소명의 물음에 곧 별호들을 나열하며 자신이 알고 있는 이름들을 말해주었다. 그렇게 운소명과 장홍치의 대화가 계속 이어지고 있었다.

　　　　　*　　　*　　　*

 울창하고 빽빽하게 늘어선 숲을 빠져나오자 꽤 큰 산이 일행의 앞을 막아서고 있었다. 마차를 중심으로 앞뒤로 늘어선 무사들은 위풍당당한 눈빛으로 길을 따라가고 있었으며, 마부석에 앉은 두 명의 여자는 끝없는 수다로 시간을 보내고 있었다.
"육대산의 초입에 들어섰습니다."

묵직한 목소리가 마차의 휘장을 넘어 곡비연의 귀로 들어왔다. 그러자 곡비연은 휘장을 열고 말을 타고 있는 사십대 중반의 중년인에게 말했다.

"쉴 곳을 찾기로 해요."

"예."

백 명의 호위무사를 이끄는 백문원 직속의 백원대 대주인 검명패산(劍鳴敗散) 장나열은 곡비연의 명령에 수하들을 독려하며 앞으로 나아갔다. 그 모습을 보던 곡비연은 곧 휘장을 내리고 마주 앉은 손수수를 향해 물었다.

"귀주인데, 아직까지 이렇다 할 적은 없는 것 같네요."

"그렇다 해도 안심할 수 없어요. 무림이란 곳이 언제 어떻게 변할지 모르는 곳이니까요."

손수수의 말에 곡비연은 고개를 끄덕였다.

"그런데 창천궁은 어떤 것 같나요? 우리와는 친척이라고도 볼 수 있는 관계인데, 썩 우리를 좋아하는 것 같지 않아서요."

손수수가 말하자 곡비연은 천천히 말했다.

"그런 것 같아요. 궁 내에서 백화성과 관계를 깊게 가져야 한다고 말하는 사람들과 무림맹과 관계를 가져야 한다고 말하는 사람들이 두 패로 나뉘어 알게 모르게 싸우고 있는 것처럼 보였어요. 아마도 조만간 그들도 어떤 결단을 내리겠지요. 우리와 함께할지, 아니면 지금까지의 모든 관계를 끊고 무림맹과 함께할지."

"무림맹과는 함께할 순 없을 거예요. 아무리 중립을 지킨다고 하나 무림맹이 그들을 받아줄 만큼 도량이 넓은 곳도 아니고요."

그 말에 곡비연은 가볍게 미소를 보이며 고개를 끄덕였다.

"하나씩 해갈지도 모르지요. 우리가 나가기 전에 해남파에서 사람이 온 것으로 알고 있어요. 물론 우리에겐 알리지 않았지만 백원대의 대원들이 본 모양이에요."

"음……."

손수수는 그 말에 미미하게 고개를 끄덕이며 짧은 숨을 내쉬었다. 곧 마차가 멈추자 곡비연과 손수수는 마차에서 내려 노숙을 준비하는 무사들과 함께 움직였다.

다음날 아침이 되자 육대산에서 나온 열 명의 무사가 곡비연을 반겼다. 육대산에서 연락을 받고 미리 출발한 일행들로, 귀주 분타주인 귀수(鬼手) 윤반회가 직접 무사들을 이끌고 나왔다. 사십대 초반의 윤반회는 짧은 수염을 기른 조금 작은 키의 인물로 손이 너무 빨라 귀신같다 해서 귀수라 불렸다.

그들과 함께 저녁이 돼서야 육대산의 귀주 분타로 들어간 곡비연은 가장 안쪽의 별원으로 안내되었다. 곡비연과 노화와 안여정이 함께했고 손수수는 따로 별원을 둘러보며 문제점이 없는지 확인하였다.

한 바퀴 별원을 돌아본 손수수는 월동문의 밖에 서 있는 네

명의 무사에게 다가갔다. 백원대의 무사들로 보이지 않았기 때문이다.

"분타의 식구들인가요?"

"예? 예, 그렇습니다."

갑작스러운 물음에 놀란 무사들이 잠시 당황하다 허리를 숙이며 대답했다. 손수수는 고개를 끄덕이며 다시 말했다.

"우리와 함께 온 백원대는 어디에 있나요?"

"잠시 쉬신 후 저희와 교대하기로 되어 있습니다."

"아……."

손수수는 그들도 피곤할 거란 생각에 그들의 의무에 대해서 호되게 이야기를 하려다 그만두었다.

"저기 오시네요."

막 신형을 돌리려던 손수수는 담장을 따라 이십 명의 무사가 가까이 다가오자 고개를 끄덕였다. 모두 백원대의 무사들로, 분타의 무사들과는 달리 눈빛이 날카롭고 늠름했다. 무공의 차이가 어느 정도 나는 것을 한눈에 알 수 있었다.

"손 위사님을 뵙습니다."

"근무는 어떻게 되는 건가요?"

가장 앞선 청년의 인사에 손수수가 물었다. 그러자 청년이 빠르게 말했다.

"이십 명씩 오 교대로 이 주변을 지킬 것입니다."

"고생이 많네요. 수고하세요."

"예!"

청년의 우렁찬 대답에 손수수는 고개를 끄덕이며 안으로 들어갔다. 그녀가 들어가는 모습을 잠시 쳐다보던 청년은 자신도 모르게 혀를 내밀어 입술을 훔쳤다. 곧 신형을 돌린 그는 다른 무사들과 함께 주변을 지키기 시작했다.

"역시 목욕이 좋다니까."
"오랜만에 푹 빠졌어. 후후."

노화와 안여정이 목욕을 마친 후 행복한 표정으로 방 안으로 들어오다 문 앞에 서 있는 손수수를 발견하곤 놀란 듯 걸음을 멈추었다.

"목욕 안 하세요?"
"며칠 동안 물에 안 들어가서 땀 때문에 힘드실 텐데, 지금 원주님께서 목욕 중이세요. 함께하시는 것도 좋을 텐데요?"

안여정과 노화가 번갈아 말하자 손수수는 고개를 저으며 말했다.

"백무원주나 묵가에서 귀주 분타주에게 손을 썼을지도 모르니 옷을 갈아입는 즉시 정탐이라도 하고 오겠니? 아니면 정보처에 가서 본 성과 주고받은 전서라도 있는지 확인하고."

노화와 안여정이 그 말에 눈을 반짝이며 고개를 끄덕였다.

"예."
"그렇게 하겠습니다."

곧 그녀들이 방 안으로 들어가자 잠시 창을 통해 밖을 보던 손수수는 고개를 저으며 다시 말했다.

"아니, 지금 가지 말고 밤에 가거라. 밤에 움직이는 게 더 수월할 테니."

"그럴까요?"

"낮잠이라도 자. 저녁을 먹은 후에 움직이고."

손수수가 안여정의 물음에 미소를 보이자 노화와 안여정은 밝게 웃었다. 아닌 게 아니라 목욕을 막 끝낸 후라 몸이 나른했기 때문이다.

곡비연이 나가자 욕탕에 들어온 손수수는 홀로 물속에 앉아 천장을 응시했다.

'우리의 위치를 알아야 할 텐데. 육대산을 알 테니, 이리 올 텐데. 아니면 정말 안 오거나.'

손수수는 문득 운소명이 떠오르자 여러 가지 생각들이 머리를 스치고 지나쳤다. 꽤 오랫동안 서로 떨어져 지내다 보니 마음도 조금은 멀어진 상태였다. 늘 옆에 있었을 때 자신이 했던 행동들과 그의 행동들을 떠올리며 고개를 저은 손수수는 자신도 모르게 아랫배를 만졌다.

"애라도 가졌다면, 지금 이렇게 살고 있었을까?"

문득 그런 생각이 들었다. 만약 그곳에서 운소명의 아이를 가졌다면 자신의 미래나 운소명의 미래도 달라졌을 것이다.

"휴우……."

 자신도 모르게 숨을 길게 내쉰 손수수는 운소명이 안 올 거란 생각에 더욱 무게를 두기 시작했다.

 보고에서는 분명 운소명에게 뜻을 전했다고 들었다. 하지만 그 이후의 결정은 운소명에게 달렸다. 그것까지 막을 수는 없었다. 하지만 백화성으로 돌아가는 날까지 운소명이 안 찾아온다면 중원으로 나갈 생각을 하였다.

 배신감으로 자신을 농락한 운소명을 용서할 수가 없었다.

 '기다리기도 힘들군.'

 손수수는 다시 한 번 짧게 숨을 내쉬며 고개를 저었다.

 호롱불 하나만 밝혀진 실내엔 두 사람의 중년인이 앉아 있었다. 한 사람은 검명패산(劍鳴敗散) 장나열이었고 다른 한 사람은 귀주 분타주인 귀수 윤반회였다.

 둘의 주변엔 아무도 없었으며 바람 부는 소리조차 들리지 않았다. 창문도 모두 닫은 상태에서 둘은 조용히 밀담을 나누고 있었다.

 "이게 백무원주님이 보낸 서신이오."

 윤반회는 서신을 꺼내 장나열에게 보여주었다. 장나열은 서신을 읽으며 눈을 반짝이기 시작했다. 서신의 내용은 곡비연을 죽이라는 것이었고 성공할 시 원하는 자리에 앉혀주겠다는 약속이었다.

"혹시 몰라 아직 태우지 않았소이다."

윤반회는 눈을 반짝이며 말했다. 혹시 일이 잘못될 경우를 대비해 가지고 있을 생각이었기 때문이다. 그러자 장나열은 가볍게 미소를 그리다 서신을 구겨 손안에 쥐었다.

"……!"

윤반회의 안색이 그 갑작스러운 행동에 놀란 듯 변하였다.

"장 대주."

화륵!

순간 서신이 불꽃과 함께 손안에서 타오르자 윤반회는 어이없다는 듯 불타 재로 변한 서신의 흔적과 장나열을 번갈아 쳐다보았다. 그러자 장나열이 입을 열었다.

"백무원주님께 협박이라도 할 생각이었소?"

"그게 무슨 말이오? 만약이란 게 있지 않소이까? 일이 잘못되면 어찌하려고 하시오? 곡 원주를 못 죽이면 그거라도 보여줘야 하지 않소이까?"

윤반회의 말에 장나열은 차갑게 미소를 보이며 말했다.

"만약은 없소이다. 거기다 보여준다고 해서 목숨을 부지할 수 있다고 보시오? 우리에겐 두 가지의 길이 있소. 백무원주님을 따르는 길과 죽음이란 어두운 길이오."

"음……."

윤반회는 침음을 흘리며 안색을 구겼다. 그러자 장나열이 다시 말했다.

"나도 언제까지 대주로 앉아 있을 수는 없소이다. 이 나이에 냄새나는 젊은 년들에게 허리 숙이며 뒤치다꺼리나 하면서 살 수는 없소이다. 곧 원주가 성주가 된다 해서 내 위치가 달라질 것 같소? 나는 대주로 살다 은퇴해야 할 운명이오. 하나 백무원주는 내게 각주의 자리를 약속했소이다. 이번 일만 성공하면 말이오. 우린 어차피 같은 운명이 아니오?"

장나열의 말에 윤반회가 미미하게 고개를 끄덕이며 눈을 빛냈다. 장나열은 뛰어난 무공 실력을 지녔으면서도 백화성에서 크게 대우를 받지 못한 인물이었다. 이유가 있다면 그의 부모가 중원에서 온 난민이라는 것 때문이다.

그래도 백문원의 직속인 백원대의 대주라면 대단히 높은 자리였다. 백문원주의 직속이기에 성주와 백문원주의 명령만 따르면 되는 곳으로, 꽤 많은 자유가 보장된 곳이었다. 젊은 후기지수들에겐 선망의 대상이 되는 곳 중 하나가 백원대였다.

그런 백원대의 대주라는 자리도 만족하지 못한 장나열이었다.

"설마, 그 정도로 백원대의 대주이신 장 대주를 회유했겠소? 이 상태로 가만있어도 좋을 텐데?"

"그 정도면 내겐 충분한 이유가 되오."

장나열의 말에 윤반회는 고개를 끄덕이며 말했다.

"각주 급이 되려면 적어도 그들 씨족들과 피를 섞여야 할 터인데… 그냥 될 리가 없지 않소? 백무원주에겐 꽤 미인인 조카들이 있다 들었는데, 혹시 사위가 되시는 게 아니오?"

윤반회의 말에 정곡이 찔린 것일까? 장나열은 안색을 굳혔다. 그 모습에 윤반회는 수염을 쓰다듬으며 다시 말했다.

"축하드리오."

"고맙소."

잠시 윤반회를 쳐다보던 장나열은 의외로 윤반회가 날카롭다는 생각이 들었다.

'분타주의 자리에 아무나 앉는 것은 아니지.'

장나열은 속으로 그렇게 생각하며 말했다.

"이 이야기는 이제 그만하고 앞으로 어떻게 할지를 말해봅시다."

"그럽시다. 우리 분타의 대원들만 이백이오. 대주의 무사들까지 합치면 총 삼백의 인원이오. 이 정도의 인원이면 아무리 손 위사의 무공이 뛰어나다 해도 곡 원주를 지키지는 못할 것이오. 아니, 대주께서 손 위사의 발목만 조금 잡아준다면 나머지는 잘 풀릴 것 같소이다."

"그럴 생각이오. 하나, 본 성에서 성주님이 직접 직위를 내려준 여자요. 조심해야 할 것이오. 나 혼자만으로 벅찰지도 모르오. 그러니 분타주도 도와야 할 것이오."

"그렇게 합시다."

윤반회가 고개를 끄덕였다. 아무리 생각해도 손수수의 존재가 마음에 걸렸기 때문이다. 영비위란 직위를 가지고 호위로서 곡비연의 옆에 와 있다는 것은 그만큼 뛰어난 무공을 소유했다는 증거였기 때문이다. 그녀의 무공이 어느 정도인지 아직 본 적이 없었기에 추측하기 어려웠다. 그게 마음에 걸리는 유일한 점이었다.

"나머지 둘은 수하들이 적당히 상대하면 될 것 같소."

장나열의 말에 윤반회가 고개를 끄덕이며 물었다.

"그런데 언제 시작할 생각이오?"

"내일 새벽, 동이 트기 전."

장나열의 대답에 윤반회는 미소를 보였다. 생각보다 빠르게 결정하려는 것 같았기 때문이다.

"너무 이른 게 아니오?"

"오늘 도착했기 때문에 내일 새벽이 가장 경각심이 풀렸을 때일 것이오. 몸이 피곤한 상태에서 한없이 쉬고 싶을 시기이기 때문이오. 갑작스러울 테니 당황할 것이오. 아무리 곡 원주가 뛰어난 인물이라 해도 무공 수준은 별볼일없지 않소이까?"

"알겠소이다. 우리도 준비를 하겠소. 그런데 시작은 누가 할 것이오?"

"내가 할 것이오."

장나열의 말에 윤반회가 고개를 끄덕였다. 그리곤 인원 배치부터 그녀들이 탈출했을 때 어떻게 대처하는지에 대해서도 이야기를 하기 시작했다. 꽤 긴 이야기가 오랫동안 그들 사이에서 오갔다.

밝은 불빛 아래에 손수수와 곡비연이 서로의 얼굴을 마주보며 앉아 있었다. 주변에 시비들도 없었고 풀벌레 소리만이 창을 통해 둘 사이로 날아들어 왔다.
 곡비연은 책을 보고 있었고, 손수수는 차를 마시며 조용히 상념에 잠겨 있었다. 책을 보던 곡비연은 손수수가 평소와 다르게 표정이 무거워 보이자 궁금한 듯 물었다.
 "문제라도 있나요? 무슨 생각하는지 궁금한데요?"
 곡비연의 물음에 손수수는 상념에서 깨어나 고개를 저었다.
 "아무것도 아니에요."
 손수수는 여전히 운소명의 모습이 머릿속에서 떠나지 않고 있자 기분이 나빠지고 있었다. 왜 자신이 그를 생각해야 하는지도 모르겠고 아직도 찾아오지 않는 운소명이 야속하게 느껴졌다.
 '그때 그 맹세와 나에 대한 모든 것이 거짓이란 말인가.'
 그런 생각에 마음은 심란했다. 시간이 지나면 지날수록 그런 생각은 더욱 커질 것이고 불안감도 함께 자랄 게 분명했다.
 "무슨 생각을 그렇게 오래 하는지 정말 궁금하네요."

곡비연이 다시 말하자 손수수는 미소를 그리며 다시 한 번 고개를 저었다.

"정말 아무것도 아니에요."

손수수는 찻잔을 내려놓으며 곡비연의 시선을 피했다.

'이 상황에서 남자를 생각했다고 말할 수는 없지.'

곡비연의 가끔 사람의 마음을 꿰뚫는 것 같은 눈빛이 부담스러웠다. 손수수는 곧 그 생각을 털어버리고 곡비연을 향해 물었다.

"전부터 궁금한 게 있었어요."

"뭔가요?"

"만약 성주가 못 된다면 묵 각주와 함께 살 건가요?"

손수수의 질문이 급작스러웠을까? 곡비연은 씁쓸히 고개를 저으며 말했다.

"힘들겠지요. 만약 그리된다면 좋겠지만 과연 묵가에서 가만히 있을까요? 성주에서 떨어진 여자를… 가만 놔둘 리가 없지요. 거기다 묵 소협의 자존심도 있는데."

낮게 중얼거린 곡비연은 조금 두렵다는 듯 창밖을 쳐다보았다. 앞으로 결과가 어찌 되든 그녀에겐 힘든 시간이 기다리고 있었다.

"성주가 되실 거라 저는 확신해요."

그런 곡비연을 향해 손수수가 밝게 미소를 보이며 말하자 곡비연도 힘이 나는지 고개를 끄덕였다.

"고마워요."

곡비연의 말에 손수수는 창밖을 쳐다보며 중얼거렸다.

"조금 늦네."

"네?"

"여정과 노화에게 일을 좀 시켰거든요."

손수수의 대답에 곡비연은 고개를 끄덕였다.

'어쩐지 안 보이더라.'

그녀는 그렇게 생각하면서도 어떤 일을 시켰는지 손수수에게 묻지 않았다. 손수수가 시킨 일이 자신에게 해가 되는 것이 아무것도 없었기 때문이다. 오히려 득이 되면 득이 되었다. 또한 손수수는 자연스럽게 보고를 해주었다.

뚜벅! 뚜벅!

발소리가 들리자 손수수는 눈을 반짝였다. 노화의 발소리였기 때문이다. 곧 방문을 열고 노화가 들어와 허리를 숙였다.

"다녀왔습니다."

"앉아요."

곡비연의 말에 노화는 곧 의자에 앉았다. 그러자 손수수가 곡비연에게 말했다.

"혹시 몰라 이곳 귀주 분타를 조사하라 시켰어요. 외부의 적보다 내부의 적이 더 무서운 법이니까요."

"그렇지요."

배신자들 247

곡비연은 그 말에 눈을 반짝이며 고개를 끄덕였다. 자신과는 다르게 내부의 사람이라도 잘 믿지 못하는 손수수의 행동 때문이다. 어찌 보면 손수수에겐 당연한 일이지만 곡비연에겐 조금 반감이 있었다. 같은 형제들이었고 식구들이었기 때문이다. 그런 식구들조차 의심해야 한다는 게 그녀의 성격엔 맞지 않았다.

그리고 그러한 자신의 생각을 알고 있는 손수수였기에 귀주 분타의 조사에 대한 보고를 늦게 한 것이라고 생각했다.

"어땠어?"

손수수의 물음에 노화가 빠르게 대답했다.

"특별한 점이 없었습니다. 본성과의 전서 중에도 이상한 점이 없었구요."

노화의 대답에 손수수는 고개를 끄덕였다. 그러자 곡비연이 말했다.

"너무 식구들을 의심하는 것도 안 좋아요. 내부의 적이 무섭다곤 하나 그건 어디까지나 최후의 최후에 생각해야 할 사항이에요."

곡비연의 말에 손수수는 할 말이 없는 듯 고개를 끄덕이며 대답했다.

"그렇지요. 확실히 제가 조금 성급했을지도 모르겠군요."

곧 시선을 다시 노화에게 돌린 손수수가 말했다.

"여정이가 좀 늦네?"

"저도 잘 모르겠어요. 지금 타주의 방에 간 것 같은데."
"흐음, 그렇단 말이지."
손수수는 가만히 고개를 끄덕이며 노화에게 다시 말했다.
"고생했어. 들어가서 쉬어."
"그럼."
노화가 곧 자리에서 일어나 자신의 방으로 가자 곡비연이 손수수에게 말했다.
"제 안전 때문에 그러는 것은 아는데 가끔 손 위사는 지나칠 때가 있는 것 같아요. 형제들조차 의심하는 건 좋지 않은 거예요."
곡비연이 강조하듯 말하자 손수수는 인정한다는 듯 대답했다.
"저도 마음이 편하지는 않아요. 하지만 의무다 보니 제 입장에선 어쩔 수 없는 일이에요. 조금 지나쳐 보여도 이해해 주세요."
손수수가 미소를 보이며 말하자 곡비연은 웃으며 고개를 끄덕였다.
"크게 그들에게 손해가 가는 게 아닌데 반대할 이유는 없지요. 다 제 안전을 위해서인데, 그냥 그렇다는 말이에요. 제 뜻이 그렇다고만 알아주셨으면 해요."
"물론이지요."
손수수가 대답하자 곡비연은 곧 다시 책을 보기 시작했다.

그리곤 한참이 지나도록 안여정은 나타나지 않았다.
"후암!"
곡비연이 하품과 함께 책을 덮자 손수수는 자리에서 일어섰다. 자정이 지났기 때문에 안여정의 안위가 걱정되기 시작한 것이다.
곡비연은 그런 손수수의 심정을 모르는지, 기지개를 켜며 말했다.
"저는 자야 할 것 같은데……."
"제 방으로 가지요. 편히 주무세요."
"그럼 내일 아침에 봐요."
"예."
손수수는 곡비연의 방에 불이 꺼진 것을 확인한 후에야 빠른 걸음으로 자신의 방으로 들어갔다.
방 안에 들어가서도 손수수는 잠을 안 자고 어두운 실내의 한쪽에 마련된 의자에 앉아 안여정을 기다렸다. 이 안에 있는 이상 그녀가 올 곳은 이곳밖에 없었다. 그리고 얼마 지나지 않아 바람 소리와 함께 안여정의 신형이 창을 넘어 들어왔다.
"늦었구나."
안여정은 어둠 속에서도 손수수가 잘 보이는지 그 앞에 놓인 의자에 앉으며 말했다.
"죄송해요. 워낙 이야기가 길다 보니 늦었어요."
"이야기?"

"네. 분타주와 대주의 이야기요."

"둘이 연인도 아닌데 이 늦은 시간까지 무슨 이야기를 그리 나눈단 말이냐?"

안여정은 그 말에 가볍게 미소를 그리며 대답했다.

"배신이죠."

"……!"

안여정의 짧은 말에 손수수의 눈빛이 달라지자 안여정은 빠르게 말했다.

"백무원주의 사주를 받은 백원대주와 귀주 분타주는 다가오는 새벽에 저희들을 공격한다고 하네요."

"그런 이야기를 들었으면 빨리 올 것이지, 느긋하구나?"

"움직일 수가 없었어요. 조금이라도 움직이면 장나열에게 들킬 테니까요."

"음……."

손수수는 고개를 끄덕이며 안여정의 말을 인정했다. 장나열의 무공은 백화성에서도 손에 꼽기 때문이다. 그는 분명 절정의 고수였다. 단지 출신 때문에 대주에 머무는 것뿐이지 출신만 좋았다면 각주가 되었을 것이다.

"그 외에는?"

그들의 배신에 놀라 당황할 만도 했으나 손수수와 안여정은 마치 노고수들처럼 차분했다. 그럴 수밖에 없는 것이 암화단에서 이보다 더한 상황도 겪어본 그들이었다. 산전수전 다

겪은 그녀들이었기에 침착하게 대응하는 게 가장 이롭다는 것을 알고 있었다.

"이야기를 종합해 보면, 장나열에게 백무원주는 각주의 지위를 약속하면서 조카들 중의 한 명과 짝을 지어준다는 말도 한 모양이에요. 그 조카가 누구인지 정확하게는 모르겠어요. 또 분타주에겐 성에 들어올 수 있게 해준다고 약속한 모양이에요. 물론 다른 지역의 분타주가 될 수도 있게 해주고요."

"아직 성주도 안 되었으면서… 쯧! 자기 마음대로군."

손수수는 혀를 차며 눈살을 찌푸렸다.

"노화를 깨워. 나는 원주님을 모실 테니. 물품을 챙기고 일 다경 후 내 방에서 다시 만나자."

"예."

안여정은 대답과 동시에 바람처럼 창을 통해 사라졌다. 손수수는 곧 조용한 걸음으로 곡비연의 방을 향해 갔다. 이곳을 소리없이 새벽이 오기 전까지 최대한 멀리 가야 했다. 적어도 두 시진의 시간은 벌 수 있었기에 다행이라 여겼다.

"믿을 수가 없네요."

곡비연은 매우 놀란 표정으로 어둠 속에 서 있는 손수수를 쳐다보았다.

"길게 설명할 시간은 없으니 일단 이곳을 빠져나간 후에 이야기하기로 해요."

"혹시 잘못 들은 건 아닌가요?"

곡비연의 물음에 손수수는 고개를 저었다.

"이런 중요한 사안을 잘못 들어 제게 보고할 정도로 여정은 멍청하지 않아요."

손수수의 말에 곡비연은 아미를 찌푸리며 여전히 믿지 못하겠다는 표정으로 말했다.

"분타주라면 모르나 장 대주는 절대 그럴 사람이 아니에요. 그는… 백원대의 대주라고요. 백문원의 직속인, 제 사람이에요."

곡비연의 목소리가 조금 높아졌다. 손수수는 곡비연의 심정을 조금은 알 것 같았기에 잠시 입을 닫았다. 곡비연은 조금 정신이 없는 사람처럼 잠시 서성이다 말했다.

"믿지 못하겠어요. 기다려 봐요. 그때까지… 그게 정말인지……."

그 말에 손수수는 조금 답답한 듯 말했다.

"기다렸다가는 늦어요. 그들의 공격을 감당할 만큼 저희들은 수가 많지 않아요. 단 셋이에요, 셋."

세 명을 강조하자 곡비연은 안색을 굳혔다. 자신을 제외했기 때문일까?

"저도 제 한 몸 지킬 정도는 돼요."

"원주님을 무시하는 게 아니라 이런 개싸움을 경험하지 못한 원주님께선 당황하실 게 분명해요. 실전과 무공 수련은 전혀 다른 거에요."

손수수의 말에 곡비연은 고개를 저으며 말했다.

"손 위사의 말은 잘 알겠어요. 하지만 저는 제 눈으로 확인하고 싶어요. 정말… 장 대주가 아림의 사주를 받았는지……."

손수수는 안색을 찌푸렸으나 곡비연이 이렇게까지 말하면 방법이 없다는 것을 알았다. 그렇다고 마냥 앉아서 기다릴 수는 없었다.

"저희 왔습니다."

문밖에서 노화와 안여정의 목소리가 들리자 손수수는 곡비연을 향해 말했다.

"일단 옷은 입으세요. 움직이기 쉬운 경장으로 하시는 게 낫겠네요."

"그렇게 할게요. 그리고 제가 최대한 설득해 볼게요. 서로가 형제인데 피 흘리며 싸울 필요가 있을까요? 만약 그가 아림과 손을 잡았다면 설득해서 우리 편으로 다시 만들어야죠. 어차피 제 사람이니까요."

곡비연의 확고한 대답에 곧 손수수는 짧게 한숨을 내쉬며 내실로 나가 가벼운 차림을 한 노화와 안여정을 쳐다보았다.

"원주님께선 눈으로 확인하고 싶으신 것 같다. 정말 백원대의 대주인 장 대주가 자신을 배신했는지 말이야."

"네?"

"그런……."

노화와 안여정은 조금 놀란 듯 눈을 동그랗게 떴다. 하지만 더 이상 토를 달지는 않았다. 원주의 뜻이 그러하다면 따라야 했기 때문이다. 하지만 손수수의 의도는 알고 싶었다.

"어떻게 하실 겁니까?"

"글쎄. 마냥 기다릴 수는 없지. 너희는 뒷담에 눈에 안 띄게 구멍을 만들고 오너라."

"알겠습니다. 시간이 된다면 간단한 함정이라도 만들까요? 크게 피해를 주지는 못하겠지만 조금이라도 시간은 벌 수 있을지 모르잖아요?"

안여정의 말에 손수수는 고개를 끄덕였다. 간단한 함정으로 얼마나 시간을 벌겠는가? 하지만 없는 것보다는 나았다.

"눈에 띄지 않게 움직이고."

"예."

대답과 함께 노화와 안여정이 소리없이 밖으로 나갔다. 그녀들이 나가자 곡비연이 붉은 경장 차림으로 나왔다. 그녀는 허리에 검을 차고 있었으며 경직된 표정이었다.

"원주님의 뜻대로 하겠어요. 하지만 그들이 공격을 해오면 당분간 제 뜻대로 움직이셔야 해요."

"그렇게 할게요. 그리고 고마워요."

손수수의 입장에선 당연히 지금 도망쳐야 했다. 그게 곡비연을 보호할 수 있는 최선이었기 때문이다. 하지만 곡비연의 의지로 남게 되었다. 기절을 시키거나 점혈을 해서라도 도망쳐야 했지만 손수수는 그렇게 하지 않았다. 곡비연의 의도를 최대한 존중했기 때문이다. 그것을 알기에 곡비연은 고맙다고 한 것이다.

고맙다는 말에 기분이 좀 풀린 것일까? 손수수는 짧게 한숨을 내쉬며 말했다.

"한 가지는 알아두셔야 해요. 강호에선 어떤 일이 일어나도 전혀 이상한 게 아니에요."

손수수의 말에 곡비연은 고개를 끄덕였다. 배신은 쉽게 일어난다고 받아들인 곡비연이었다. 손수수는 이번이 곡비연에게 좋은 경험이 될지도 모른다는 생각이 문득 들었다. 물론 그로 인해 고생을 좀 하겠지만 어디까지나 자신이 감당해야 할 몫이었다.

탁자 위엔 꽤 큰 함이 놓여 있었고 그 주변엔 네 명의 여자가 앉아 있었다. 창을 통해 하늘이 점점 푸르스름하게 변해오자 눈을 뜬 손수수는 함을 열었다. 함은 백화성에서 나올 때 챙긴 것으로, 필요할 때가 있을 거라 여기며 가져온 무기들이었다.

노화와 안여정은 이십여 개의 비수가 걸린 가죽 허리띠를 차고 양 허벅지에 단도를 찼다. 양팔에는 철갑을 차 방패를 대신했다. 또한 가죽 장갑을 끼고 허리에는 붉은 주머니를 찼다. 안에는 독질려(毒蒺藜)가 한가득 들어 있었다. 마지막으로 장검을 어깨에 찬 그녀들은 날카로운 눈빛으로 밖을 경계하기 시작했다.

"전쟁이라도 하러 가는 것 같군요."

곡비연이 그녀들의 모습에 조금 놀란 듯 말하자 안여정은 미소를 보이며 대답했다.

"살아남기 위해 준비하는 것뿐이에요."

곡비연이 고개를 끄덕이자 손수수가 말했다.

"너희는 만약에 그들이 공격해 오면 원주님을 모시고 움직여, 금방 뒤따를 테니. 혹시 내가 안 보이거든 너희끼리 사천으로 가라. 그리고 부영촌 인근의 관제묘에서 만나기로 하지. 그곳에서 합류해 장강을 넘자."

"예."

노화와 안여정이 눈을 반짝이며 고개를 끄덕였다. 곧 손수수가 함에 널린 무기들을 둘러보다 작은 상자 하나만 꺼내고 함을 닫았다. 작은 함을 보는 손수수의 눈빛이 미미하게 흔들렸다. 오랜만에 보는 상자였기 때문이다.

딸각!

곧 상자를 열자 수많은 붉은 점들이 그녀의 눈을 어지럽혔다.

"혈아(血牙)……."

가만히 중얼거린 손수수는 과거 대파산의 백룡곡에서 혈

아와 마주쳤을 때를 떠올렸다. 그게 운소명이었다는 것을 후에 함께 살면서 알게 되었다.

"혈아인가요?"

곡비연이 수십 개의 작은 장식들이 달려 있는 붉은 송곳니 같은 모습에 그 모양을 머릿속으로 그려보며 물었다.

"예, 맞아요."

손수수는 대답한 후 혈아를 꺼내 손목에 찼다. 그리곤 소매를 내려 혈아의 모습을 완전히 감추고 나서 함을 닫아 한쪽에 치웠다.

"움직이네요."

노화의 목소리에 손수수와 곡비연은 창밖을 쳐다보았다. 창밖으로 꽤 많은 무사들이 소리없이 담을 넘어 들어오는 것이 보였다.

"방원형이네요."

안여정이 그들이 일렬로 둥글게 늘어서는 것을 보곤 안색을 찌푸리며 말했다. 곡비연은 정말 분타의 무사들이 둥글게 별원을 겹겹이 포위하자 안색이 변했다. 자리에서 일어난 곡비연은 화난 표정으로 밖으로 나갔다. 그 행동에 손수수는 다시 한 번 아미를 찌푸렸다. 그들이 기습할 때를 기다려 공격하면 어느 정도 피해를 입힐 수가 있었기 때문이다.

"무슨 일로 이 새벽부터 온 것이냐?"

갑작스럽게 등장한 곡비연의 모습에 주변을 포위하던 무

사들의 표정이 굳어졌다. 그들은 설마하니 곡비연이 일어나 있을 거라 생각지 못했던 것이다.

"안 자고 있었소?"

무사들 사이로 윤반회가 앞으로 나섰다. 윤반회는 어제와는 달리 꽤나 공격적인 눈빛으로 곡비연을 쳐다보고 있었다. 곡비연의 옆으로 노화와 안여정이 호위하듯 서자 윤반회는 눈을 반짝이며 그녀들의 모습을 살폈다. 마치 알고 있었다라는 듯 완전무장한 모습에 윤반회의 아미가 조금 찌푸려졌다.

"이 새벽에 아무런 연락도 없이 오다니, 그 연유가 궁금하군요?"

"궁금할 게 어디 있겠습니까? 다 그렇고 그런 일이지요."

윤반회는 비릿한 조소를 입가에 걸며 주변에 늘어선 수하들을 한 번 훑어보았다.

"다 먹고살자고 하는 짓 아닙니까? 조용히 죽어주시면 고마울 것 같은데……"

윤반회가 정확히 자신의 뜻을 말로 전하자 곡비연의 눈빛이 차갑게 변하였다.

"정말 아 원주에게 충성을 바친 모양이군요? 믿지 않았는데… 외부의 적이 올 거라는 생각은 했지만 내부에서 이렇게 치고 올 줄은 몰랐어요. 혼란스럽네요."

정말 몰랐다는 듯 곡비연이 말하자 윤반회는 살기를 보이며 말했다.

배신자들 259

"대세의 흐름을 따를 뿐이오."

윤반회의 말에 곡비연은 크게 실망한 표정으로 윤반회를 쳐다보았다.

"장 대주는 어디에 있나?"

곡비연의 뒤에서 손수수가 모습을 보이며 묻자 윤반회의 눈빛이 차갑게 번들거리기 시작했다. 손수수가 그의 목표였기 때문이다.

"장 대주는 다른 곳에 있소."

"장 대주를 불러라."

"부를 이유는 없을 것 같은데?"

"할 말이 있다."

손수수가 다시 한 번 강조하며 말하자 윤반회는 고개를 저었다. 굳이 장나열과 대화를 나누게 할 필요가 없다고 여겼기 때문이다. 어차피 배신을 했다는 사실을 알게 되면 곡비연이 장나열이나 자신을 회유하려 할 것이란 점을 간파하고 있었다.

"나중에, 죽은 후에 말합시다."

농담처럼 윤반회가 말하자 손수수는 전신에 살기를 담기 시작했다. 죽은 후에 말을 할 수는 없었다. 윤반회가 자신들을 놀리고 있다는 것을 알았기에 더 이상 입을 열지 않았다.

"도대체 아 원주가 어떤 제의를 했기에 윤 타주 같은 사람도 감히 하극상을 선택한 것인지 모르겠군요. 거절하면 그만인 것을. 우리는 모두 같은 형제들이 아닌가요?"

곡비연의 낮은 목소리에 윤반회는 안색을 바꾸며 차갑게 말했다.

"형제? 우리가 형제였던가? 냄새나는 년들과 형제가 된 기억은 없는데?"

말을 마친 윤반회가 핑! 소리와 함께 눈앞으로 날아드는 비수를 보자 재빠르게 손을 움직였다.

탁!

비수를 검지와 중지로 잡은 윤반회는 노화를 노려보았다. 노화가 참지 못하고 비수를 던진 것이다.

"쳐라!"

윤반회가 비수를 소매 안에 감추며 외치자 일제히 무사들이 달려들기 시작했다. 그러자 손수수가 곡비연의 앞을 막으며 말했다.

"너희들은 먼저 가거라."

"예."

노화와 안여정은 대답과 함께 고개를 끄덕이며 먼저 움직였다. 그러자 윤반회가 번개처럼 손수수를 돌아 곡비연에게로 향했다.

"어딜 가려느냐!"

"흥!"

손수수의 신형이 미끄러지듯 움직이더니 윤반회를 향해

백색의 선과 함께 사라졌다.
 "헉!"
 윤반회의 안색이 대번에 굳어졌다. 손수수의 모습이 사라지고 하나의 점만이 눈에 보이자 윤반회는 젖 먹던 힘까지 다해 최대한 신형을 틀어 뒤로 움직였다.
 퍽!
 "크윽!"
 윤반회의 가슴을 스치며 검기가 지나가자 손수수의 모습이 눈에 들어왔다. 윤반회는 인상을 구기며 손수수를 노려보았다. 그 순간 손수수의 신형이 바람처럼 움직이며 곡비연에게 달려들던 무사들의 앞을 검기와 원을 그리며 막아섰다.
 퍼퍼퍽!
 무기와 함께 무사들을 베어버린 손수수는 주춤거리는 무사들을 쳐다보며 눈을 반짝이기 시작했다.
 쉬익!
 순간 윤반회의 신형이 십여 개의 잔상을 남기며 덮쳐 왔다. 초근접전으로 몰아갈 작정인 듯 기괴한 보법을 펼치기 시작한 것이다.
 무기를 들지 않은 윤반회였기에 접근전이라면 자신이 있었다. 그 행동에 손수수의 검이 원을 그리며 윤반회를 찔러갔다. 그 틈에 무사들이 곡비연을 덮쳤다.
 "크악!"

비명성이 메아리치며 귀주 분타의 무사들이 바닥에 쓰러졌다.

노화와 안여정의 손에는 검이 들려 있었으며 그녀들도 가볍게 볼 만한 인물들이 아니었다. 그 모습을 본 손수수는 윤반회의 쌍수가 옆구리를 찔러오자 재빠르게 몸을 회전시키며 검기로 윤반회의 손을 잘라갔다. 그러자 윤반회가 놀라 뒤로 물러섰다.

그 틈에 곡비연의 주변으로 몸을 날린 손수수는 백색 검광과 함께 곡비연의 주변을 한 바퀴 돌았다. 그러자 달려들던 무사들이 일제히 행동을 멈추며 눈을 부릅떴다.

"어서 가!"

손수수가 외치자 노화와 안여정은 고개를 끄덕이며 곡비연과 함께 밤에 만들어놓은 개구멍으로 향했다.

털썩! 털썩!

그제야 서 있던 무사들이 일제히 바닥으로 쓰러졌다. 그들은 자신들이 어떻게 죽었는지도 모른 채 눈앞에 그저 백색 섬광이 지나치는 것만 보았을 뿐이다. 그리고 섬광을 보았다고 생각할 때 그들의 심장은 손수수의 장검에 뚫리고 있었다.

"헉!"

윤반회는 놀라 두 눈을 부릅떴다. 손수수가 다시 눈앞에 나타났기 때문이다. 윤반회는 저도 모르게 뒤로 물러섰다.

"타주님!"

놀란 무사들 중 일부가 윤반회의 앞을 막으며 손수수를 덮쳤다. 그에 손수수의 신형이 빠르게 회전하며 십여 개의 검기를 달려드는 무사들에게 뿌렸다. 그 순간 그녀의 신형은 이미 무사들의 머리를 넘어 윤반회를 향하고 있었다. 잔상과 잔상이 함께 움직이는 기이한 모습에 윤반회의 눈빛이 흔들렸다.

'이형환위! 초절정!'

절로 머리를 스치는 생각이었다.

"장 대주는 뭐 하는 것이오! 어서 오시란 말이오!"

윤반회가 손수수의 무공에 놀란 듯 악에 받쳐 외쳤다. 하지만 백원대의 무사들은 어디에도 보이지 않았다. 그제야 자신이 장나열에게 속은 것이 아닌가 하는 생각이 들었다.

"크아악!"

달려드는 십여 명의 무사를 한순간에 베어버린 손수수는 미끄러지듯 윤반회를 향해 다가왔다. 그에 윤반회는 발을 빠르게 움직이며 잔상과 함께 귀수라 불리는 손으로 자신을 향해 날아드는 검끝을 쳐나갔다.

따다당!

손과 검이 마주쳤지만 금속음이 울렸다. 그만큼 강한 경력을 가지고 검을 휘두르는 윤반회였다. 하지만 여전히 손수수의 날카로운 검끝은 사라지지 않은 채 윤반회의 미간을 따라 움직이고 있었다.

"헉!"

윤반회는 이게 착각이 아닌가 하는 생각마저 들었다. 그제야 자신이 감당할 수 없는 고수란 생각이 들었던 것이다.

턱!

"헉!"

윤반회는 자신의 등이 벽에 닿자 순간 담벼락까지 도망친 것을 깨달았다. 더 이상 움직일 곳도 없었다. 바로 코앞에 검 끝이 있었기 때문이다. 그 너머로 차가운 눈빛의 손수수가 보였다. 또한 그 주변을 에워싸고 있는 자신의 수하들도 보였다. 곡비연을 잡으러 간 무사들도 있었지만 윤반회가 걱정되어 남은 무사들 또한 있었다. 그 남은 무사들이 일제히 손수수를 에워싼 상태였다. 하지만 손수수의 표정은 흔들림이 없었다. 오히려 무심할 정도로 차갑게 번들거리고 있었다.

"우리를 죽인다고 해서 아 원주가 너를 살려줄 것 같으냐?"

"훗! 모르지. 살려줄지도……."

퍽!

그 순간 윤반회의 목을 찌른 손수수의 검은 벽을 뚫고 반대편으로 나왔다. 멍하니 자신을 쳐다보고 있는 윤반회의 얼굴을 보던 손수수는 곧 검을 회수하며 신형을 돌렸다.

"후우……."

손수수는 잠시 숨을 길게 내쉬었다. 자신을 둘러싸고 있는 수많은 무사들의 모습 때문이다. 그들은 살기를 뿌리며 천천히 다가오고 있었다. 하지만 섣불리 움직이는 사람은 없었다. 손수수의 무공이 대단하다는 것을 이미 보았기 때문이다. 누구나 개죽음당하는 것을 좋아할 리 없었던 것이다.

"타주도 죽었다. 그런데 너희들은 무엇을 망설이느냐? 살고 싶다면 피하거라."

손수수의 말에 주변을 둘러싸던 무사들이 서로의 얼굴을 마주 보며 망설이다 천천히 뒤로 물러섰다.

"쓸데없이 죽을 필요가 있느냐?"

손수수는 말을 하며 큰 걸음으로 무사들의 중앙을 향해 나아갔다. 그러자 그 기세에 놀란 무사들이 길을 열어주었다. 여전히 손수수에게 검을 겨누고 있었지만 누구 하나 움직이는 사람은 없었다.

손수수는 강한 기도를 뿌리며 그들을 지나 건물 뒤로 돌아갔다. 다행히 안여정과 노화의 모습은 보이지 않았다. 잘 빠져나간 것 같다는 생각에 손수수는 재빠르게 경공을 발휘하며 담장을 넘기 위해 땅을 박찼다. 그 순간 강력한 검기가 손수수의 면전으로 날아들었다.

"……!"

손수수는 굳은 표정으로 신형을 돌리며 검기를 받아쳤다.

팡!

검기와 검이 부딪치며 강한 바람이 주변에 몰아쳤고 그 충격에 손수수는 다시 본래의 자리로 돌아가야 했다. 그때였다.

따당! 땅!
"크아악!"
"아악!"
병장기가 부딪치는 소리와 함께 수많은 사람들의 비명 소리가 일제히 들려오기 시작하자 손수수의 안색이 굳어졌다.
"어딜 가시오?"
담장 위에서 목소리가 들려오자 고개를 돌린 손수수는 어느새 담장 위에 서 있는 장나열을 볼 수 있었다.
"뭐 하는 짓이지?"
손수수의 차가운 목소리에 장나열은 미소를 그리며 담장을 내려와 손수수의 앞에 섰다.
"보면 모르오?"
장나열은 정말 모르겠냐는 듯 되레 손수수를 쳐다보았다. 그러자 손수수가 차갑게 말했다.
"내 앞을 막고 있는 것은 눈으로 보았으니 알고 있다. 그런데 왜 저들을 죽이는 거지?"
손수수는 분타의 무사들이 소리치는 것을 듣고 그게 장나열의 백원대가 공격한 것임을 간파했다. 그렇지 않았다면 장나열이 눈앞에 있을 이유가 없었다.
"어차피 분타에 소속된 무사 정도는 쉽게 구할 수 있소이다."
장나열의 말에 손수수는 아미를 찌푸렸다. 사람의 목숨을 손쉽게 생각하는 말이었기 때문이다. 물론 손수수 역시 과거에 장나열 같은 생각을 했었다. 하지만 그때는 어쩔 수 없는 경우가 많았을 뿐이지, 죽이고 싶어서 사람을 죽이는 일은 없었다.

스슥!

바람 소리와 함께 사방을 감싸며 백원대의 무사들이 기세등등한 눈빛으로 손수수를 노려보기 시작했다. 그 짧은 시간에 분타의 남은 무사들을 모두 처리한 것처럼 보이자 손수수는 눈을 반짝이며 검을 늘어뜨렸다.

"이상하군. 왜 남았지? 원주님을 따라갔다고 생각했는데?"

손수수의 물음에 장나열은 검을 어깨 높이로 들며 말했다.

"내 목표는 처음부터 손 위사, 당신이었소."

"······!"

장나열의 말에 손수수의 눈동자가 살짝 흔들렸다. 하지만 그것은 찰나에 불과했기에 표정의 변화는 없어 보였다.

"아 원주님은 내게 손 위사를 죽이라 했소. 곡 원주님을 죽이라는 청탁 또한 있었으나 거절했소이다. 백화성의 이원 중 하나인 원주 급 인물을 죽이기엔 내 간이 작소이다."

"거절을 하니 나를 죽이라 했겠고······."

"그렇소. 영비위라는 직위가 있으나 어차피 성주가 바뀌는 마당에 그 무슨 소용이 있겠소? 성주 후보를 죽일 만큼 어리석지는 않소이다. 하나 손 위사를 죽여달라는 청탁은 거절하기 어려웠소이다. 그것마저 거절했다면 목숨을 부지하기 어려웠을 것이오."

장나열의 말에 손수수는 충분히 그럴 거라 생각하며 고개를 끄덕였다. 아씨세가라면 자존심이 상해서라도 장나열을 처리하려 할 것이다.

"그래서 내 앞을 막았나?"

"물론이오."

장나열은 고개를 끄덕이며 살기를 뿌리기 시작했다. 그의 강한 살기에 손수수는 눈을 반짝이기 시작했다. 생각 이상으로 장나열의 기도가 강했기 때문이다.

"어차피 손 위사가 죽으면 곡 원주님을 보호할 사람은 없소이다. 두 명의 시비가 있으나 그 정도의 무공으론 곡 원주님을 보호할 수는 없을 것이오. 그렇지 않소? 손 위사만 죽으면 되는 것이오. 난… 곡 원주님이 아니라 손 위사를 죽였을 뿐이고. 후후……."

장나열의 말에 손수수는 이를 악물며 숨김없이 자신의 내력을 살기로 바꿨다.

슈아아악!

순간 강력한 바람과 함께 손수수의 주변으로 강한 바람이 휘몰아쳤으며 그녀의 머리카락이 펄럭이기 시작했다.

"과연, 그 하찮은 능력으로 나를 죽일 수 있을 거라 생각하나?"

손수수의 강력한 살기에 장나열의 등줄기로 식은땀이 흘러내렸다. 그녀가 내뿜는 거대한 살기에 압도되었기 때문이다. 하지만 주변엔 백 명의 백원대가 있었고, 또한 자신의 무공에 자신이 있었다.

"삼원진을 펼쳐라!"

장나열의 외침에 백원대의 무사들이 세 개의 원을 만들며 손수수를 둘러쌌다. 그리곤 각기 다른 방향으로 원을 그리며 강하게 손수수를 압박하기 시작했다. 하지만 손수수는 표정의 변화 없이 삼원진의 밖으로 사라진 장나열을 눈으로 좇고 있었다.

쉬쉭!

순간 바람처럼 가장 앞에 서 있던 원이 좁혀지며 이십 개의 검날이 일제히 찔러오자 손수수의 신형이 회오리치며 소맷자락과 검으로 그들의 검을 쳐나갔다.

따다다당!

금속음과 함께 첫 열의 무사들이 뒤로 물러서자 두 번째의 무사 삼십 명 중 열 명이 하체를 찌르며 다가왔다. 그리곤 열 명이 공중으로 손수수의 상체를 노려왔다. 그 틈에 처음에 있던 이십 명의 무사가 빈 곳을 메우며 원을 그렸다.

손수수는 삼원진에 대해서 잘 알고 있었다. 암화단의 단주였던 그녀가 삼원진을 모를 리 없었다. 단지 장나열은 손수수가 암화단의 단주였다는 사실을 모를 뿐이었다.

"흥!"

손수수는 코웃음을 그리며 하체를 찔러오는 검날과 상체를 향하는 검날을 거의 동시에 쳐나갔다. 그러자 그 모습이 마치 두 개의 손수수가 움직이는 것처럼 보였다. 잔상의 움직임이 너무 빠르게 보이자 밖에서 지켜보던 장나열의 안색이 굳어졌다.

"계속 압박해라!"

장나열의 외침에 무사들의 기도가 더욱 강해졌다. 하지만 손수수의 표정은 변화가 없었다. 제자리로 돌아간 무사들은 여전히 손수수를 중심으로 원을 돌았다. 손수수는 내력을 끌어모아 검에 집중하기 시작했다. 더 이상 시간을 지체할 수 없었기 때문이다.

쉬아아아악!

순간 강한 바람이 검에서 회오리치며 사방으로 퍼져 나가기 시작했고 그녀의 검끝에서 마치 백색 점이 찍힌 것 같은 유형의 빛이 모이기 시작했다. 그리고 그 주변으로 빛에서 흘러나온 기운들이 수십 가닥의 실처럼 넘실거리며 파도쳤. 그 모습에 장나열의 눈이 굳어졌다. 그 모습이 마치 검환처럼 보였기 때문이다. 검환은 검강의 전 단계로, 검강과는 차이가 있지만 그 위력은 대단했다. 물론 내력의 소모는 극심할 것이다.

장나열은 놀라기는 했으나 버티면 된다는 생각에 안색을

굳혔다. 내력의 소모가 심한 만큼 삼원진으로 손수수의 내력이 다할 때까지 버텨낸다면 손쉽게 손수수를 잡을 수 있을 거라 여겼다. 검강이 아닌 다음에야 아무리 대단한 무공을 소유했다 해도 삼원진을 뚫을 수는 없었다.

"일렬 공격!"

장나열의 외침에 쉬쉭! 하는 바람 소리와 함께 가장 앞선 열의 무사들이 일제히 손수수의 전신을 향해 달려들었다. 그 모습에 손수수는 검끝에서 빛나는 작은 구슬 같은 점과 함께 앞으로 한 걸음 나섰다. 그러자 순간적으로 무수히 많은 점들이 마치 떨어지는 별처럼 쏟아져 갔다. 유성칠식 중 일식인 낙성파혼(落星破魂)을 펼친 손수수였고, 강호에 나와 처음으로 유성칠식을 펼치는 순간이었다.

콰콰쾅!

第八章
마주치는 손

마주치는 손

 운소명의 제의는 나쁘지 않았다. 금산장에 대해서 말하는 것이 꼭 배신이라고 볼 수도 없었기 때문이다. 금산장에게 해가 되는 일을 한 것도 아니고 자신이 알고 있는 정보라 해도 한계가 있었기 때문이다.
 정작 중요한 정보는 그의 선에선 알지 못했다. 그저 단편적인 것만 알고 있기에 운소명의 제의를 받아들인 것이다.
 운소명은 자신이 말한 것처럼 장홍치에게 아무런 해를 가하지 않은 상태로 풀어주었다. 장홍치는 운소명이 설마 정말로 자신이 말한 것처럼 풀어줄 거라 생각지 못했기에 조금 얼떨떨한 기분으로 귀양성까지 와야 했다.

귀양에 도착한 그는 객잔을 잡고는 가장 먼저 금산장에 운소명에 대한 일을 보고서로 보냈다. 그 이후 피곤함을 풀기 위해 며칠 쉬어야 했다. 멀리 이곳까지 운소명을 쫓아온 그였기에 꽤 피로가 쌓인 상태였다. 거기다 많은 수하들을 잃었고 녹영마조까지 죽은 상태였다. 금산장으로 돌아가는 것 자체가 조금은 부담스러울 수밖에 없는 상황이었다.

　운소명이라도 잡았다면 무천대를 모두 잃었어도 마음은 편했을 것이다. 하지만 이룬 것이 아무것도 없었기에 며칠 동안 푹 쉬었어도 쉰 것 같지가 않았다. 사실 최대한 빨리 금산장으로 향해야 했으나 쉽게 그곳으로 발걸음이 떨어지지 않았다. 하지만 언제까지 이곳에 있을 수도 없었다.

　다음날 아침이 되자 장홍치는 금산장으로 복귀해야겠다는 생각에 여장을 챙기고 객잔을 벗어났다.

　객잔을 나와 많은 사람들과 함께 길을 걷던 장홍치는 북문에 다다르자 잠시 걸음을 멈추고 문 쪽을 쳐다보았다. 한낮이라 오가는 사람들이 많았고 관군도 눈에 띄었다. 호패야 준비하고 있으니 문제될 것은 없었다. 단지 이렇게 허무하게 귀양성을 떠나야 한다는 것이 못내 마음에 걸렸다.

　퍽!

　"……!"

　등줄기로 스며드는 극렬한 통증에 장홍치의 눈동자가 커졌다. 장홍치는 본능적으로 몸을 돌리며 뒤를 쳐다보았다. 하지만 눈에 띄는 사람은 없었다. 모두 자신의 길을 가고 있었으며 누구 하나 장홍치에게 신경을 쓰는 사람은 없었다.
"헉!"
장홍치는 가슴을 부여잡으며 숨을 거칠게 몰아쉬기 시작했다. 고개를 숙이자 가슴 어림부터 옷이 붉게 물들기 시작했다. 그런 장홍치의 안색은 급속도로 흐려졌으며 서서히 바닥으로 쓰러졌다.
털썩!
그가 바닥에 쓰러져서야 사람들이 장홍치를 쳐다보기 시작했고, 웅성거리는 소리에 북문에 서 있던 관군들이 뛰어왔다.

* * *

운소명은 장홍치가 죽을 거라고 예상을 했던 것일까? 아마 그것까지 생각해서 장홍치를 놓아주지는 않았을 것이다.
운소명은 장홍치를 놓아준 후 육대산을 향해 쉬지 않고 이동해 갔다. 주로 인적없는 산길을 따라 움직였기 때문에 지난 며칠 동안 마주치는 사람은 없었다.
졸! 졸!
맑은 계곡의 물소리가 들리자 운소명은 걸음을 빨리해 수풀을 지나 계곡 앞으로 이동했다. 계곡을 따라 흐르는 맑은 물소리가 저절로 기분을 좋게 했다. 운소명은 곧 물을 마신 후 주변을 둘러보기 시작했다. 계곡물 사이로 수풀이 우거져 있었으며 인적이라곤 보이지 않았다.

스슥!

운소명은 계곡물 너머 수풀 속에서 어떤 소리가 들리자 안색을 찌푸렸다.

"물이 가까이에 있는 것 같은데요?"

말소리와 함께 곧 수풀을 헤치며 나타난 청년이 운소명과 눈을 마주치곤 매우 놀란 듯 눈을 크게 떴다.

"엇!"

모든 행동을 멈춘 청년은 경계의 눈빛으로 운소명을 쳐다보고 있었다.

"왜?"

청년을 따라 대충 헝클어진 머리를 뒤로 넘긴 인물이 나타났다. 이십대 후반에서 삼십대 초반으로 보이는 청년은 계곡물 너머 불과 삼 장의 거리에 서 있는 운소명과 눈이 마주쳤다. 그도 운소명과 눈이 마주치자 놀란 듯 잠시 운소명을 쳐다보았다. 그렇게 짧은 시간 동안 아무도 입을 열지 않았다.

당황한 것일까? 청년 정철은 이런 깊은 산골짜기에서 설마 사람을 만날 줄은 몰랐다는 듯 운소명의 아래위를 훑어보며 그의 행동을 살폈다. 그리곤 자리에 앉아 물을 마셨다. 그 옆에 있던 괴홍랑도 물을 마신 후 한쪽 바위에 몸을 눕혔다. 그러다 이내 졸린 듯 괴홍랑은 잠을 자기 시작했다.
"아니, 이 아저씨가… 어서 가자고요."
"좀 쉬었다가 가지. 어디 도망가는 것도 아닌데."
"정말……."
정철은 길게 숨을 내쉬며 편한 자리를 찾아 자리를 깔고 누웠다. 하지만 여전히 운소명을 의식하고 있었다. 적이라면 벌써 싸웠을 것이고 괴홍랑이 있는 이상 자신이 죽을 일은 없을 것이다. 무엇보다 정철이 대담하게 움직일 수 있는 것도 상대가 한 명뿐이란 사실 때문이었다.
'그런데 이상하네. 저 미친놈이 미친 들소처럼 덤비지 않고 그냥 자다니…….'
정철은 고개를 갸웃거리며 괴홍랑의 행동이 조금 다르다는 것에서 이상한 기분이 들었다. 평소의 괴홍랑과는 조금 다른 것 같았기 때문이다. 뭐랄까, 차분해진 것 같다고 할까?

타닥!
밤이 되자 피어오르는 모닥불은 주변을 어느 정도 밝게 해주고 있었다. 모닥불을 피워놓고 그 앞에 누워 있던 운소명은 물을 사이에 두고 자리한 괴홍랑과 정철을 슬쩍 보았다. 하지만 별다른 말은 하지 않았다.
말은 안 하고 있지만 서로의 기운이 알려주고 있었다. 애초에 정철은 아무런 문제가 아니었다. 문제는 괴홍랑이었다. 그와 눈이 마주치는 순간 섣불리 움직일 수 없다는 것을 본능적으로 감지한 것이다.

한동안 말을 할 수도 없었다. 말을 할 시기를 놓쳤기 때문이다. 어정쩡한 정철의 행동 때문이다. 서로의 정체를 알면 그나마 쉽게 움직일 수 있겠으나 아직 서로의 정체도 모르고, 숨겨야 할 것도 많았던 것이다. 그러니 자연스럽게 말이 없는 상태에서 대치하게 되었다.

"쩝! 쩝!"

운소명은 품에서 건포를 꺼내 씹기 시작했다. 그 씹는 소리가 모닥불이 피어나는 소리와 섞여 들어갔다. 물이 흘러내리는 소리는 그리 크지 않았기에 운소명의 건포 씹는 소리가 어둠을 뚫고 괴홍랑과 정철의 귀로 스며들었다.

"쩝! 쩝!"

운소명의 건포 씹는 소리가 의식하지 않으려 해도 정철의 귀엔 크게 들려왔다. 일부러 듣지 않기 위해 노력하려 해도 그 소리가 달콤하게 다가오는 것을 막지는 못했다.

꼬르륵!

뱃속에서 들리는 아우성에 정철은 눈물이 날 것 같았다. 하지만 움직이지도 못했다. 괴홍랑이 저렇게 가만히 있었기 때문이다. 그리고 괴홍랑과 운소명의 시선이 가끔 마주치는 것을 보는 순간 자신도 모르게 등에서 식은땀을 흘려야만 했다.

그건 본능이었다.

둘의 주변에서 흘러나오는 한기는 얼음처럼 자신의 다리를 붙잡고 있었다. 그리고 괴홍랑이 이렇게 말이 없는 것도 처음 보았기에 내심 놀라고 있었다. 상대적으로 운소명이 가볍게 대할 상대가 아니라는 것을 말해주었기 때문이다. 자신도 그 정도의 눈치는 있었다.

툭!

정철은 눈앞에 떨어진 건포 조각을 잠시 쳐다보았다. 본능적으로 손을 움직여 건포 조각을 집으려는 찰나 날카로운 시선이 따갑게 찔러오는 것을 느꼈다. 고개를 드니 괴홍랑이 매서운 눈초리로 쳐다보고 있는 것이 보이자 입맛을 다셨다. 하지만 본능처럼 다시 건포를 집은 정철이었다. 그 순간 정철은 강렬한 살기가 쏟아져 오는 것을 느꼈다.

"으음……."

침음을 삼킨 정철은 괴홍랑의 시선을 피했다. 그때 주변을 무겁게 누르던 이질적인 공기가 완전히 사라진 것을 알았다.

"한 사람만 주고 나는 안 주는 건 공평한 게 아니지 않나?"

괴홍랑은 운소명을 쳐다보며 정철만 주고 왜 자신은 안 주는지 궁금하다는 듯 쳐다보았다. 운소명은 가볍게 미소를 보이며 말했다.

"저 사람은 배가 고픈 걸 알겠는데 형장은 어떤지 몰라 그랬소."

마주치는 손 281

그렇게 말한 운소명은 건포 조각을 괴홍랑에게도 던져 주었다. 물을 건너간 건포 조각은 괴홍랑의 손안으로 빨려 들어갔다. 괴홍랑은 잠시 운소명을 쳐다보다 곧 건포를 씹기 시작했다. 그제야 정철도 안도의 한숨을 내쉬며 건포를 씹었다.

"보아하니 특별히 서로를 경계할 필요는 없는 것 같은데… 소형제의 이름은 뭔가?"

소형제라는 말에 운소명은 괴홍랑의 나이가 보기와는 달리 많다는 것을 알았다.

"운소명이라 하오. 노형은 어떻게 되시오?"

"쩝! 쩝! 나는 괴홍랑이네."

운소명은 고개를 끄덕였다. 마불 괴홍랑이란 것을 알면 놀랄 만도 하지만 특별히 당황한 표정은 보이지 않았다. 마음으로는 당연히 놀랐겠지만 겉으로 표현하지는 않았다.

"괴 형이구려. 그런데 이런 깊은 산중에 무슨 일로 오신 것이오? 숨겨둔 보물이라도 있소?"

"보물이 있다면 저 떨거지를 달고 왔을까? 그러는 소형제는 이런 산중에 홀로 싸돌아다니는 건 어찌 된 영문인가?"

괴홍랑의 물음에 운소명은 가볍게 웃음을 흘리며 말했다.

"모셔둔 금이라도 있으면 올 만하나, 어딜 좀 가는 길이오."

"호오, 그랬군. 나도 어딜 좀 가는 거네. 길잡이가 있어 편하게 가는 중이지. 워낙 내가 인기가 많아서 여기저기 사람들이 잘 찾아오거든. 이놈이 아니었다면 그 사람들하고 여러 번 만나 이야기꽃을 피웠을 것이네."

괴홍랑의 말에 운소명은 미소를 그렸다.

'이야기가 아니라 싸움꽃이겠지……'

운소명은 장림이 이 먼 귀주까지 온 이유가 괴홍랑 때문이란 것을 잘 알고 있었다. 거기다 유신도 있었고 특무단도 있었다. 그 외에 많은 사람들이 그를 쫓고 있다는 사실을 잘 알고 있었지만 말은 하지 않았다. 굳이 그에게 무림맹의 일을 이야기해 봤자 좋을 것이 없었던 것이다. 무림맹의 인물로 오인해 싸움이라도 하게 된다면 적지 않게 시간을 허비해야 할 것처럼 보였다. 어쩌면 큰 부상도 각오해야 할 것이다.

그걸 괴홍랑도 잘 알고 있는지, 아니면 운소명과의 싸움이 귀찮은 것인지 별다른 움직임이 없었다. 서로 아무런 관계가 없다면 굳이 주먹을 교환할 필요가 없다고 여겼다. 서로의 기도를 느낀 순간 고수라는 것을 둘은 알았다. 하수가 고수를 알아보는 것은 어려워도 고수가 고수를 알아보는 것은 어렵지 않았다.

괴홍랑이 건포를 다 씹은 듯 아쉬운 표정으로 운소명을 쳐다보며 물었다.

"자네는 무림맹과 어떤 관계인가?"

"아쉽게도 무림맹과는 특별한 관계가 없소이다. 하나 중원에서 활동하니 무림맹과 아무런 연관이 없다고 하는 것도 거짓일 것이오."

"그렇지. 중원에 있으면 다 무림맹과 연관이 있지. 내가 괜한 걸 물었군."

괴홍랑은 중얼거리며 고개를 끄덕였다. 운소명의 말처럼 중원에서 활동한다면 알게 모르게 무림맹의 영향 아래에 있다고 볼 수 있었다.

"언제까지 이곳에 있을 생각이오?"

"내일 아침까지는 있어야 하지 않겠나?"

괴홍랑의 말에 운소명은 자리에서 일어났다.

"그렇다면 제가 자리를 피하지요. 불편해서 잠을 못 잘 것 같으니."

"막지 않겠네."

"그럼."

운소명은 가볍게 인사를 한 후 재빠르게 자리를 벗어났다. 그가 사라지는 모습을 가만히 지켜보던 괴홍랑은 곧 웃으며 자리에서 일어나 운소명이 있던 자리로 가 누웠다.

타닥!

따뜻한 모닥불빛이 전신을 나른하게 만드는 것 같자 괴홍랑은 크게 하품하며 말했다.

"명당이군."

낮게 중얼거린 괴홍랑은 곧 잠을 청했다. 그 옆에는 언제 이동했지 정철이 재빠르게 자리 잡고 누웠다.

"그냥 보내도 상관이 없나 보군요? 무림맹 사람이라면 당장 우리 위치가 알려질 텐데……."

조금은 걱정스러운 듯 정철이 말하자 괴홍랑은 슬쩍 웃으며 말했다.

"저 정도의 고수가 정찰을 목적으로 움직였다 생각하나? 퍽이나 그러겠다. 목적이 나였다면 이미 기습했고 수없이 싸웠겠지. 하지만 우린 그냥 우연히 만난 사람일 뿐이야, 우연히."

괴홍랑은 중얼거리며 다시 한 번 잠을 자기 위해 노력했다. 그러다 생각난 듯 말했다.

"아침까지 말하면 죽여 버린다."

*   *   *

콰쾅!

폭음과 함께 동이 터오르고 있었다. 별원은 이미 쑥대밭이 된 상태였고 주변엔 시신들이 널브러져 있었다. 수십 개의 구덩이가 파여 있었으며 건물은 무너진 상태였다. 그 사이로 피에 젖은 시신들이 눈에 띄었다.

쉬쉭!

바람을 가르며 움직이는 검은 희뿌연 검기를 머금고 목표를 향해 빛살처럼 쏘아져 갔다. 하지만 나풀거리는 목표는 눈앞에서 사라졌다.

"흡!"

장나열은 매우 놀란 표정으로 신형을 돌리며 눈앞에 나타난 검을 막았다.

땅!

"크윽!"

힘으로 누르는 검을 막고 있는 장나열의 입술 사이로 실낱같은 핏방울이 흘러내리고 있었다. 하지만 손수수의 얼굴은 변한 것이 하나도 없었다. 땀 한 방울 흘린 흔적조차 없었다. 단지 그녀의 옷자락만이 경기의 힘을 견디지 못하고 찢어진 게 다였다.

"아림은 너 말고 또 무슨 수를 썼지?"

손수수의 낮은 목소리에 장나열은 전신을 미미하게 떨며 내리누르는 힘을 견뎌냈다. 살고 싶다는 본능적인 움직임이 그의 근육에 힘을 주고 있었다. 장나열은 자신의 검이 어깨를 파고들어 오자 더더욱 몸을 떨었다.

"한때 달콤한 꿈을 꾸었었지……."

쾅!

손수수가 검을 밀자 뒤로 밀려난 장나열은 검을 지팡이 삼으며 비틀거렸다.

"달콤한 꿈?"

손수수의 물음에 장나열은 가볍게 웃으며 말했다.

"네년을 죽이고 백화성의 요직에 앉는 꿈이었지."

장나열의 말에 손수수의 검이 장나열의 심장으로 뻗어갔다. 장나열은 본능적으로 몸을 움직이며 검을 들어 올렸다. 하지만 손수수의 검과 부딪친 검이 힘없이 허공으로 솟구치자 장나열은 멍하니 눈앞에서 움직이는 백색의 실들을 보았다. 그는 이내 땅에 떨어지는 자신의 검을 쳐다보았다.

퍽!

검이 땅에 박히자 전신이 떨려왔다. 지난 오랜 시간 동안 생사고락을 함께했던 검이었다. 그 검이 손을 떠나자 마음속에서 허탈감이 밀려왔다. 손수수의 무공은 백화성 내에서도 당해낼 자가 거의 없어 보였다. 백무원주와 겨루어도 전혀 밀리지 않을 것만 같은 무공의 소유자였다.

그 정도로 대단한 무공을 가지고 있는 그녀를 곡비연에게 맡긴 성주님의 뜻을 이제야 알았다. 이미 성주님이 마음속으로 정한 사람이 누구인지 알게 된 것이다.

"성주님이 곡 원주님에게 왜 손 위사 같은 사람을 붙여두었는지, 이제야 알겠어."

장나열은 비틀거리다 바닥으로 쓰러졌다. 그 뒤에 어느새 장나열을 지나쳤는지 모를 손수수가 서 있었다. 손수수는 곧 장나열의 시신을 쳐다보다 그 눈이 떠져 있는 것을 알고는 감겨주었다.

"알아도 너무 늦게 알았어, 다음 대의 성주님을."

손수수는 가만히 중얼거리며 곧 빠르게 그 자리를 벗어났다.

파팟!
땅을 차고 움직이는 세 명의 그림자는 그리 빠르지 않았다. 중앙에서 달리고 있는 곡비연의 무공이 그리 대단하지 않았기에 경공을 펼쳐도 더딜 수밖에 없었다.
"헉! 헉!"
곡비연의 숨소리가 조금 거칠게 들리기 시작하자 노화와 안여정은 쉴 곳을 찾아야겠다고 눈으로 대화를 나누었다. 그녀들은 주변을 살피다 물소리가 들리는 것을 알고 그곳으로 향했다.
"강이에요."
수풀을 헤치고 나간 그녀들은 작은 강이 흐르는 강변에 도착하자 곧 안여정이 남고 둘은 강물을 건너기 시작했다. 빠르게 강을 건넌 그녀들은 주변을 살피다 수풀 사이로 몸을 숨기며 그림자 사이에 앉았다.
"여정은요?"
"곧 올 거예요."
곡비연의 물음에 노화는 빠르게 대답하며 주변을 살폈다. 그러자 안여정의 신형이 번개처럼 그녀들의 머리를 넘어 내려왔다.

"깔았어?"

노화가 묻자 안여정은 고개를 끄덕였다.

"일단 내가 가진 독질녀 전부를 깔아놨어. 가까이 접근하면 비명 소리가 들릴 거야. 그때 출발해도 될 것 같아."

"좋아."

노화가 고개를 끄덕였다. 독질녀는 송곳 같은 가시가 돋아난 작은 돌 같은 것으로, 가장 뾰족한 부분이 위로 올라와 있어 밟으면 신발을 뚫고 들어가 발바닥을 찌르는 암기였다. 거기다 독까지 발라져 있으니 밟으면 해약이 없는 이상 얼마 못 가 죽을 수밖에 없었다. 던지기도 하지만 바닥에 뿌려 적의 진로를 멈추게 하는 용도로 쓰이기도 했다.

"너도 좀 쉬어."

노화가 나무 위로 올라가 주변을 경계하며 말하자 안여정은 고개를 끄덕이며 곡비연의 옆에 앉아 운기하기 시작했다. 약 일다경의 시간이 흐르자 안여정이 눈을 뜨고 노화와 자리를 교대했다.

"저희가 얼마나 온 것인가요?"

곡비연이 눈을 뜨며 묻자 안여정은 빠르게 대답했다.

"얼마 못 온 상태예요. 다행히 적들도 그리 대단한 수준의 무공을 가지고 있는 것 같지는 않네요. 오는 속도가 이렇게 더딘 것을 보니······."

"크아악!"

안여정의 말이 끝나는 순간 저 멀리에서 메아리처럼 비명성이 터져 나왔다. 그러자 안여정이 입가에 미소를 걸었다.

짝!

"아싸!"

박수까지 치며 좋아한 안여정은 곧 땅으로 내려왔다. 때를 맞추어 노화가 눈을 떴다.

"크악!"

다시 한 번 비명성이 들렸다. 강물 너머에서 들리는 그 비명 소리는 좀 더 가까웠다.

"가요."

노화의 말에 곡비연은 고개를 끄덕였다. 곧 그녀들은 빠른 걸음으로 움직이기 시작했다. 그 순간 수풀을 헤치며 검을 든 분타의 무사들이 일제히 달려나오기 시작했다. 그 수는 족히 백은 되어 보였다.

"멈춰라!"

강물을 앞에 둔 그들은 선두의 중년인이 외치자 일제히 멈추었다. 중년인은 강물 너머를 바라보다 한쪽에서 수풀이 움직이자 재빠르게 달리며 외쳤다.

"저기다!"

순간 백여 명의 무사가 눈에 핏발을 곤두세우며 달리기 시작했다. 그럴 수밖에 없는 것이 지금까지 오면서 적의 그림자도 못 본 채 죽기만 한 동료들을 보았기 때문이다.

핑!

순간 공기를 가르며 수풀을 뚫고 비수가 날아들었다.

퍼퍼퍽!

"크악!"

"악!"

비명과 함께 세 명의 무사가 바닥으로 쓰러졌다.

"이런 개지랄 같은 경우가! 쫓아라!"

중년인이 욕지기와 함께 외치며 다시 달리기 시작했다. 그들이 일제히 숲으로 들어가는 순간 여기저기서 비명성이 메아리쳤다.

"악!"

"으악!"

터져 나오는 비명성에 중년인은 걸음을 멈추며 고개를 돌렸다. 십여 명의 무사가 일제히 발을 들어 올리며 고통을 호소하고 있었다. 그들의 발에는 독질녀가 마치 거머리처럼 붙어 있었다. 중년인의 안색이 더욱 차갑게 변하였다.

"망할 년들! 기필코 잡아 죽인다."

중년인은 어금니를 강하게 깨물며 미친 듯이 달리기 시작했다. 그 뒤로 같은 표정의 수하들이 일제히 달려나갔다.

파팟!

수풀을 벗어난 안여정은 넓은 공터를 발견하자 잠시 걸음을 멈추었다. 그녀가 멈추자 뒤이어 나온 곡비연도 걸음을 멈추었다.

"왜 그래?"

가장 마지막으로 나온 노화가 안여정이 발을 멈추자 이유를 물었다. 그리곤 안여정이 쳐다보는 곳으로 시선을 던졌다. 저 멀리 그늘진 나무 아래에 청년 한 명이 누워 있었는데, 마치 낮잠을 자는 것 같았다. 조금 지저분한 옷에 헝클어진 머리카락이 특징이라면 특징이었다.

"무슨 일인가요?"

곡비연이 궁금한 듯 묻자 안여정은 고개를 저었다.

"아무것도 아니에요. 가요."

안여정은 그렇게 말하며 앞으로 빠르게 걸어가기 시작했다. 그 뒤로 곡비연이 있었고 마지막엔 노화가 후방을 맡고 있었다. 그녀들이 일렬로 빠르게 풀밭을 밟으며 걸어가자 누워 있던 청년이 자리에서 일어섰다. 그 순간 강력한 기도가 사방으로 퍼졌으며 무공이 낮은 곡비연조차도 그 존재감을 읽고 걸음을 멈추었다.

"찾았다!"

그때였다. 공터로 수십 명의 무사가 일제히 뛰쳐나왔다. 그들의 모습에 봉두난발의 청년이 고개를 들어 그쪽을 쳐다봤다.

"저기에 있다! 쳐라!"

"우와아아아!"

함성 소리와 함께 수십 명의 무사가 일제히 달려들기 시작하자 안여정과 노화는 비수를 날렸다.

쉬쉬쉭!

십여 개의 비수가 일제히 안여정과 노화의 가죽 띠에서 쏟아져 나갔다.

"크악!"

"아악!"

비명과 함께 가장 앞서 있던 무사들이 일제히 뒤로 쓰러졌다. 하지만 그들은 두려움도 모르는 듯 안여정과 노화를 향해 성난 멧돼지처럼 달려들었다.

스룽!

챙!

안여정과 노화는 일제히 검을 빼 들었다. 그러자 곡비연도 검을 빼 들고 달려오는 무사들을 경계하였다. 안여정은 슬쩍 청년 쪽으로 시선을 던졌다. 하지만 청년은 별 관심이 없는 듯 귀를 후비며 나무에 몸을 기대어 선 채 구경하고 있었다.

쉬쉭!

노화가 남은 독질녀를 달려드는 무사들에게 던졌다. 피핑! 하는 가는 바람 소리와 함께 녹색의 독질녀가 점이 되어 자신들에게로 향하자 무사들의 안색이 급변하였다. 그 위력을 잘 알고 있었기 때문이다. 독질녀로 죽은 무사가 이십 명이

마주치는 손 293

넘었다.
"피햇!"
"암기다!"
"크악!"
 피하지 못한 무사들이 비명과 함께 비틀거렸다. 그 사이로 무사들은 빠르게 달려들었다.
 따당!
 수십 명의 무사와 노화와 안여정의 검이 부딪치기 시작했다.
 "죽어라, 쌍년들아!"
 성난 외침과 함께 무사들의 머리를 넘으며 사십대 초반의 중년인이 곡비연을 향해 검을 내리쩍었다. 곡비연은 놀란 듯 검을 들어 머리 위를 막았다.
 땅!
 "악!"
 곡비연의 신형이 뒤로 밀려나 바닥을 굴렀다. 중년인이 내려친 경력을 이기지 못한 것이다. 곡비연은 당황한 상태였기에 제대로 내력을 끌어모으지 못한 상황이었고 그 상태에서 당한 일격이었기에 손이 저리고 어깨가 아파오는 것을 느꼈다.
 "원주님!"
 노화와 안여정이 동시에 외치며 달려드는 무사들을 뿌리

치고 곡비연의 양옆으로 향했다.

"큭!"

그 사이 옆구리에 검상을 입은 노화는 살짝 안색을 찌푸렸고 안여정은 중년인을 위협하며 뒤로 물러나게 하였다.

"괜찮으세요?"

"예."

"다행이에요."

노화와 안여정은 일어나는 곡비연을 중앙에 두고 검을 무사들에게 겨눈 채 살기를 뿌렸다. 십여 명 정도라면 어떻게 하겠지만 수가 너무 많았다. 어림잡아도 족히 칠팔십은 되어 보이는 인원이었다. 그것도 여기까지 오는 동안 절반으로 줄은 것이었다. 그만큼 노화와 안여정이 고군분투(孤軍奮鬪)했다는 증거였다. 그리고 동료들을 잃은 만큼 무사들의 분노도 대단했다.

"망설이지 말고 쳐라!"

중년인의 외침에 득달같이 무사들이 달려들었다. 노화와 안여정의 안색이 굳어졌다. 일제히 달려드는 그들의 기세가 워낙 사나웠기 때문이다. 그들은 죽기 살기로 덤비고 있었다. 죽을 각오를 한 무사들이었기에 그만큼 상대하기가 쉽지 않았다.

따다다당!

요란한 금속음과 함께 노화와 안여정의 검이 무사들의 검을 막으며 뒤로 물러서기 시작했다.

"큭!"

안여정의 어깨가 검에 스쳤다. 하지만 안여정은 흔들림없는 표정으로 자신의 어깨에 검상을 입힌 무사의 허리를 베었다.

"크악!"

허리를 베어 넘기자 세 개의 검이 안여정의 하체와 상체로 마치 꼬치로 만들 것처럼 다가왔다. 노화 역시 막기에 바빠 안여정을 돕기 어려웠으며, 곡비연은 중앙에서 노화와 안여정의 빈틈을 노리고 달려드는 무사들을 상대하기도 벅차 보였다.

"으윽!"

다시 한 번 허리에 검상을 입은 노화가 비틀거리자 그 틈을 놓치지 않은 검들이 무차별하게 노화를 찔러왔다. 그 순간 우측에서 강력한 바람이 불어닥쳤다.

쾅!

"크악!"

맹렬한 폭음 소리와 함께 강력한 충격과 강풍이 휘몰아치자 노화와 안여정은 곡비연을 안으며 번개처럼 빠르게 물러섰다.

"하하하하하!"

먼지구름 속에서 커다란 앙천광소가 터져 나왔다.

"크으윽!"
 순간 웃음소리에 놀란 무사들이 일제히 귀를 잡고 비틀거렸다. 웃음소리가 너무 컸기 때문이다.
 휘이이잉!
 바람이 불자 먼지가 마치 연기처럼 뒤로 움직이더니 이내 봉두난발의 청년을 남기고 사라졌다. 하지만 사람들은 아무 말을 하지 못한 채 눈을 부릅뜨고 청년을 쳐다보았다.
 청년의 주변으론 방원 삼 장여의 거대한 구덩이가 파여 있었는데, 청년이 서 있는 자리만 멀쩡했기 때문이다.
 "누, 누구냐!"
 대장인 듯한 중년인의 물음에 청년은 여기저기 널브러진 이십여 명의 무사를 둘러보다 곧 고개를 돌려 중년인을 쳐다보았다.
 "알 것 없고. 끝내지."
 쉭!
 순간 주먹을 움켜쥔 청년의 신형이 무사들을 향해 덮쳐 갔다.
 콰콰쾅!

 휘이잉!
 강한 바람은 먼지구름을 대동한 채 멀어져 갔다.
 "대단해……."

안여정이 무심코 그렇게 중얼거리자 노화가 고개를 끄덕였다. 그녀들은 초토화된 공터를 바라보고 있었다. 성한 곳이 거의 없는 공터였다. 무엇보다 놀라운 것은 사람의 모습이 보이지 않는다는 점이었다. 안여정과 노화가 놀란 것은 그 때문이었다.

봉두난발의 청년이 내지르는 권풍에 휘말려 모두 숲 속으로 날아갔기 때문이다. 아니, 정확하게는 던져졌다고 볼 수 있었다. 숲으로 날아간 무사들의 모습은 찾을 수 없었으나 신음 소리조차 없는 것으로 보아 죽었다고 봐야 했다.

그 위력에 그녀들은 자신도 모르게 어깨를 떨어야 했다. 파천의 위력이란 말이 절로 떠오르는 청년의 무공이었다.

"구해주셔서 감사합니다."

곡비연이 정중하게 인사하자 봉두난발의 청년이 신형을 돌려 곡비연을 쳐다보았다. 그녀의 미모에 놀란 것일까? 청년은 잠시 눈을 반짝이다 뒷머리를 긁적였다.

"이거 사해가 다 동도인데 무슨 도움이라고. 위험에 처한 여자를 돕는 게 당연한 것 아닌가? 하하하!"

가볍게 웃으며 쑥스러운 듯이 말한 청년은 곧 곡비연을 향해 물었다.

"그런데 어쩌다가 이렇게 위험에 처하게 됐나?"

"그게……."

곡비연은 형제들이 서로를 배신해 공격했다는 말을 할 수 없었다.

"죄송해요."

안여정이 대신 인사하자 청년은 실망한 듯 고개를 끄덕였다. 비밀은 누구나 있는 거라 생각한 청년은 더 이상 묻지 않았다. 그러다 다시 한 번 눈을 반짝였다. 자세히 보니 셋 다 미인이란 생각이 들었기 때문이다.

"저희를 구해주셔서 대단히 감사합니다. 대명이라도… 후에 사례하겠습니다."

노화의 말에 청년은 고개를 끄덕였다.

"괴홍랑이라 하는데 사례까지야. 하하! 이거."

괴홍랑이란 말에 노화와 안여정의 안색이 굳어졌다. 하지만 곡비연은 그가 누구인지 잘 모르기에 미소를 보이며 말했다.

"정말 감사해요. 저는 곡비연이라 해요. 후에 백화성에 오신다면 은혜를 꼭 갚을 테니 오세요."

곡비연의 인사에 괴홍랑의 안색이 굳어졌다. 괴홍랑은 손가락으로 곡비연을 가리키며 물었다.

"아! 소저가 곡 소저? 그 유명한 백화성의 뭐시기냐… 그 백문원주?"

괴홍랑의 물음에 곡비연은 미소를 보였다. 그의 행동이 조금 무례하게 보일 수도 있었으나 곡비연은 그저 자유분방하다고 생각할 뿐이었다. 또한 애초에 은인에게 예의를 논할 정도로 막힌 사람은 아니었다.

"네, 제가 곡비연이에요. 백화성에 오신다면 꼭 사례를 하겠어요."

"이런, 소저처럼 아름다운 여자가 곡비연이라니……"

괴홍랑은 조금 당황한 듯 아미를 찌푸렸다. 그러자 곡비연이 말했다.

"무슨 문제라도… 설마 저희 백화성과 원한이라도 있나요?"

곡비연의 물음에 괴홍랑은 가볍게 미소를 보였다. 그러자 노화와 안여정이 곡비연의 앞을 막아섰다. 순간 괴홍랑의 신형이 흔들렸고 노화와 안여정의 눈이 부릅떠졌다. 그녀들의 눈에 점이 보였기 때문이다.

퍼퍽!

"아악!"

"악!"

양손으로 노화와 안여정의 복부를 친 괴홍랑은 저 멀리 양쪽으로 갈라져 누운 두 여자의 모습을 둘러보다 눈앞에 서 있는 곡비연을 쳐다보았다.

"아……!"

곡비연은 그의 갑작스러운 행동에 매우 놀란 듯 눈을 부릅떴다.

"후후!"

괴홍랑의 손이 곡비연의 턱을 잡았다. 하지만 곡비연은 피하지 못한 채 괴홍랑을 쳐다봐야 했다.

"왜……?"

"내가 중원에 다시 나온 이유가 너거든."

괴홍랑의 말에 곡비연의 눈이 부릅떠졌다. 그의 오른손 검지 하나가 이마로 천천히 다가왔기 때문이다.

"네 목숨 말이야."

"헉!"

곡비연의 안색이 삽시간에 굳어졌다. 괴홍랑의 무공을 눈앞에서 직접 보았기 때문에 자신도 모르게 밀려오는 두려움에 전신을 떨어야 했다.

"멈춰라!"

쉬악!

순간 섬광이 마치 번개처럼 괴홍랑의 목으로 날아들었다. 괴홍랑은 안색을 굳히며 곡비연의 이마를 찌르려던 오른손을 펴서 날아드는 빛을 향해 장을 펼쳤다.

쾅!

"……!"

섬광과 부딪친 순간 괴홍랑은 눈을 부릅뜨며 옆으로 밀려나갔다.

"손 위사!"

곡비연이 어느새 자신의 앞에 서 있는 손수수의 등에 기대었다.

"다친 데는 없으시죠?"

곡비연은 고개를 끄덕였다. 그러자 손수수는 곧 미소를 입가에 그리며 말했다.

"조금 물러서세요, 위험한 자이니."

곡비연은 그 말에 뒤로 물러섰다. 그러자 손수수의 시선이 괴홍랑을 향했다.

"누구냐?"

"괴홍랑인데, 너는 누구지?"

"호! 마불?"

마불이란 말에 괴홍랑은 기분이 좋은지, 입가에 미소를 드리우며 손수수를 노려보았다.

"백화성에도 꽤 강한 여자가 있었군. 장림 같은 여자가 말이야. 그런데 조금은 건방지군. 이름도 밝히지 않으니……."

쉭!

순간 괴홍랑의 신형이 손수수의 면전으로 나타남과 동시에 왼 주먹이 손수수의 얼굴로 향했다.

"건방져!"

쾅!

강력한 폭음과 함께 손수수와 괴홍랑의 신형이 조금씩 뒤로 물러섰다. 괴홍랑은 왼 가슴을 만지며 이마에 주름을 그렸다. 손수수의 검이 가슴을 찔렀기 때문이다. 다행히 살을 뚫지는 않았으나 옷이 뜯어지자 그 자리에 피멍이 생겨났다.
"금강불괴(金剛不壞)?"
 손수수는 검끝이 아직도 미미하게 흔들리자 어이없다는 듯 괴홍랑을 쳐다보았다. 분명 괴홍랑이 나타난 순간 그의 주먹을 왼손으로 막으며 빈 가슴으로 검기를 머금은 검을 찔렀기 때문이다.
 검기를 머금은 검이 살을 뚫지 못하는 경우는 손수수도 처음 당하는 것이라 당황스러웠다. 하지만 그것도 잠시뿐이었다. 손수수의 검끝에 백색 점이 피어나더니 그 주변으로 가느다란 실들이 펄럭이기 시작했다. 유성칠식을 펼치려고 마음먹은 손수수였다.
"응?"
 괴홍랑은 손수수의 검끝에 환 같은 점이 생겨나면서 주변에 살기를 뿌리자 상당히 놀란 눈빛으로 손수수를 쳐다보았다.
"이거, 이거, 이거! 상당히 재미있겠는데!"
 괴홍랑은 크게 외치며 양 소매를 걷어 올렸다. 그리곤 오랜만에 자세를 잡는다는 듯 낮은 자세를 취하며 왼손을 앞으로 뻗었다.
"이십 년 만에 자세를 잡아본다. 흥분되는걸."
"흥! 곧 염라대왕과 만나게 해주마."
 쉭!

말과 함께 손수수의 신형이 바람처럼 움직이며 유성칠식의 일식인 낙성파혼을 펼쳤다.

쉬아악!

괴홍랑은 손수수가 한 걸음 다가온다고 생각한 순간 밤하늘의 별들이 떨어지는 것처럼 수많은 백색 섬광들이 밀려오자 입가에 미소를 그리며 땅을 힘껏 밟고는 일권을 내질렀다. 소림의 절기인 백보신권이었다.

쾅!

폭음과 함께 유성들이 사라지고 강한 경풍이 사방으로 휘몰아쳤다. 그 사이로 손수수와 괴홍랑의 신형이 마주쳤다.

쉬쉭!

회오리와 함께 손수수의 검이 강한 검기를 뿌리며 원을 그리자 괴홍랑의 신형이 십여 개의 잔상과 함께 움직이며 검을 피하기 시작했다. 그 움직임에 일관된 규칙성을 찾아보기는 힘들었다. 손수수는 안색이 굳혔다. 그때 손수수의 눈앞으로 권이 갑작스럽게 나타났다.

"……!"

손수수의 눈이 부릅떠졌으며 재빠르게 신형을 회전시키며 검기를 뿌렸다.

파팟!

권풍을 베어간 손수수는 빠르게 내려섰다. 그 순간 눈앞에 괴홍랑의 주먹이 복부를 향해 날아들었다. 하지만 손수수는 지금의 괴홍랑이 움직이는 모습보다 좀 전에 나타난 일권을 떠올렸다. 그래도 피하는 것은 잊지 않았다. 유성보를 밟으며 괴홍랑의 권을 피해 검을 빠르게 움직였다.

쉬쉭!

둘의 신형이 수십 개의 잔상을 만들며 공터를 가득 채우기 시작했다.

"으… 으음……."

신음과 함께 눈을 뜬 안여정은 복부를 부여잡으며 일어섰다.

쾅!

폭음 소리에 놀란 그녀는 이내 괴홍랑과 손수수가 싸우는 모습에 안도의 한숨을 내쉬었다. 기절하는 순간 눈앞이 깜깜했었기 때문이다. 자신이 죽는 것에 대한 두려움이 때문이 아니었다. 곡비연의 안전에 대한 걱정 때문이었다. 다행스럽게도 손수수가 보이자 그제야 안심하는 안여정이었다. 그녀는 비틀거리며 곡비연의 옆으로 다가갔다.

"괜찮아요?"

곡비연이 다가오는 안여정의 모습에 놀라 부축했다.

"예. 일단 움직이지 마세요."

안여정은 호흡을 고르며 손수수와 괴홍랑의 움직임을 주시했다. 만약을 위한 대비도 해야 했기에 허벅지에 차고 있던 단도를 손에 들었다.

"음······."

그때 신음성이 들려오자 안여정은 곧 노화를 쳐다보았다. 노화도 그제야 정신을 차린 듯 배를 부여잡고 일어나 곡비연에게 다가와 옆에 섰다. 그녀 역시 단도를 양손에 쥐고 호흡을 골랐다.

"드럽게 아프네."

노화가 중얼거리며 바닥에 침을 뱉었다. 피가 섞인 침이었기에 그녀는 입술을 훔치다 눈살을 찌푸렸다. 둘의 모습이 순식간에 시야에서 사라졌기 때문이다.

쾅!

강력한 바람이 세 사람을 덮쳐 왔다. 셋은 허리를 숙이며 뒤로 물러나 수풀 사이로 몸을 숨겼다.

"도망쳐도 소용없을 것 같아."

노화가 괴홍랑의 무공 실력을 떠올리며 중얼거리자 안여정은 고개를 끄덕였다. 곡비연은 안쓰러운 표정으로 싸우고 있는 손수수를 쳐다보고 있었다. 손수수가 쓰러지면 남은 미래는 불 보듯 뻔했다. 괴홍랑을 이길 사람은 이곳에 없었기 때문이다.

쾅!

주먹과 검날이 부딪치자 폭음과 함께 둘의 신형이 뒤로 밀려나갔다. 둘은 서로를 쳐다보며 입술을 깨물었다. 손수수는 눈을 빛내며 더욱 강한 진기를 검에 집중하였다.

쉬아앙!

순간 강한 바람 소리와 함께 검끝에서 맴돌던 점이 강한 빛을 드러내며 주먹만큼 커졌다. 그 모습에 괴홍랑의 표정이 변했다.

"합!"

기합성과 함께 손수수의 신형이 사라지는 순간 괴홍랑의 눈앞으로 백색 점이 맴돌며 날아들었다. 손수수의 모습은 그 어디에도 없었으며 점은 이내 거대한 빛이 되어 다가왔다.

쉬악!

강력한 경기를 머금은 빛의 모습에 괴홍랑은 양손을 펼쳤다. 그러자 그의 장심에서 두 개의 구체가 맹렬한 속도로 회전하며 나타났다.

콰쾅!

손수수의 유성칠식 중 오식인 일성산화(一星散花)와 괴홍랑의 강구(剛球)가 맹렬한 빛과 함께 터져 나가자 사방으로 회오리치는 바람이 불어닥쳤다.

"크으윽!"

뒤로 물러선 괴홍랑은 양손을 털며 비틀거렸고, 손수수는 소매가 모두 사라졌으며 입술 사이로 핏방울이 흘러내렸다.

"이건 무엇이냐?"

괴홍랑이 고개를 들어 손수수를 쳐다보며 물었다. 그 위력의 대단함에 놀랐기 때문이다.

"일성산화라 한다."

"대단하군. 음……."

괴홍랑은 일성산화와 부딪치는 순간 양손이 마비되는 충격을 느껴야 했다. 그 충격이 완전히 가실 때까지 약간의 시간이라도 벌어보자는 생각도 있었다. 하지만 손수수의 입술 사이로 핏방울이 흐르자 그런 생각을 접었다.

괴홍랑의 입술에 미소가 걸렸다. 그 미소를 본 손수수의 눈빛이 순간 변하며 순식간에 검끝에 백색 점이 피어났다. 그때 네 개의 주먹이 손수수의 눈앞에 나타났다. 그 모습에 손수수는 절로 놀라 물러섬과 동시에 유성칠식의 이초인 혈성광멸(血星光滅)을 펼쳤다.

파파팍!

삽시간에 네 개의 주먹을 섬광으로 없앤 손수수는 재빠르게 신형을 바로 하며 괴홍랑을 향해 검끝을 겨누었다. 순간 괴홍랑의 신형이 둘로 분리되어 좌우로 손수수의 양 허리를 노리고 들어왔다. 이형환위의 수법이었다.

"합!"

기합성과 함께 손수수의 신형 역시 두 개로 분리되었다. 그녀 역시 이형환위의 수법을 펼친 것이다. 두 개의 그림자가 삽시간에 겹쳐졌다.

꽈쾅!

"윽!"

뒤로 밀려난 손수수는 비틀거리며 신형을 바로 세우려 했다. 그 순간 주먹 하나가 눈앞에 보였다. 손수수의 신형이 빠르게 회전하며 검기를 뿌렸다.

쾅!

"으윽!"

뒤로 물러선 손수수는 괴홍랑이 독수리처럼 날아들자 어금니를 깨물며 남은 진기를 모두 끌어모았다. 그러자 그녀의 모습이 밝은 빛과 함께 사라지기 시작했다. 유성칠식의 사초인 유성만개(流星滿開)로, 강기를 이용한 절대적인 방어 초식이었다. 그 빛 속으로 괴홍랑의 신형이 두려움없이 회색 빛과 함께 날아들었다.

쾅!

폭음이 울림과 동시에 피에 젖은 손수수의 신형이 뒤로 날아가 바닥을 굴렀다.

"손 위사!"

"언니!"

곡비연이 놀라 숲에서 달려나왔고 안여정과 노화도 놀라 뛰쳐나왔다. 그녀들은 쓰러진 손수수를 부축했고, 손수수는 비틀거리며 일어나 안여정의 어깨에 기대었다. 하지만 여전히 그녀의 손엔 검이 들려 있었고 어디에서 흐르는 피인지 모를 피가 머리와 팔을 적시고 있었다.
 "흠. 이런 검법을 어디선가 들어본 것 같은데……."
 괴홍랑은 손수수의 붉어진 얼굴을 쳐다보며 고개를 갸웃거렸다. 그녀의 검법에 대해서 들어본 기억이 있었기 때문이다. 하지만 잘 기억이 나지는 않았다.
 "역시 소림의 무공은 대단한 것 같아. 무영권인가?"
 손수수는 괴홍랑이 아무런 행동도 하지 않았는데 나타난 권 그림자를 떠올리며 물었다. 실제 패인은 거기에 있었다.
 하지만 괴홍랑은 그 물음에 대답할 생각이 없는지, 자신만의 생각에 빠져 팔짱을 끼고 뭔가를 생각하는 듯했다. 그러다 손수수를 쳐다보며 여전히 서 있는 그녀의 모습에 고개를 끄덕였다.
 지금까지 이렇게 자신을 곤란하게 만든 여자는 없었다. 그 실력이 비범한 것은 사실이었다. 강호의 십대고수라도 쉽게 이길지 장담 못할 정도의 실력이란 생각이 문득 들었다. 하지만 그런 무공을 소유하고도 이렇게 패한 이유는 자신을 만났기 때문이라 여겼다.
 "아무튼 대단해. 이 정도면 정말 잘한 거야. 나도 지금 쓰러질 것 같거든. 그러고 보면 나도 참 대단한 놈이야. 검강을 자유자재로 구사하는 고수도 이기다니. 음, 지금 당장 하고 싶은 게 있다면 아마 쓰러져서 자는 것일까? 후후……."
 괴홍랑은 미소와 함께 말을 하며 천천히 여자들에게 다가갔다.

"그럼 쓰러지지 왜 걷는 것이오?"

"……!"

괴홍랑의 안색이 굳어졌다. 갑작스럽게 들려온 말소리는 분명 남자의 것이었고, 멀리 있는지 가까이 있는 것인지 전혀 구별할 수가 없었기 때문이다. 하지만 그 목소리를 들은 손수수의 입가엔 미소가 걸렸다.

"개새끼……!"

『홍천』 제7권에 계속…

참마도 新무협 판타지 소설

참마도 작가!! 그가 『무사 곽우』에 이어
다섯 번째 강호 이야기를 새롭게 풀어내다!!

"길의 중앙에서 멋지게 서서 당당히 걸어가래.
사람으로 태어난 이상 그 누구도 당당하게 살아갈 권리는 있다고 말이야."

단야의 오른손이 꽉 쥐어졌다. 별것도 아닌 말이다.
하나 이토록 마음에 남는 소리는 없었다.
사람으로 태어나서……

요물, 괴물.
나이를 먹지 않는 월홍과 얼굴이 징그럽게 망가진 단야.
그들 앞에 펼쳐진 강호란……!

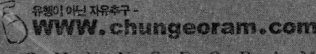
유행이 아닌 자유추구 -
WWW.chungeoram.com

Book Publishing CHUNGEORAM

눈매 퓨전 판타지 소설

the Mask of Leon

가면의 레온

중원을 공포로 떨게 만든 희대의 악마, 혈마존.
그의 영혼이 기억을 잃은 채 차원 이동을 한다.

한 소년과 몸이 바뀐 후 깨어난 혈마존.
기억은 지워지고 싸가지없는 본성만 남았다!
욱할 때마다 튀어나오는 살벌한 말투와 그의 독자 무공.

'아, 나는 왜 이렇게 성격이 더러운가?
어째서 이리도 잔인한 기술을 알고 있는 것인가? 착하게 살고 싶다.'

살인광이었던 그가 전혀 어울리지 않는 대신관이 되기로 결심한다.
하지만 그 본성이 어디 가나……

"이런 빌어 처먹을 놈들, 신전에서 봉사 활동 안 할래?"

유행이 아닌 자유추구 -
WWW.chungeoram.com
Book Publishing CHUNGEORAM

임준욱 장편 소설

무적자

WITHOUT MERCY

그의 이름은 임화평(林和平)이다.
이름처럼 살기를 소망했고 그렇게 살아왔다.
그를 건드리지 말았어야 했다.
조용히 살게 놔두었어야 했다.

"너희들 실수한 거야.
내 세상의 중심,
내 평안의 그것을 깨뜨린 거다.
세상 전부와도 바꿀 수 없는……
알게 해주마, 너희들이 누구를 건드린 건지."

그의 고독한 여정이 시작되었다.

―오, 바라타족의 아들이여, 언제든지 정의가 무너지고 정의가 아닌 것이
판을 치는 때가 되면 나는 곧 나 자신을 나타내느니라.
올바른 자를 보호하기 위하여, 악한 자를 멸하기 위하여, 그리하여 정의를
다시 세우기 위하여, 나는 시대에서 시대로 태어난다.

〈바가바드기타 중에서〉

유행이 아닌 자유추구 -
WWW.chungeoram.com
Book Publishing CHUNGEORAM

정봉준 新무협 판타지 소설

『철산전기』의 작가 정봉준!!!
팔선문을 통해 또 다른 유쾌함을 선사한다!!

뛰어난 자질을 갖춘 팔선문의 대제자 유검호,
그의 치명적인 단점은 게으름과 의지박약!

천하제일마두의 기행에 재수없이 동참하게 된 의지박약아.
갖은 고생 끝에 가까스로 고향으로 돌아오다.

"무림? 그딴 건 개나 주라 그래. 나만 안 건드리면 돼!"

시간을 가르는 그의 행보에 무림이 뒤집어진다!!!

유행이 아닌 자유추구 -
WWW.chungeoram.com
Book Publishing CHUNGEORAM

War Mage

워메이지

김재한 퓨전 판타지 소설

사람들이 인식하는 상식의 세계 이면,
짙은 어둠이 드리워진 그곳에 사는 괴물들이 있다.

문명이 드리운 그림자 속에서, 전투기계들과
인간의 사념으로부터 태어난 마물들이 격돌한다.
마법과 주술이 난무하는 초현실적인 전장,
소년은 그곳에 서는 대가로 인생을 잃었다.
운명의 노예가 되어 가족과 인생을 잃어버린 소년, 진유현.

총염(銃炎)과 검광(劍光)이 뒤얽히는
어둠의 거리에서, 운명의 족쇄를 끊고 나온
소년의 눈이 살의를 발한다.

유행이 아닌 자유추구 -
WWW.chungeoram.com
Book Publishing CHUNGEORAM